KB049475

3

성자

聖者

저

weirdo priest the object X drinker
샐러리맨이 이세계에서 살아남기 위해 걷는 길

무

無双

쌍

broccoli lion
브로콜리 라이온 지음
sime 일러스트
이용국 옮김

특별 단편집

CONTENTS

치유사가 여행을 떠날 때 세계는 루시엘의 존재를 인지한다

4장

S급 치유사가 여행을 떠날 때 세계는 루시엘의 존재를 인지한다

01 전설이 된 치유사 길드 창설자의 말

S급 치유사 취임식이 끝나고 열흘이라는 시간이 훌쩍 흘렀다.

내 생활 환경은 생각보다 크게 달라지지 않았기에 담담하게 매일을 보내는 중이다.

뭐, 이제까지 교회 본부에서 알고 지낸 사람들이 별로 없어서 그런 걸지도 모르겠다만…….

그래도 역시 전처럼 주위 사람들의 눈치를 보지 않고 모험가 길드나 식당을 불쑥 찾아가는 행위는 금지를 먹었다.

그런 연유로 외출 시엔 반드시 동행자를 데리고 가야 한다는 조건이 붙게 됐는데 조르드 씨 그 동행자 역을 매우 흔쾌히 맡아줬다. 마치 그 말을 기다렸다는 듯한 기세로 입후보를 했다고 해도 과언이 아니었다.

그 조르드 씨가 내 개인실에 찾아왔다.

"루시엘 님, 혹시 오늘도 외출하시나요?"

"예. 교황님께서 S급 치유사라는 직위를 내리시긴 했지만 특별히 업무가 늘어난 것도 아니니 지금은 평소처럼 지내려고 해요."

"평소처럼 말인가요……."

지금 시시하다는 표정을 지은 것 같은데.

"예…… 그런데 조르드 씨, S급 치유사라고 해도 직함에 불과한 호칭이니까 교회 본부 내에서도 평소처럼 대해주셨으면 하는데요."

"그럴 순 없습니다. 어디에 눈과 귀가 숨어있을지 모를 곳이 교회 본부인지라……."

하는 말이랑 표정이 따로 노는데…… 이 상황을 즐기는 걸 보아하니 조르드 씨도 어지간히 강심장을 지닌 모양이다.

평소 외출 중엔 좀 더 허물없는 말투로 대하면서도 교회 본부 내에선 꼬박꼬박 존댓말을 쓰니…….

이 사람도 보통내기는 아니란 말이지. 왠지 미워할 수 없는 성격이니까 뭐라 평가하기도 어렵고…….

"조금 전부터 표정이 풀어져 있는데요."

그래도 재밌다는 감정은 항상 얼굴에 드러나네…….

"엥, 그런가요? 이상하네~? 그런데 오늘은 어딜 가실 예정이신가요?"

자연스럽게 말을 넘기는 점이 조르드 씨답다.

"모험가 길드에 들리려고요. 전에 조르드 씨를 기절시킨 물체 X를 받으러 말이죠."

그러자 지금까지 미소를 유지하던 조르드 씨의 얼굴이 단숨에 어두워졌다. 저번에 물체 X를 마시게 했다가 큰 참사로 이어졌으니.

"……정말로 모험가 길드에 가실 건가요? 또 상층부에 계신 분들한테 잔소리를 들으실 텐데요?"

"그 연설도 마쳤는데 이 정도는 아무것도 아니죠. 그리고 전처럼 모험가들이 불쾌한 표정으로 대하는 일은 없을 테니 안심하셔도 돼요."

며칠 전 모험가 길드를 방문했을 때, 용감하게 물체 X에 도전한 끝에 잔을 비우고 기절한 조르드 씨는 모르는 일이지만 현재 그는 내 종자로서 길드 사람들한테 인정을 받은 상태다.

"……알겠습니다. 외람되지만 루시엘 님을 위한 것이라 믿고 말씀을 드리겠습니다. 확실히 루시엘 님께서 S급 치유사의 직위를 받으며 생긴 권한은 상층부에 계신 분들의 권한과 대등합니다. 하지만 교회 본부 내엔 파벌이 존재한다는 사실을 모쪼록 잊지 마시길."

파벌이라는 말을 들으니 몸을 사리고 싶지만 각각의 파벌들이 어떤 사상을 지니고 있는지조차 모르는 상황이란 말이지…….

대책을 세우려면 교회 본부를 잘 아는 사람한테서 정보를 듣는 게 제일이라고 생각하지만 내가 S급 치유사가 된 이후로 그런 데에 정통한 것 같은 그란하르트 씨가 내게서 조금 거리를 두는 것 같단 말이지.

S급 치유사가 된 이후에 인사를 해도 항상 웃음기 없는 얼굴로 존댓말로만 답하고…….

여기선 조르드 씨에게 부탁해서 각 파벌의 사상에 대한 정보를 그란하르트 씨한테 뽑아달라고 하는 편이 나을 것 같다는 생각도 들지만 이번 건은 내가 직접 묻는 게 도리겠지…….

머릿속으로 생각하는 건 언제든 할 수 있는 일이니 일단 움직일까.

마법 주머니가 있으니 외출할 때 딱히 다른 걸 챙길 필요도 없고.

"감사히 충고를 받아들이겠습니다. 그럼 가볼까요."

"옙."

방을 나서자마자 이쪽을 살피는 듯한 시선들이 쏟아졌지만 지금까지 발키리(전처녀) 성기사단의 훈련에 참가하면서 비슷한 시선을 받았기에 딱히 신경이 쓰이진 않았다.

하지만 유감스럽게도 나와 사정이 다른 조르드 씨는 교회 본부를 나설 때까지 꽤 스트레스를 받은 모양이다.

교회 본부를 나선 뒤에 가면처럼 무표정을 유지하던 조르드 씨한테 말을 걸었다.

"괜찮나요?"

"괜찮지 않아. 루시엘 군은 저런 시선들을 받으면서 아무렇지 않은 얼굴로 잘도 버티네."

이미 종자의 가면을 벗어 던진 조르드 씨는 날 동료로 대하며 말을 놓았다.

"발키리 성기사단의 분들과 교류할 때부터 쭉 겪다 보니 이제는 익숙해졌네요."

"조금 전에도 한 말이지만 파벌 같은 세력이 무섭지 않아?"

"아무래도 그런 사람들이랑 엮이면 곤란하긴 하겠지만 독을 먹이거나 저주를 걸어도 제겐 통하지 않는 데다 그냥 쳐다볼 뿐이니까요 조만간 질려서 관심을 끊어줬으면 좋겠는데요."

"……역시 루시엘 군은 굉장하네."

"그런가요?"

"보통 조직이나 파벌과 대립할지도 모를 문제가 생기면 고립되는 게 무서워지는 법이니까."

조르드 씨의 그 말이 묘하게 와 닿았다.

확실히 교회 본부에서의 일만을 고려하면 조르드 씨의 말이 맞을지도 모른다.

물론 S급 치유사가 된 시점에서 언동(言動)에 책임이 따르게 됐으니 지금보다 더 주의를 기울여야 하리라.

그렇지만 설령 조르드 씨가 염려하는 대로 파벌과 대립해 교회 본부를 떠나게 된다 해도 멜라토나나 성도(聖都)의 모험가 길드에서 날 고용해줄 테고 오히려 그 길이 더 평온한 삶을 보낼 수 있지 않을까 하는 그런 생각이 머리 한구석에 있기에 견딜 수 있는 것이리라.

"조금은 무서워요. 그래도 그런 장난에 벌벌 떨어봤자 득이 되는 것도 아니고 조르드 씨나 발키리 성기사단의 여러분, 그리고 교황님이 아군으로 있어주는 한 이곳에서 고립될 일은 없으니까 정말 감사할 따름이에요."

"하핫. 루시엘 군은 거물이 될지도 모르겠는걸. 이미 S급 치유사니까 내가 볼 땐 충분히 거물이라고 생각하는데."

"성속성 마법이 조금 능숙한 치유사. 제 직함은 그거면 돼요."

더 거창한 직함이 붙으면 사건을 일으키는 새로운 불씨가 될 것 같은 느낌이 든다.

"그렇구나. 모험가 길드가 루시엘 군을 지명하는 이유를 알 것 같아. 돈벌이에 집착하지 않는 치유사는 귀중한 존재니까."

"조르드 씨도 고향에선 저와 비슷한 일을 하셨죠?"

"그래. 그래도 결국엔 루시엘 군처럼 자기 생각을 관철하지 못했거든. 그래서 진심으로 루시엘 군을 존경해."

"조르드 씨한테 칭찬을 받으면 낯간지러우니까 그만 하세요."

"그러니? 그건 그렇고 전부터 신경이 쓰였는데 성변(聖變)이라는 별명은 어쩌다 붙은 거야?"

"……가능한 그 화제는 피해주셨으면 하는데요."

"하핫. 독이나 저주 운운할 때는 안색 하나 변하지 않더니 별명 얘기만 나오면 안색이 확 바뀌니까 정말 루시엘 군은 재밌(놀리는 맛이 있)단 말이지."

……지금 환청이 들렸는데.

그건 그렇고——.

"조르드 씨도 한 성격하시네요~. 교회 본부를 나서자마자 기운이 넘치시고."

"교회 본부는 답답한 곳이니까. 게다가 보통 치유사들은 거리로 나서는 일이 거의 없다시피 했거든."

"어째서죠?"

"마을 사람들은 지금의 교회를 그다지 좋게 보지 않으니까. 루시엘 군도 무슨 말인지 알겠지?"

조르드 씨가 동의를 구한 순간, 어떻게 반응해야 할지 조금 주저하고 말았다.

만약 어느 파벌이 내 속내를 떠볼 요량으로 이 질문을 지시했다면, 하는 생각이 떠오른 것이다.

그래도 한편으론 그게 사실이라고 해도 딱히 문제가 없다는 판단하에 직감을 믿고 답하기로 했다.

"아~ 그렇네요. 확실히 처음엔 좀 그랬지만 물체 X를 마시기 시작한 뒤로는 그쪽에서도 평범하게 대해주셨고 규정 요금에 따라 치료를 했더니 굉장히 우호적인 관계가 됐죠."

"이미 그 시점에서 평범한 치유사가 취할 행동이 아닌데 말이지."

"혹시 교회 본부 내에 내심 외출을 나서고 싶어 하는 치유사들이 많나요?"

"제법 있지 않을까 싶은데. 하지만 나가봤자 주민들한테 차가운 눈초리를 받을 게 뻔하다는 현실도 이해하고 있을 테니……. 뭐어 파벌에 속한 관계 때문에 밖에 나가지 못하는 사람들도 있겠지만……."

"설마 조르드 씨가 자진해서 종자 자리에 입후보한 이유는……."

"어흠. 자아 가볼까요. 루시엘 님."

정말로 끝내주는 성격이네…… 나도 조금은 본받아야 하나…….

"앞으로도 동행하길 원하신다면 평소와 같은 말투로 대해주세요."

"알았어…… 그건 그렇고 벌써 도착했네요."

"그렇네요. 그런데 어째서 걸음을 멈추신 건가요? 들어가자고요."

난 모험가 길드의 문 앞에서 딱 멈춰 선 조르드 씨의 등을 밀며 안으로 들어섰다.

모험가 길드에 들어서니 아직 낮이라 그런지 모험가들이 별로 없었다.

아무래도 조르드 씨도 그 사실을 알아차렸는지 단숨에 긴장이 풀린 모양이다.

그 모습이 마치 멜라토니의 모험가 길드를 처음 방문했던 시절의 날 보는 것 같아서 무심코 웃음이 나오고 말았다.

"왜 웃으시는 거죠?"

"그게 말이죠. 조르드 씨의 모습이 모험가 길드를 처음 방문했던 시절의 절 보는 것 같아서 그리운 기분이 들었거든요."

"……그때 루시엘 군도 긴장했어?"

"예. 모험가랑 눈을 마주치면 시비가 붙어서 살해당할 줄 알았죠. 뭐어 그런 야만스러운 사람은 없었지만요."

"그야…… 그렇겠지. 그렇게 야만스러운 사람이라면 도적이 됐을 테니……."

"그런 거죠. 자아 식당으로 가볼까요."

나와 조르드 씨가 식당에 들어서니 안에는 몇 명의 모험가와 카운터에서 자리를 지키는 길드 마스터 그란츠 씨가 계셨다.

내가 온 것을 알아차린 모험가들은 이제 막 식사를 시작한 듯한 세 사람을 남기고 허둥지둥 식당을 나섰다.

그들이 우리를 지나치면서 교회 본부의 로브를 입은 조르드 씨를 보고도 아무런 말이 없었기에 조르드 씨가 안도의 한숨을 내쉬는 게 느껴졌다.

회복시키고 싶은 모험가라도 있는 걸까? 아니면…… 뭐어 상관없나. 일단 그란츠 씨한테 인사를 하기로 했다.

"그란츠 씨, 안녕하세요. 오늘은 물체 X를 받으러 왔습니다."

"오우. 성변님은 오늘도 감시역을 데리고 온 건가."

저번에 조르드 씨와 만났을 때는 그를 노려봤는데 오늘은 조금 강한 말투이긴 해도 얼굴에 미소를 유지하고 있다.

그 미소 때문에 조르드 씨는 더 중압감에 시달리는 모양이다만.

"감시역이 아니라 종자예요. 조르드 씨도 교회 본부에 있으면 숨이 막히는 파(派)거든요."

"후하하. 별 희한한 파벌이 다 있구만. 몇 통이나 필요하지?"

"오늘은 10통 부탁드립니다."

"마시고 갈 테냐?"

"으~음…… 아. 그럼 오늘은 사이좋게 그쪽에 계신 모험가분들도 함께……."

하지만 이쪽의 대화에 귀를 기울이고 있었던 모양인지 당황한 모험가들이 앞다투어 사양하기 시작했다.

"성변님, 그건 아니지. 우리는 오늘 아침에 의뢰를 완수하고 성도에 막 돌아온 참이라고."

"어이, 당신. 성변의 종자지? 성변의 폭주를 막아줘. 성변이 물체 X랑 관련된 일로 웃으면 평소엔 냉정하던 길드 마스터도 폭주한다고."

"그…… 이 틈에 도망치시는 게 좋을 것 같습니다만."

모험가들이 보내는 애원 어린 시선에 조르드 씨는 곤혹스러워하면서도 판단력을 발휘해 그들에게 살길을 제시했다.

하지만 조르드 씨의 조언은 조금 늦은 모양이었다.

"어이, 너희들. 오늘의 식사비는 물체 X를 마시면 서비스해줄테니 도망치지 마라. 그쪽에 있는 종자 형씨도 말이지."

""""성변, 이 바보가.""""

이미 자신들의 퇴로가 막혔다는 사실을 안 모험가들이 불만을 쏟아냈다.

하지만 물체 X를 마시고 싶지 않은 조르드 씨는 필사적으로 탈출로를 모색한 끝에 모험가가 아니라는 이유를 핑계 삼아 빠져나간다는 작전을 취했다.

"저기~ 어째서 저까지 마셔야 하는 겁니까?"

"댁은 루시엘의 종자니까."

하지만 그란츠 씨가 건넨 이유는 지극히 당연했다.

조르드 씨의 퇴로도 이미 막힌 뒤였다.

"루시엘 군, 너무해……."

그 뒤에 길드 마스터가 가져온 물체 X를 들이킨 난 가장 먼저 잔을 비웠다.

그 모습을 보던 모험가들도 주뼛주뼛하며 잔을 입으로 옮겼고 그 뒤를 조르드 씨가 따랐다. 아니나 다를까,

네 사람이 사이좋게 기절했기에 사람들이 일어날 때까지 그란츠 씨와 잡담을 나누기로 했다.

"그런데 왜 다들 저한테만 불만을 토로하는 걸까요? 따지고 보면 그란츠 씨가 한 짓이 더 심한 것 같은데요."

"뭐어 그건 인덕(人德)…… 이라고 할까. 단순히 네가 자신들보다 어리니까 말을 쉽게 터놓는 거겠지. 게다가 물체 X를 마시면 강해진다는 소문이 돌고 있거든."

"그 소문은 어떤 면에서 보면 사실이라고 할 수 있겠네요. 단,

물체 X를 마시면 레벨이 잘 오르지 않는다는 모양이라 주의가 필요하지만요."

"그게 정말이냐?!"

"예. 제 몸이 그 증거죠."

설마 레벨이 오르지 않던 원인이 물체 X에 있을 줄 그 누가 예상이나 했을까.

게다가 그걸 마시라고 권한 사람들이 스승님이나 그루가 씨였으니…….

뭐어 결과적으로 보면 레벨은 오르지 않았지만 스테이터스는 오른 데다 스킬 레벨도 대폭 상승한 은혜를 입었으니 뭐라 할 순 없지만…….

"……그걸 감안해도 마실 가치가 있다는 게로군?"

"그렇죠. 지금 제게 주어진 생활 내에선 마물과 싸울 일도 없을 뿐더러 레벨을 올릴 수 있는 환경도 아니니까요. 만약 1년간 꾸준히 마신다면 상태 이상에 강한 내성을 지닌 몸을 얻을 수 있겠지요."

"그건 혹시…… 아니, 정보를 제공해줘서 고맙군."

역시 물체 X를 마시는 데에 따르는 이점과 부작용에 대해선 몰랐던 건가.

스승님이 보내신 편지에서도 상세한 사항은 아는 바가 없었다고 적혀 있었고.

뭐어 이 일을 계기로 물체 X를 마시는 모험가가 늘어나면 나도 미각 장애라는 소리를 듣지 않아도 되리라.

"항상 모험가 길드에 신세를 지고 있으니까요. 요즈음에 별일은 없었나요?"

"딱히 별일은 없었지. 그러고 보니 저 랭크 모험가 중에 루시엘과 모의전을 해보고 싶다는 녀석들이 제법 있는 것 같다만."

"……어째서죠?"

"단순히 이름을 날리고 싶은 거겠지."

"이름을 날려요? 제가 무슨 현상범인가요? 어디에나 있을 법한 치유사입니다만."

"저번에 선풍과 즐겁게 싸우던 모습이 인상적이어서 그런 거 아니냐?"

"……즐겁게요? 그저 필사적으로 싸웠을 뿐인데요. 게다가 스승님한테 두들겨 맞았고요."

"아니, 몇 번이고 쓰러져도 몸을 회복시키며 선풍에 맞서던 그 모습은 그야말로 진성 M 치유사 좀비였다고."

"……별명은 성변으로 통일해주세요."

이제 그만 진성 M 좀비와 미각 장애에서 벗어나고 싶다.

"하하하. 뭐어 그렇게 됐으니 만약 녀석들한테 도전을 받으면 받아다오."

아무리 생각해도 모험가 길드의 마스터란 사람이 할 말이 아니었다.

"싫습니다. 만약 저 랭크 모험가를 쓰러뜨리면 점점 더 랭크가 높은 모험가들이 도전할 게 뻔하잖아요."

"그건 그것대로 재밌지 않느냐? 네게 지면 물체 X를 마신다는 벌칙을 걸면 나한테도 이익이 생기니."

"저한테는 이익은커녕 오히려 마이너스거든요. 그리고 재미도
없고요."

"강한 녀석과 전투 경험을 쌓을 수 있지 않느냐?"

지금은 발키리 성기사단의 훈련에 참가하는 덕분에 전투 경험
은 충분히 쌓고 있으니 이 이상 전투 훈련을 늘릴 생각은 없다.

"그러니까 전 치유사라니까요."

"모험가도 겸하고 있지 않느냐?"

"어쨌든 지금은 여러모로 할 일이 있는지라 안됩니다."

"허어~, 뭐어 어쩔 수 없나. 그건 그렇고 왜 갑자기 종자가 붙
은 거냐?"

저번엔 아무 말 없이 넘어갔지만 역시 이번엔 묻는 건가.

대외적으론 S급 치유사가 됐다는 사실을 숨겨야 하니까 여러
모로 불편한걸.

"사고를 좀 쳐서요. 그래도 종자는 마음대로 선택해도 된다고
해서 조르드 씨가 동행하게 됐어요."

"혹시 저번에 일어난 모험가들의 폭동이 원인이냐?"

"아뇨, 교회 본부 내에 있는 시설을 조금 망가뜨려서……."

"역시 성변님은 모험가가 더 적성에 맞는 거 아니냐?"

"그럴지도 모르겠네요. 뭐어 독방에 감금되지 않는 것만 해도
다행이죠."

"진저리가 나면 이쪽으로 와라. 언제든지 환영이다."

"교회에서 쫓겨나면 그때는 잘 부탁드릴게요."

"맡겨둬라. 언제든지 아군이 되어 주마."

그런 대화를 나누다 보니 얼마 지나지 않아 조르드 씨와 다른 사람들이 정신이 차렸기에 물체 X가 든 통을 마법 주머니에 넣은 다음 모험가 길드를 뒤로했다.

그 뒤에 조르드 씨가 들르고 싶어 했던 성도 대로변에 있는 마도구를 취급하는 가게를 몇 군데 돈 다음 풀이 죽은 조르드 씨와 함께 교회 본부로 돌아왔다.

"조르드 씨, 교회 본부에 도착했어요. 그렇게 풀이 죽은 채로 계시면 곤란한데요."

"이 상태에서 헤어 나오는 건 무리야. 지금 난 인생에 절망을 느끼고 있으니까. 설마 성도의 가게에서 팔고 있는 마도구들이 하나같이 그렇게 질이 떨어질 줄이야……."

"마도구를 찾으시는 거면 진작에 말씀하시지……."

성도에서 판매하는 마도구들을 본 조르드 씨는 점점 말수가 줄었다.

그 사실을 지적하면서 물어보니 나와 함께 외출한 목적 중 하나가 마도구를 구입하는 것이었다는 모양이다.

하지만 마도구점에서 판매하는 물건들은 하나같이 미궁 앞에서 판매하던 물건들과 비교해 질이 떨어졌던 것이다.

"이럴 줄 알았으면 퇴마사로 일할 때 좀 더 열심히 벌어둘 걸 그랬어."

"다음에 카트린느 씨랑 만나면 마도구를 구입할 수 있는지 여쭤볼게요."

"정말이냐?!"

"예. 그리고 모험가분들한테도 여쭤보도록 할게요."

"루시엘 님, 앞으로도 종자로서 온 힘을 다해 모시겠습니다. 그럼 가죠."

그렇게 말한 조르드 씨는 의기양양한 모습으로 먼저 교회 본부로 들어갔다.

그 광경을 바라보던 난 쓴웃음을 짓고 조르드 씨의 뒤를 따랐다.

그리고 개인실에 도착한 다음 조르드 씨한테 한 가지 부탁을 하기로 했다.

"조르드 씨를 이용하는 것 같아서 죄송하지만 파벌에 관한 건으로 그란하르트 님과 면회를 하고 싶어요. 부탁드려도 될까요?"

"그란 님과 말이죠? 문제없습니다. 루시엘 님은 개인실에서 기다려 주시길."

조르드 씨는 그 말을 남기고 방을 나섰다.

그리고 얼마 지나지 않아 개인실 문을 두드리는 노크 소리가 들렸다.

"예, 들어오세요."

그러자 안에 들어온 건 조르드 씨가 아닌 그란하르트 씨였다.

"그란하르트 님. 제 쪽에서 면회를 부탁드렸는데 직접 와주실 줄은······."

"루시엘 님, 전에도 말씀을 드렸습니다만 존대를 하실 필요는 없습니다. 게다가 저도 루시엘 님께 용무가 있던 참이라 이렇게 찾아뵈었습니다."

"그렇군요. 일단 그쪽에 있는 의자에 앉으시죠. 바로 차를 준비할 테니."

"신경 쓰지 마시길."

"꺼내기만 하면 되니까요."

의자에 앉은 그란하르트 씨의 모습을 확인한 뒤에 마법 주머니에서 막 끓인 차와 곁들일 다과를 꺼냈다.

"……굉장한 마도구를 가지고 계시군요."

마법 주머니를 소유한 사실은 이미 알고 있을 거라 생각했다만 그 정도로 상세한 정보는 알려지지 않은 건가?

"미궁을 공략하지 못했다면 얻을 수 없는 물건이었죠. 전부 그란하르트 님께서 절 제령 전투부대에 배속시켜주신 덕분입니다."

"……그렇습니까, 다행입니다."

한순간이긴 했지만 그란하르트 씨의 얼굴이 어두워진 것처럼 보였다. 혹시 그란하르트 씨가 아닌 다른 사람이 배속을 결정한 건가? 혹시 모르니 설명을 해둘까.

"비꼬려는 의도로 드린 말씀이 아니니 오해 하지 마세요."

"예, 알고 있습니다. 그럼 바로 본론으로 들어가겠습니다, 각 파벌에 대한 정보를 얻고자 절 부르셨다고 들었습니다만 맞는지요?"

"예, 맞습니다. 그란하르트 님의 용건은?"

"……조만간 상층부 사이에서 S급 치유사 취임식 당시 루시엘 님께서 말씀하셨던 치유사의 회복 마법에 대한 법안과 치료에 필요한 가이드라인 제정 여부를 두고 토론하는 자리가 마련될 것 같습니다."

"정말인가요?! 그런데 어째서 그런 정보를 제게?"

설마 토론 자리가 마련될 줄은 몰랐기에 정말로 놀랐다.

내게 있어선 중요한 문제인 만큼 토론 자리가 마련되면 교황님 께서 직접 그 사실을 전하실 거라 생각했는데…….

"저도 파벌에 속한 몸이기에 들어오는 정보가 있다는 걸 알려 드리고자."

지금까지 미궁에 대한 것 외에는 생각할 겨를이 없었던지라 실 감한 적은 없었지만 정말로 파벌이란 게 존재할 줄이야. 지금은 무소속이어도 상관없겠지만…….

"……제게 바라시는 게 있는지요?"

"예."

"그런가요…… 그란하르트 님의 요구는?"

"전 성 슈를 교회가 사람들의 구원이 된다는 것을 증명하고 지 금처럼 치유사가 돈의 망자라는 소리를 들으며 원망을 받는 상황 을 개선하고 싶습니다."

"그 말씀은……."

설마 그란하르트 씨의 입에서 그런 말이 나올 줄은 몰랐다.

그란하르트 씨는 쓴웃음을 지으며 말을 이었다.

"루시엘 님이 교회 본부에 처음으로 오신 날, 치유사 길드가 치 유원을 어떻게 관리하고 있는지 제게 질문하셨던 일을 기억하고 계십니까?"

"예, 물론입니다. 제가 교회 본부에 오게 된 이유와도 관련이 있으니까요. 그때도 마찬가지로 회복 마법의 요금을 정하는 가이드라인을 만들어야 한다고 말씀드린 걸로 기억합니다."

"……실은 그 당시에 전 루시엘 님의 얘기를 전부 의심했습니다. 그리고 루시엘 님을 그저 말주변이 좋기만 한 젊은이로 치부했죠."

설마 이렇게까지 진심을 털어놓을 줄은 몰랐는걸. 그래도 지금은 왠지 모르게 신뢰를 받는 것 같아서 조금 자랑스러운 기분이다…….

"저도 그렇게 생각했습니다. 그때 그란하르트 님은 제 말을 믿고 싶지 않다…… 그런 표정을 짓고 계셨으니까요."

"말씀대로……. 그래서 전 루시엘 님의 발언이 거짓임을 밝히고자 각국의 치유사 길드와 치유원을 조사하기로 했습니다. 공평을 기하기 위해 교회 본부의 사람이 아닌 모험가나 상인에게 의뢰를 하는 수고까지 들여서 말입니다……."

"그렇게까지 공을 들이셨나요?"

진심으로 교회를 믿었던 거겠지.

"예. 하지만 지금 돌이켜 생각하면 조사를 하지 않았으면 좋았을 것을, 하고 후회하는 마음이 들 때도 있습니다. 정말로 알고 싶지 않았던 사실들이 줄줄이 나왔던지라."

"그건…… 그란하르트 님의 탓이 아니라고 생각합니다."

"아뇨. 교회 본부 내에서 일어나는 일들에만 신경을 썼던 제게도 책임이 있습니다."

혹시 그란하르트 씨는 교회 본부에 계신 어느 분의 자식이 아닐까? 그런 경우가 아니라면 치유사가 미움을 받는다는 정보를 당연히 알고 있었을 터다.

그건 그렇고 그란하르트 씨랑 얘기를 나누면 딱딱한 분위기라 가뜩이나 부담스러운데 이대로 있으면 부담감 때문에 온몸이 굳을 것 같아…… 조금 화제를 바꿔 볼까.

"그란하르트 님이 소속된 파벌은 이 사실을 알고 있나요?"

"예. 그렇기에 법안과 가이드라인의 원안 작성을 도와주셨으면 합니다. 성 슈를 교회의 신뢰가 더 떨어지기 전에."

자리에서 일어나 이쪽을 응시하는 그란하르트 씨한테서 강한 의지가 느껴졌다.

"알겠습니다. 그란하르트 님께서 힘을 빌려주신다니 정말로 든든하네요. 그런데 그란하르트 님이 계신 파벌은?"

"아. 그럼 일단 파벌에 대해 대략적으로 설명을 해드리겠습니다. 교회 본부엔 크게 세 개의 파벌이 존재합니다. 교황님의 의견을 중시하는 교황파, 수익을 중시하는 집행부가 이끄는 개혁파, 그리고 제가 소속된 파벌이자 성 슈를 교회의 번영을 바라는 온건파가 있습니다."

다른 사람들이 보면 난 교황파에 속한 것처럼 보이겠지. 교황님의 직속 부하이기도 하고.

"교황파와 온건파의 차이는 뭔가요?"

"교황파는 그 이름대로 교황님의 의견을 존중하며 교황님의 명령을 절대적으로 받드는 파벌입니다. 그리고 온건파는 교회가 사람들의 구원이 될 수 있도록 움직이는 파벌이기에 맹목적으로 교황님의 뜻에 따르는 집단은 아니라고 이해하시면 됩니다.”

교황님을 뵌 적은 몇 번 없지만 제대로 의견을 들어주시는 데다 독재적인 분도 아니니 두 파벌을 하나로 합치면 좋을 텐데.

“그렇군요. 교황님이 성 슈를 교회를 사유화하지 못하도록 견제하는 파벌이라…… 그래도 가장 힘이 센 파벌은 개혁파죠? 교황파와 온건파가 힘을 합칠 순 없나요?”

“……어째서 개혁파가 가장 힘이 센 파벌이라 생각하셨는지요?”

“단순한 추론이에요. 수익을 추구하는 개혁파에게 힘이 없었다면 치유사가 사람들로부터 돈의 망자라는 비난을 받을 일도 없었다고 생각하니까요. 그게 이유입니다.”

“그뿐입니까?”

“예. 지금으로선, 말이죠…….”

유감이지만 그란하르트 씨를 진심으로 신뢰하는 건 아니니 이 이상은 털어놓을 수 없다.

보타쿠리의 편지를 받고서 날 교회 본부로 이동시킨 사람은 아마 그란하르트 씨일 테니.

그 사실을 고려하면 실은 그란하르트 씨가 개혁파일 가능성도 있다.

그래도 그란하르트 씨의 지식이 내게 필요하다는 상황은 변함이 없으니 정보 수집을 중심으로 접촉하고 상담이 필요할 때엔 교황님이나 카트린느 씨를 의지하는 편이 좋겠지.

“그렇습니까…… 그럼 이쪽의 요구를 받아들이시겠습니까?”

"그러죠. 제가 치유사의 미래를 염려하듯이 그란하르트 님은 성 슈를 교회의 미래를 염려하고 계시고 이번 건은 서로의 이해(利害) 가 일치하니 저로서도 가능한 협력을 얻고 싶습니다."

"감사합니다. 잘 부탁드리겠습니다."

"아뇨, 이쪽이야말로 잘 부탁드립니다."

내가 악수를 청하니 그란하르트 씨도 망설이지 않고 내 손을 잡 았다.

"그럼 일단 각 파벌의 중요 인물들을 설명해드리겠습니다."

"예, 잘 부탁드립니다."

이리하여 그란하르트 씨한테 각 파벌의 정보를 받으며 회복 마 법에 관한 새로운 법안과 가이드라인의 원안을 작성하니 눈 깜짝 할 사이에 시간이 흘러갔다.

*

치료에 대한 가이드라인을 작성하는 일은 예상보다 난항을 겪 었다.

난항의 원인 중 하나는 기존의 치료비에 대한 문제였다.

이미 사람들 사이에서 각종 회복마법에 지불하는 대가의 대략 적인 시세가 굳어진 터라 사람들이 치료를 받기 쉽도록 치료비의 가격대를 조정하면 자칫 치유사들의 생활이 보장받지 못할 가능 성이 있기 때문이다.

그래도 이번 기회를 놓치면 분명 난 후회하리라. 그런 느낌이 강하게 들었다.

하지만 약간의 진통을 감수하더라도 기존에 이용하던 시스템을 부수고 새로운 시스템을 구축해야 한다는 주장이 왠지 모르게 나 혼자만의 의견처럼 느껴졌다.

그 탓에 망설임을 접지 못하고 결단을 내리지도 못한 채 사고가 꽉 막히고 말았다.

그래서 난 신용할 수 있는 상담 상대를 만들기로 했다.

"일이 그렇게 돼서 지금은 미궁보다 이쪽 일을 우선 처리하는 중이에요."

"그래서 미궁에 들어가지 않았던 건가…… 그런데 그런 얘기를 내게 해도 괜찮은 거냐?"

"글쎄요? 뭐어 루미나 씨가 상대라면 괜찮을 거라고 생각했거든요. 설마 이렇게 한창 전투 훈련을 하는 와중에 상담을 하리라고는 아무도 생각하지 않을 테니까요."

"그야 그렇겠지만…… 루시엘 군이 얘기를 할 때면 아무래도 빈틈이 보이는걸."

루미나 씨가 어째서 자신을 상담자로 선택했냐는 말을 삼킨 것처럼 보였다.

그리고 한창 대화를 나누던 중에 빈틈이 생겼는지 품에 파고드는 루미나 씨의 모습이 보인 순간, 내 등에 충격이 전해졌다.

커헉 하고 이상한 숨소리를 내뱉으면서도 어떻게든 힐을 시전해 몸을 일으켰다.

"아파라…… 제가 그렇게 빈틈을 보였나요?"

"보였으니까 이렇게 상대를 내던질 수 있었다는 건 루시엘 군도 잘 알 텐데?"

"그야 그렇지만요…… 루미나 씨가 구사하는 메치기 기술은 어디서 터득하신 건가요?"

발키리 성기사단의 훈련 메뉴에 메치기는 없으니까 다른 곳에서 배운 거겠지…….

"……루시엘 군이 나보다 강해지면 가르쳐 주마. 잡담만 계속 주고받으면 훈련을 하는 의미가 없으니 지금부턴 루시엘 군이 진심을 발휘하는 모습을 한 번 볼까. 다치더라도 치료를 받을 좋은 기회이기도 하고."

상담을 그냥 잡담이라 하시면 조금 서운한데요…….

"알겠습니다. 그래도 본격적인 훈련에 들어가기 전에 루미나 씨의 생각을 여쭤봐도 될까요?"

"묻고 싶은 게 뭐지?"

"루미나 씨는 각 지역에 있는 치유사 길드를 돌아다니신 경험이 있으니까 교회 본부에 계신 분들보다 외부의 상황이나 치유사를 대하는 주민들의 태도나 심정을 잘 알고 계시죠?"

"최근엔 조사 명령이 내려오질 않았으니까 나도 그렇게 자세히 아는 편은 아니야. 그래도 어느 정도는 루시엘 군의 질문에 답을 줄 수 있을 것 같구나."

루미나 씨는 고개를 갸웃거린 뒤에 다음 말을 재촉하듯이 끄덕였다.

"조금이라도 아신다면 괜찮습니다. 객관적인 시점에서 치유사가 미움을 받고 있다고 생각하시나요?"

"7할 정도는 그러지 않을까 싶은데. 물론 치유사 중엔 루시엘 군처럼 예외적인 존재도 있겠지만……. 일반적인 치유사라면 모험가, 그중에서도 특히 수인족으로부터 원망을 받는다고 느끼는 자가 많을 거다."

"그건 인족 지상주의라는 사상이 있으니 바로 해결할 수 있는 문제가 아니겠지요. 그보다 루미나 씨가 봐도 역시 그렇게 보이는 군요……. 어떻게 하면 이 문제를 개선할 수 있을까요?"

"루시엘 군, 그 질문에 대해 자기 나름대로 낸 답은 있겠지?"

문제를 떠넘겼다고 생각하시나? 그런 평가를 받는 건 좀 싫은 걸…….

"있습니다. 그래도 자꾸 망설임이 드니까 여러 의견을 들어보고 싶어요."

자기 생각이 반드시 옳다는 인식을 지닐 만큼 나 자신을 믿지 않으니까.

"망설임……이라. 조건은 치유사가 미움을 받지 않게끔 한다, 그거면 되는 거냐?"

"아, 거기에 가능한 치유사들 사이에서 불만이 나오지 않도록 한다, 도 추가해주세요."

스스로 생각해도 무리한 요구를 하는 것 같다. 뭔가 힌트라도 얻을 수 있으면 좋겠다만…….

"그럼 일시적으로 효과를 볼 수 있게끔 치료비를 할인하는 방법은……."

"죄송하지만 그 외에 다른 방법을 생각을 해주세요."

한 번 치료비를 할인했다가 다시 본래의 가격으로 되돌리면 그야말로 폭동을 일으키는 방아쇠가 될 가능성이 있다.

그런 리스크가 큰 방법을 선택할 순 없다.

"하지만 입장에 따라 사고방식도 달라지니 방법을 제시해도 모든 사람들이 납득할 순 없다고 생각한다만."

"저도 그렇게 생각해요. 그래도 앞으로 치유사가 될 사람들이 편견에 사로잡혀서 삐뚤어지기 전에 어떻게든 해야 한다는 생각에 마음이 조금 초조하네요."

"……그럼 개인의 선택에 맡긴다는 건 어떨까?"

"개인의 선택이요? 환자가 치유사와 회복 마법을 선택하게끔 한다는 말씀이신가요?"

"전에 루시엘 군은 환자를 먼저 진찰한 뒤에 회복 마법을 쓴다고 했지? 그렇다면 진찰 결과를 환자에게 보고한 뒤에 환자가 자신이 받을 회복 마법을 선택하게끔 하면 돈의 망자라는 비판에서 벗어날 수 있지 않을까?"

개인이 선택하게끔 하는 것도 재밌는 발상인걸. 역시 상담 상대가 있으니 혼자서 생각하는 것보다 좋은 아이디어가 나온다. 앞으로 이런 기회가 오면 다음엔 발키리 성기사단의 대원분들한테 협력을 구해보자.

"그건 그것대로 조금 문제가 있지만요…… 루미나 씨 덕분에 아직 애매한 단계이지만 상층부가 납득할 만한 원안을 만들 수 있을 것 같아요."

"도움이 된 것 같아서 다행이구나. 그럼 루시엘 군이 생각한 해결책을 들어볼까?"

"예. 그건……."

*

"루시엘 군? 루시엘 군, 듣고 있는 거니?"

내가 생각한 해결책을 루미나 씨에게 말하려던 참에 의식 밖에서 목소리가 들렸다.

"루시엘 군? 아까부터 뭘 중얼거리고 있는 거니?"

"에, 아, 카트린느 씨 죄송해요. 최근에 있었던 일들이 조금 떠올라서요."

카트린느 씨의 목소리를 들으니 완전히 의식이 깨어났다.

아무래도 잠깐 딴생각에 빠져 멍하니 있었던 모양이다.

주위엔 카트린느 씨 외에도 이미 각 파벌의 중진들이 내가 작성한 자료를 살펴보시는 중이었다.

"루시엘 군, 정신을 차리렴. 이번 논의는 루시엘 군 스스로가 치유사와 관련된 문제를 제기해서 마련된 자리니까."

"죄송합니다."

정신 차려야지, 하마터면 모처럼 준비한 것들이 무용지물이 될 뻔했다.

그란하르트 씨한테서 정보를 수집하고 루미나 씨한테 상담을 해가며 겨우 완성한 원안이니까.

"뭐, 그도 피로가 쌓였을 테지요. 식전이 끝나고 채 한 달도 되지 않았는데 이 정도 양의 자료를 준비하느라 바빴을 테니."

그렇게 배려의 말을 건넨 분은 마르단 대사교님이었다. 그란하르트 씨나 카트린느 씨한테 들은 바로는 온건파의 중진이며 온화하고 겸손한 성품의 노인이라는 모양이다.

자료의 내용은 치유사의 가이드라인의 원안으로서 치유사가 환자를 진찰할 때 사용하는 회복 마법에 대한 설명을 의무화할 것과 회복 마법의 새로운 시세를 정리한 가격표다.

그리고 딱히 필요가 없음에도 불구하고 치유사가 마구잡이로 비싼 고레벨의 회복 마법을 사용하는 행위를 금한다 등의 조항을 포함해 치유사 길드를 통괄하는 교회 본부가 제정해야 할 법안에 대한 고찰도 첨부해두었다.

"듣고 보니 그렇군요. 한데 법안 조정에 관한 문제를 들고 나올 것이라 짚고 모였거늘 설마 치유사의 진료 방법과 회복 마법의 새 가격표까지 작성해서 올 줄은…….."

이어서 내게 말을 건 분은 악덕 상인 같은 인상을 지닌 무넬라 씨였다. 직책은 불명이지만 교황님의 오른팔로서 각국의 경사에 교황님 대신 참석하는 외교관 같은 입장에 계신 분이다.

이 회의가 시작되기 전에 '편을 드는 발언을 할 생각은 전혀 없다만 마음대로 해보게'라는 말을 들었다.

"그렇소. 이대로 이 안건을 세상에 내놓으면 치유사들이 일제히 파업을 일으킬 것이오."

그리고 가명 같은 이름을 지닌 돈가하하 씨의 발언이 이어졌다.

개혁파의 수장인 그는 이 자리가 마련된다는 사실에 끝까지 불편한 기색을 내비쳤다.

일반적인 상황이라면 교회 내부에서 가장 힘이 센 파벌의 톱이 반대를 하는 만큼 회의가 열릴 일이 없었을 테지만 실은 교황님께서 부정을 저지르거나 성직자의 이름을 더럽혔다 등의 이유로 갈아치운 인원 대부분이 개혁파에 속해 있었기에 그는 식전이 끝나고 파벌의 수장에서 물러나기 직전까지 몰렸다.

그 상황에서 그가 교황님과 모종의 거래를 했고 그 덕분에 이 회의가 열릴 수 있었다는 모양이다.

"한데 이 안건이 교황님의 명이라면 따르는 것 외에 다른 선택지가 있는지?"

이번에 입을 연 분은 카트린느 씨와 마찬가지로 진행 및 조정역으로 뽑힌 전(前) 신관 기사단장 출신의 부르투스 씨다.

상처를 입은 뒤로는 치유사로서 교회를 위해 힘쓰는 무소속 교황파로 알려져 있었지만 그란하르트 씨의 정보에 의하면 개혁파의 이인자라는 모양이다.

젊은 나이에도 불구하고 대사교의 자리에 올라 여러모로 어두운 소문이 끊이질 않는 사람이지만 겸손하고 사교성이 좋아 교회 본부 내에서 인망이 두텁다고 한다.

"그 말씀이 맞지요. 그렇기에 파업이 일어날 가능성이 크다는 겁니다. 지금까지 자유를 만끽하던 치유사들은 분명 반발할 테고 솔선해서 이 안건을 추진한 루시엘 공은 틀림없이 암살 대상에 오를 것이오."

돈가하하 씨의 말에 순간적으로 등골이 오싹해졌다.

설마 암살 걱정을 해줄 줄은 몰랐는걸…… 하고 편하게 받아들이면 그만이지만 분명 지금 한 말은 경고이리라.

뭐어 즉사를 제외하면 살해당할 일은 없을 테니 괜히 겁에 질릴 필요는 없지만 그래도 앞으론 경계하는 편이 좋겠지…….

"근래 몇 년간은 문제가 일어나도 처리를 질질 끈 탓에 치유사들을 통괄하는 교회 본부의 권위는 이미 땅에 떨어지기 직전까지 왔다네."

"그럼 마르단 대사교님께선 루시엘 공이 제안한 이 안건을 당장이라도 추진해야 한다고 생각하시는 겁니까?"

"물론 이대로 추진하자는 건 아니라네. 이 상태로는 조잡한 부분이 눈에 들어오니 말일세. 돈가하하 공도 알고 계시지 않습니까?"

"……지나치게 급격한 변화가 아니라면 고려할 만한 가치가 있다는 점은 인정하겠소."

개혁파라고 해도 돈가하하 씨는 꽤 신중한 성격이구나.

"흠. 그렇다면 우리들의 사명은 우선 성 슈를 교회 본부가 운영하는 치유사 길드의 재건이라는 의견에 모두 동의했다고 봐도 되겠는가?"

무넬라 씨의 한마디에 마르단 대사교님은 미소를 띠며 고개를 끄덕였으며 돈가하하 씨는 거북한 표정을 그대로 드러내며 고개를 끄덕였다.

"그래서 어쩔 셈이지? 설마 이 자료를 시안(試案)으로 채택할 생각인가?"

"……루시엘 공은 정말로 이 가이드라인의 원안대로 일을 처리하면 치유사가 돈의 망자라는 비난에서 벗어나 성 슈를 교회의 권위를 되찾을 수 있다고 생각합니까?"

자료에 관해 설명하기도 전에 각 파벌의 중진들이 차례로 자신의 의견을 발표하는 자리가 이어졌기에 마르단 대사교님의 말씀이 나올 때까지 이대로 계속 공기 취급을 받는건가 하는 생각에 잠겨있던 난 조금 안심했다.

"이것만으로 권위를 되찾을 수 있을 거라곤 생각하지 않습니다. 이것만으론 부족합니다."

"뭣……이……?"

이제 시작인데 그렇게 놀라시면 곤란하다. 지금부터 본론에 들어갈 거니까…….

"S급 치유사 취임식 때도 말씀을 드렸습니다만 치유사가 돈의 망자라는 소리를 듣는 데에는 이유가 있습니다. 그건 일부 악덕 치유사들이 환자에게 터무니없는 치료비를 청구하고 있음에도 불구하고 지금까지 치유사 길드나 교회 본부가 이를 묵인해왔기 때문입니다."

"무슨 말인지는 알겠다만 우리도 치료 행위를 전부 살필 순 없다. 예를 들면 고랭크 회복 마법이 필요한 상황에서 환자를 치료한 뒤에 고랭크 마법을 쓸 필요는 없었다며 난동을 부리면 어떻게 해야 하는가?"

그 건에 대해선 정말로 진지하게 생각했다. 사람들의 이익을 지나치게 추구하면 치유사가 불이익을 당하기 때문이다.

그리고 궁리한 끝에 전세에서 당연한 것처럼 갖춰져 있던 보험 제도를 시험 삼아 도입해보기로 했다.

"그에 대비해 환자의 의식이 있는 경우엔 진찰을 볼 때 치료 동의 여부를 물은 뒤에 사인하도록 하겠습니다. 만약 환자의 의식이 없는 경우엔 환자의 동료나 가족에게 치료 내용을 설명한 뒤에 그 사람들한테 사인을 받으면 됩니다."

"그렇군. 연대보증(連帶保證)으로 치료비를 부담시키겠다는 건가."

"예. 덧붙여서 상대가 모험가인 경우엔 모험가 길드에 환자의 치료비 부담 여부를 물어보는 것도 괜찮을 거라 봅니다."

하지만 난 보험 제도의 도입이 사람들을 구제할 수 있는지 그리고 받아들일 수 있는지 하는 질문에 마지막까지 답을 낼 수 없었다.

그렇다면 이 자리에 있는 파벌의 수장들에게 그 선택을 맡겨도 나쁘진 않으리라. 그렇게 생각하기로 했다.

"모험가의 부상은 자신의 책임이 아닌가? 모험가 길드가 그 제안을 받아들일 일은 없겠지."

"바로 그겁니다. 무넬라 님의 말씀대로 모험가 길드에선 모든 행동은 자신의 책임이라고 이해를 시킨 뒤에 등록을 받습니다. 하지만 한 번 생각을 해보시죠. 만약 치유사가 부상을 입은 모험가에게 수중에 돈이 없다면 치료를 하지 않겠다 하고 전하면 어떻게 될까요?

"치유사의 책임을 저버렸다거나 돈의 망자라는 소리를 듣는다는 건가?"

여기선 주관적인 견해를 넣지 말고 객관적으로 대답하는 게 좋겠지. 그리고 듣는 이로 하여금 치유사 길드에 최대의 메리트가 있다는 생각이 들도록 신중하게 말을 골랐다.

"예. 그건 너무 불합리한 일이라고 생각하지 않으십니까? 그러니 치유사가 모든 책임을 지지 않도록 모험가 길드를 끌어들여 치료 여부를 선택하게끔 하는 겁니다."

"하핫핫. 실로 재밌는 발상이야. 모험가 길드가 모험가의 치료비를 부담할지 말지를 정한다는 게로군."

"예. 하지만 지금의 법안은 모두 치유사에게 유리한 조항뿐입니다. 이대론 모험가 길드를 끌어들이려 해도 무리겠지요."

"그래서 이 새로운 법안과 치료에 관한 가이드라인을 시행한다는 거군요."

"예. 물론 지금까지 단물을 빨아온 일부 치유사들은 맹렬히 반대하겠지요. 그래도 지금처럼 치유사라는 이유만으로 눈총을 받거나 매도를 당하는 일은 사라질 겁니다."

각 파벌에 속한 수장들의 반응은 대체로 양호한 모양이다.

"질문해도 되겠나?"

잠시 정적이 흐른 뒤에 마르단 대사교님이 입을 여셨다.

"귀공은 무엇을 위해, 누구를 위해, 이 안건을 추진하고자 마음을 먹은 것인가? 정직하게 답하도록."

누구를 위해…… 그 말이 마음에 걸렸다. 하지만 처음부터 막연한 답을 가지고 시작했다는 생각도 든다.

"글쎄요…… 환자와 치유사를 위한 일이기도 하지만 처음엔 자신을 위해 시작했다고 생각합니다."

"자신을 위해서라 함은?"

"제가 치유사로 전직한 멜라토니 마을에선 하이 힐을 쓸 수 있는 우수한 치유사들이 모인 치유원이 있었습니다. 아시는 바와 같이 하이 힐은 성속성 마법의 스킬 레벨이 Ⅵ(6) 이상에 도달하지 않으면 시전할 수 없기에 그 치유사들의 이야기를 처음 들었을 때는 사람들을 치료하기 위해 얼마나 피나는 노력을 한 걸까 그런 생각만 해도 존경심이 솟아났습니다."

보타쿠리가 모험가를 속이는 짓을 하지 않았다면 분명 내 쪽에서 가르침을 구했을지도 모른다.

"하지만 치유사도 인간이니 돈이나 물욕에 눈이 멀었던 것이겠지요. 그 치유원을 조사하던 중에 그들이 환자에게서 고액의 치료비를 뜯어내는 데에 혈안이 된 집단이라는 것을 알게 됐습니다. 그런 짓을 하면 사람들한테서 원망을 산다는 걸 뻔히 알면서도……."

"사람들한테서 원망을 사지 않기 위해 이 안건을 통과시키려한 것인가?"

"그런 이유도 있습니다만…… 열심히 노력했던 과거를 더럽히는 치료를 하지 않더라도 요금을 명확하게 제시해 사람들이 치료를 받기 쉬운 환경을 만들면, 환자 한 명을 치료하는 단가가 싸져 찾는 사람이 늘어나고 치유사는 존경을 받을 겁니다."

게다가 분명 치유사의 직업 레벨이나 스킬 레벨도 오르리라.

"어쩌면 장래에 아이들이 되고 싶은 직업 랭킹 1위에 오를지도 모릅니다. 언젠가 그런 미래를 볼 수 있다면 좋지 않겠습니까? 그리고 S급 치유사로서 그 어떤 고난을 겪어도 좌절하지 않고 사람들의 구원이 되고 싶습니다."

뭐어 직업은 성인식에서 하느님이 내려주시는 거니까 되고 싶다고 해서 될 수 있는 건 아니지…….

……조금 열정이 과했는지 모두의 시선을 한몸에 받았는데 그 와중에 아무도 입을 열지 않았다.

불편한 마음에 진행을 맡은 카트린느 씨와 부르투스 씨를 보니 카트린느 씨가 흠칫 놀란 표정을 짓고 있었다.

"루시엘 군이 그렇게까지 치유사의 미래를 생각한다면, 여러분 어떻습니까?"

"음. 그 정도의 각오가 있다면 루시엘 공의 안건을 좀 더 살펴보도록 하지."

……갑자기 왜 저러시는 걸까? 돈가하하 씨가 자세를 다잡고 진지한 태도로 자료를 검토하기 시작했다.

마찬가지로 다른 분들도 자료 읽기에 동참하자 귀에 들리는 건 종이를 넘기는 소리뿐이었다.

"그건 그렇고 S급 치유사로서 사람들을 구한다……라. 설마 여기서 전설적인 말을 인용할 줄은 몰랐습니다. 그게 젊음이라는 걸까요……. 그런 각오가 있었기에 루시엘 공이 S급 치유사의 자리에 오를 수 있었던 걸지도 모르겠군요."

돈가하하 씨가 갑자기 격려의 말을 건네는 바람에 깜짝 놀랐다. 전설적인 말을 인용했다니? 무슨 말인지 전혀 감이 잡히지 않았다.

"저기……."

"이 안건을 추진하고 싶은 루시엘 군의 마음은 알고 있었지만 설마 치유사 길드의 창설자인 레인스타 가스타드 경의 말을 인용할 정도로 각별하게 여길 줄은 몰랐는걸."

레인스타 가스타드 경의 말을 인용했다고? 전에 멜라토니에 있었을 때 레인스타 경의 이야기를 읽을 기회가 있었는데 솔직히 자세한 내용은 기억이 나지 않는다…… 이제 와서 무슨 얘기를 하는 거냐고 물어볼 수 있는 분위기도 아니고…….

"저는 그렇게 생각해도 교회를 위한 일이 될지 어떨지는 다른 문제니까 그렇게 거창하게 받아들이실 필요는 없어요."

"루시엘 공, 그건 아닙니다. 이건 S급 치유사가 된 루시엘 공의 첫 업무입니다. 앞으로 루시엘 공이 공적을 쌓아 전기(傳記)가 쓰인다면 언젠가 이 회의가 세상 사람들의 입에서 오르내리는 날이 올지도 모릅니다."

완전히 오버다. 부르투스 공은 내 전기가 나올 것을 대비하려는 듯 서기를 맡은 무녀에게 상세히 지시를 내리기 시작했다.

"앞으로 루시엘 공이 성 슈를 내외(內外)에서 조금이라도 활약하는 데에 쉽도록 조치해야겠군요."

어쩐지 마르단 대사교님까지 열정적으로 나서시는데, 애초에 이게 S급 치유사의 일이었던가?

"그래도 전기에 기록된 레인스타 경처럼 혼자서 각지를 도는 건 너무 위험하니 루시엘 공을 지킬 부대를 편성해야겠군.”

“그렇다면 기사단에서 동행자를 뽑도록 하지.”

“그런데 들은 바로는 루시엘 공은 발키리 성기사단과 가깝게 지내는 걸로 안다만 기사단장도 발키리 성기사단이 루시엘 공과 동행하면 곤란하지 않나?”

세 파벌의 수장들이 모이면 의견에서 합의를 보지 못할 거라고 그란하르트 씨가 단언했는데 이 광경은 뭘까? 게다가 동행자라니…… 혹시 방금 나온 성 슈를의 내외라는 말은 성 슈를 교회의 내외가 아니라 성 슈를 공화국의 내외를 말하는 거였나? 어쩌다 일이 이렇게 꼬였을까?

“루시엘 군한테는 미안한 일입니다만 아무리 그래도 발키리 성기사단을 내보낼 순 없습니다.”

“저기…….”

어쩐지 불길한 예감이 든다.

“알고 있다. 각국을 돌 테니 전력 보충을 위해 타국에서 노예를 사도 괜찮은지 묻고 싶은 게지? 물론 상관없다.”

“아니, 그게 아니라…….”

“그래. S급 치유사 카드를 소지하면 일마시아 제국 내에서도 그대를 함부로 대할 순 없을 테니 안심하도록.”

아무리 봐도 모르시는 것 같다. 나로선 국내를 도는 것만으로도 목숨을 걸어야 할 판인데 세계를 돌아다니라니……

설마 이게 용(龍)의 가호가 미치는 영향인가? 그건 좀 억지 같은데.

그렇지만 용을 해방할 걸 고려하면 세계를 돌아다니는 편이 좋겠지…… 뭐어 미궁을 답파할 기회는 더 이상 오지 않겠지만…….

"각국을 돌면서 부정 여부를 조사해야 할 터이니 마통옥(魔通玉)도 준비해야겠군요. 이 건은 공중 도시국가 네르달에 연락을 취해야 하니 제가 직접 교황님께 말씀을 드리겠습니다."

"그리고 세계 지도도 필요할 테니 그건 제가 준비하도록 하지요."

"루시엘 군, 여행을 떠날 거면 기승 스킬을 꼭 터득하도록 하렴. 성 슈를 공화국은 치안이 좋아 도적이 없는 편이지만 타국은 사정이 다르니까. 이 건은 발키리 성기사단한테 직접 상담을 해줄래?"

"……예."

내가 포레 누와르 외에 다른 말을 타지 못한다는 사실을 카트린느 씨는 알고 계실까?

본래는 스킬을 터득하지 않아도 말을 탈 수 있지만 지금도 다른 말의 등에 타기만 하면 바로 날뛰곤 한다…….

"조금만 더 젊었다면 나도 동행했을 것을. 정말로 아쉽구만."

"그럼 여러분, 루시엘 공이 하루라도 빨리 여행을 떠날 수 있도록 우리도 제대로 지원을 하도록 하지요."

"예." "오우." "그러지." "음."

그 후에 얼마 지나지 않아 내가 만든 가이드라인과 법안의 원안을 토대로 삼아 회의가 다시 열렸다.

이날부터 각 파벌에서 파견된 전문가들과 매일같이 만나며 치료에 관한 가이드라인과 법안을 정리하는 나날을 보내게 됐다.

가이드라인과 법안의 뼈대를 만드는 귀중한 경험을 하며 안건을 실시할 일정 조정이나 각 치유사 길드에 통보하는 절차 등 정말로 모르는 것투성이라 자신의 부족함을 뼈저리게 느꼈다.

　그리고 놀랍게도 회의가 시작되고 열흘 만에 내가 생각한 원안이 대부분 반영되는 형태로 완성된 치료에 관한 가이드라인과 법안이 각 파벌의 승인을 통과해 교황님께서 최종 승인을 내리셨다.

　오히려 이번 일을 통해 각 파벌이 가이드라인이나 법안을 철회하려고 마음을 먹으면 얼마든지 결과를 뒤집을 수 있다는 사실을 몸소 깨닫게 되었다.

02 스승님의 편지와 앞으로 해야 할 일

치료에 관한 가이드라인과 새로운 법안이 통과된 다음 날, 난 교황님으로부터 호출을 받았다.

"루시엘이여, 일단 S급 치유사로서 공약했던 안건을 훌륭히 완수했구나."

"감사합니다. 하지만 이번 안건이 최종 승인을 통과할 수 있었던 건 각 파벌에서 파견된 분들 덕분입니다. 이번 일로 자신의 미숙함을 뼈저리게 느꼈습니다."

"겸손하구나. 좀 더 자신을 가져도 되느니라. 이번 일은 누가 뭐라고 한들 루시엘 그대가 문제를 제기하지 않았다면 빛을 보지 못했을 사안이니."

"그건 그렇습니다만, 각 파벌에 속한 여러분들의 협력이 있었기에 가능했던 일이라 생각합니다."

"그들의 협력을 끌어 낸 건 루시엘의 말이 아니더냐? 각 파벌의 중진들 앞에서 S급 치유사로서 사람들을 구하겠다고 선언했다고 들었느니라. 설마 치유사 길드의 창설자인 레인스타 경의 말을 인용해 주위를 설득할 줄은 몰랐구나. 교회를 위해 힘을 써주는 건 기쁘다만 너무 무리는 하지 말거라."

예. 저도 그런 생각은 눈곱만큼도 하지 않았고 여태까지 한 적도 없습니다.

설마 각 파벌의 중진들이 레인스타 경의 전기를 거의 암기할 수 있는 수준으로 기억할 줄은 몰랐다. 말 한마디 한마디에 특별한 의미가 담겨있다는 사실을 아는 이들은 극히 일부의 신자나 연구자뿐이리라.

설마 호운(豪運) 선생님이 붙어 계시는데도 이런 불행을 겪게 될 줄은…….

"……배려에 감사드립니다."

"됐느니라. 루시엘은 본녀의 유일한 직속 부하이니. 헌데 이번에 승인한 가이드라인과 법안에 대해서 말이다만 이후엔 마르단과 무넬라가 주도해 추진한다는 얘기는 들었을 테지?"

"예. 이번 안건이 제 이름으로 통과되긴 했으나 아직 10대에 불과한 풋내기의 말로는 치유사들 사이에서 반발이 예상되므로 두 분이 사전 작업을 통해 시간을 들여 설득하신다고 들었습니다."

아무리 내가 S급 치유사라고 해도 10대의 몸으론 얕보는 이들이 나온다는 것 정도는 알고 있다.

그래서 위엄을 갖춘 두 분께 부탁을 드렸다.

"그렇게 됐다. 추가로 이번 안건의 실시 일정을 조정하는 역할은 돈가하하가 맡게 됐느니라."

"그 얘기도 들었습니다. 길어지면 몇 년이 걸릴지도 모른다고 보고를 받았습니다만, 제대로 시행만 된다면 문제는 없을 거라 생각합니다."

어디서든 모난 돌이 정을 맞는 법이지만 지금은 양호한 관계를 맺는 게 우선이다.

그란하르트 씨한테서 들은 정보가 사실이라면 이번 안건은 개혁파에게 큰 손실을 안겨줄 터다.

그렇기에 돈가하하 씨에게 시행 시기를 조정하는 역할을 맡긴 것이다.

"음. 무얼 실제론 그 정도로 걸리진 않을 테지. 실은 이번 일과 관련해 각 파벌의 중진들이 본녀에게 제안한 게 있느니라."

"어떤 내용인지 여쭤봐도?"

"루시엘이 20세가 되는 대로 S급 치유사의 지위에 오른 것과 이번에 승인한 안건을 루시엘이 주도했다는 사실을 공포(公布)한 다는 것이니라."

S급 치유사가 됐다는 사실의 공표는 나도 바라 마지않는 일이니 까 별다른 문제는 없지만 어째서 그런 제안을 했느냐가 문제구만.

"괜찮습니다만, 그분들이 그런 제안을 하신 이유가 있는지요?"

"있느니라. 하지만 그 이유는 비밀로 하고 싶구나."

"알겠습니다. 그런데 S급 치유사로서 처리해야 할 업무가 따로 있습니까?"

"딱히 없느니라. 한가하다면 미궁에 들어가도 좋다. 아, 그리고 보니 카트린느의 보고에서 루시엘은 말을 타는 게 서툴다고 들었 다만 그 얘기가 사실이라면 마술(馬術) 훈련을 추천하마."

자진해서 미궁에 들어가긴 싫단 말이지…….

게다가 이유는 모르겠지만 내가 말들한테 미움을 받는 체질인 모양이라 요즘엔 검은 털을 지닌 포레 누와르 외에 다른 말들은 내게 다가오려고도 하지 않는다.

만약 여행에 나서게 된다면 최악의 경우엔 교황님한테서 포레 누와르를 사는 것도 고려하자.

"노력하겠습니다."

"각지를 순회하다 보면 마물이나 도적과 싸워야 할 때도 있을 테지. 제대로 준비를 하거라."

"예. 저도 도적이나 마물과 싸우는 건 불안한 데다 말에 제대로 타보지도 못하고 적한테 둘러싸여 죽는 건 사양이니까요."

"그런 이유도 있다만 루시엘의 경우엔 잡혀서 노예가 되는 게 더 큰 문제이니라. 분명 평생 감금당한 채로 도적들을 위해 회복 마법을 쓰는 인생을 보내게 될 테지. 그건 교회를 넘어 세계의 손실이니라. 그러니 가능한 만반의 준비를 해줬으면 좋겠구나."

"제대로 준비하겠습니다."

"음. 20세가 되면 S급 치유사로서 타국의 치유사 길드를 순회하게 될 터이니 그때까지 치유사 길드나 치유원의 상황을 공부해두는 편이 좋을 게다."

"······예."

20세가 되면 강제적으로 타국에 가야 하는 건가? 어쩌다 일이 이렇게 꼬인 거지? 설마 그 용이 내려 준 가호랑 연관이 있는 건 아니겠지······?

"그리고 루시엘의 호위에 대한 문제는 카틀레아에게 일임했으니 나중에 물어보거라. 본녀는 앞으로 세간에 S급 치유사임을 공표할 때까지 그대가 제대로 준비에 임할 것을 첫 명령으로 삼겠노라."

"옙. 최선을 다해 받들겠습니다."

교황님이 내리는 명령이면 거절할 수 없겠지…… 뭐 상관은 없지만.

그런데 앞으론 준비를 하는 게 주된 업무가 될 텐데 내가 교회 본부에 머물 필요가 있나? 교황님의 명령을 받은 난 그런 생각을 하며 교황의 방을 나섰다.

그건 그렇고 가이드라인과 법안에 대한 안건이 완전히 내 손을 떠난 시점에서 정말로 할 일이 사라졌네…….

딱히 할 일도 없으니 일단 개인실로 돌아갈까.

S급 치유사로서 세간에 공표될 때까지 제한 시간이 붙긴 했지만 그 점이 문제가 되는 건 아니다.

하지만 딱히 할 일이 없다고 해도 1년 5개월 동안 공부만 하고 싶진 않단 말이지…….

스킬의 숙련도를 올릴까? 아니면 카트린느 씨가 선발하는 동행자 겸 부하인 사람들과 친목을 다지기 위해 모험가 길드에 다닐까…….

정말로 남은 1년 5개월이란 시간을 어떻게 써야 잘 썼다는 말을 들으려나.

그런 생각을 하며 방으로 향하니 방 앞에 조르드 씨가 서 있었다.

"조르드 씨, 저한테 볼일이라도 있으세요?"

"예. 루시엘 님 앞으로 온 편지가 있어 전해드리러 왔습니다."

그 말과 함께 받은 편지엔 스승님의 이름이 적혀 있었다.

"스승님은 멜라토니 모험가 길드의 길드 마스터를 맡고 계시는데 편지가 처분되지 않고 무사히 도착했네요?"

"루시엘 님 앞으로 온 편지라서 그런 거겠지요…… 뭐, 루시엘 님을 위해 교회 본부에 쳐들어온 적이 있으니까 접수처 직원이 루시엘 님의 스승님을 기억하고 있었다는 점도 한몫했겠지만요."

접수처에서 맡은 편지를 왜 조르드 씨가 가져온 건지 의문이 들었지만, 어차피 이런저런 핑계로 대답을 피할 게 뻔했기에 편지를 받아 방안에서 바로 읽어 봤다.

『루시엘, 수행은 빼먹지 않고 잘 지내느냐? 이쪽은 제자를 지원하는 모험가들이 늘었다만 사흘 뒤면 다들 모습을 감추는 통에 지루한 나날을 보내는 중이다.

이 얘기는 제쳐두고, 물체 X의 검증 결과가 나왔으니 보고하마.

물체 X는 신인 모험가를 조금이라도 더 강하게 키울 목적으로 개발됐다고 알려져 있다만 아무래도 네가 알려준 대로 레벨이 잘 오르지 않는 부작용이 존재하는 모양이다. 지금까지 널 위한 일이라 생각해 물체 X를 마시게 했다만 만약 효능이 없다고 판단을 내렸다면 더 이상 마시지 않아도 좋다.

성도에서 했던 대련을 통해 네가 이미 일정 수준의 힘을 갖췄다는 건 알고 있다.

슬슬 마물을 쓰러뜨려 레벨을 올려도 괜찮은 시기일지도 모르지.

지금 너의 실력이라면 고블린이나 코볼트를 상대로 포위를 당해도 이길 정도의 힘은 갖추고 있을 터이니.

하지만 착각은 하지 말도록. 물체 X를 끊고 레벨이 오르면 지금보다 스테이터스가 오르니 강해졌다고 느낄 거다.

하지만 그 감상은 틀리진 않았을지언정 올바르다고 할 순 없다. 전에도 가르친 적이 있다만 스테이터스의 차이가 반드시 승패가 가르는 요소가 되는 건 아니니까 말이다. 아무리 신체 능력이 높고 강인하다고 해도 몸은 하나다.

만약 정면에서 봤을 때 자신과 실력이 비슷하게 느껴지는 적과 마주치면 망설이지 말고 도망쳐라. 왜냐면 싸우는 자에게 패배는 곧 죽음이니까.

만약 운 좋게 이겼다고 해도 결코 자만에 빠지지 마라. 다음에 그 꼴로 당하는 자신을 볼 수 있을 거다.

전투에 임할 때 교만함이 나온다는 생각이 들면 온종일 검으로 고통과 함께 그 교훈을 몸에 새겨줄 테니 안심하고 멜라토니의 모험가 길드로 와라. 딱히 용무가 없어도 상관없다. 나나엘라랑 모니카도 네가 오기를 기다리고 있을 테니까.

전투에선 준비뿐만 아니라 운이나 상황 그리고 상성 등의 요소가 승패를 가르는 경우도 있다. 만약 수긍하지 못하겠다면 먼저 날 이긴 다음에 좋을 대로 하도록.

스승님이 바보 제자에게 보냄.』

편지에서 나랑 싸우고 싶다는 스승님의 마음이 팍팍 전해진다. ……스승님한테 라이벌 같은 존재는 없는 걸까? 그게 아니면 위험하니까 싸우는 걸 피하고 계신 건가? ……다음에 뵈러 갈 때 여쭤보자.

……그건 그렇고 저번에 성도에서 스승님과 싸웠을 때는 그냥 엉망으로 당했다고만 생각했는데 날 제대로 보고 계셨구나. 그래서 금세 우쭐해지는 내 본질을 간파하고 충고를 해주신 것이리라. 정말로 감사할 따름이다…….

스승님이 보내신 편지로 미루어 보면 교회 본부에 묶인 몸이라 살았다는 생각도 든다. 분명 다른 곳에 있었다면 내 몸을 질질 끌고 가는 한이 있어도 모험가 길드로 데리고 돌아가 내 근성을 바로잡으셨을 터다.

시야가 넓고 사물을 깊게 이해하시는 스승님을 떠올리며 멜라토니 마을이 있는 방향을 향해 고개를 숙이고 싶은 기분이다.

"그런데 아직 볼일이 남아있나요? 오늘은 외출 예정이 없는데요."

"루시엘 님, 그런 말씀 마시고 교회 본부 밖으로 저희를 데려다주시면 안 되겠습니까?"

"저희? 다른 분들이 더 계신가요?"

지금까지 조르드 씨 한 사람이랑 동행해도 교회 로브를 두른 탓에 치유사라는 사실이 들통나 큰일을 겪었는데 인원이 더 늘어난다는 건가? 그건 좀 봐줬으면 한다.

"예. 절 포함해서 치유사가 5명입니다. 앞으로 루시엘 님의 부하가 될 사람들이기도 하죠."

"부하? 그런 보고는 듣지 못했는데요?"

"기사단장님께서 S급 치유사와 동행을 원하는 치유사들을 모집하셨거든요. 경쟁률이 제법 센 편이었지만 어떻게든 저도 권리를 획득했습니다."

호위만 뽑는 게 아니었나……. 이대로 가면 행동에 제한이 생기고 만다. 그건 그렇고 경쟁률이 센 편이었다니 어쩐지 지원 동기가 수상하다는 느낌이 드는데.

"부하 치유사…… 동행자를 모집하는 시점에서 조르드 씨가 올 거란 예상은 했습니다. 하지만 다른 네 분은 지금까지 뵌 적조차 없는데 괜찮나요? 주위의 시선이나 대우에 견디지 못하는 분이면 힘들 텐데요."

"문제없습니다. 그러니 지금부터 다른 분들에게 외출을 제안해 함께 가주시면 안 되겠습니까?"

"나가는 건 상관없지만 어차피 제가 들릴 곳은 모험가 길드예요. 그건 알고 계시죠?"

"설마……."

제법 눈치가 생긴 모양인걸. 다른 네 사람도 적응할 수 있으면 좋으련만.

"물론 물체 X를 마시게 하겠습니다. 여러분들이 치유사로서 성장하셨으면 하니까요, 강요할 생각은 없지만요. ……왜 그러세요? 안색이 조금 나빠지신 것 같은데."

"그, 그런가요? 아, 참. 따로 볼일이 있었다는 걸 깜빡했네요. 대단히 아쉽지만 외출은 나중에 날을 따로 잡아서 다 같이 가도록 하죠."

그 말을 남긴 조르드 씨는 빠른 걸음으로 내 방을 빠져나갔다.

난 조르드 씨의 빠른 태세 전환에 크게 웃으며 앞으로의 일들을 생각했다.

교황님께서 준비 기간으로 1년 5개월이라는 시간을 주셨고 그 시간을 어떻게 활용할지는 전적으로 내게 달렸다.

치유사로서 요구되는 능력은 성속성 마법이니 이 부분은 문제가 없으리라.

치유사치곤 전투 경험도 어느 정도 쌓았으니 이 또한 문제는 없으리라.

그렇다면 남은 건 지식뿐이다.

각국의 정보는 물론이고 치유사 길드와 치유사에 대한 국민의 감정과 빈부 격차, 그리고 종교상의 문제도 헤아려야 한다.

경우에 따라선 치유사 길드나 치유원의 경영학을 익혀야 할지도 모른다. 그렇게 생각하면 시간이 있을 때 할 수 있는 일부터 조금씩 해둘 필요가 있다.

그래도 그런 정보들을 외운다고 외울 수 있으려나…… 지금은 여행을 나서기 위해 가장 중요한 일을 먼저 끝내자.

일단 말을 탈 수 없다는 건 치명적인 결점이니까 얀바스 씨랑 포레 누와르의 도움을 받아야겠지.

사실 연습을 하는 데에는 컨디션이 나빠지기 쉬운 포레 누와르보다 좀 더 튼튼한 말이 좋지만 다른 말들은 나한테서 도망치거나 등에 타는 걸 거부한단 말이지. 앞으로의 일도 있으니 가능하면 교황님이랑 교섭을 통해서 정식으로 포레 누와르를 양도받을 수 있도록 노력하자…….

아, 맞다. 카트린느 씨가 선발 중인 동행자 겸 호위 담당 기사들이 정해지면 외출을 신청해서 멜라토니에 다녀올까. 그렇게 하면 여러 일이 한 번에 해결될 것 같은 느낌이 든다.

스승님과 두 분한테 단련을 받으면 호위를 맡은 기사들도 강해질 테고 물체 X를 마시면 동료 의식도 생기리라.

뭐어 발키리 성기사단의 훈련에 참여하지 못한다는 단점이 있긴 하지만 그건 이쪽의 사정이니까…….

남은 걱정거리는 도적이나 자연의 마물과 벌이는 전투인데 역시 죽일 각오로 싸워야겠지…… 모든 적을 사로잡을 수 있을 정도로 강하면 이런 걱정을 할 필요도 없을 텐데…….

미궁 내에서 출현하는 마물들은 전부 언데드였으니까 별문제는 없었지만, 앞으로는 그렇게 쉽게 풀리지 않으리라.

그 생각에 두통을 느끼며 일단 해야 할 과제 중에서 가능한 일부터 끝내기로 했다.

그리고 처음으로 해결할 과제를 정한 난 스승님과 두 분께 상담을 청하기 위해 편지를 쓰기 시작했다.

스승님께 보내는 편지를 쓴 다음 날 아침, 여느 때처럼 개인실의 문을 노크하는 소리가 들렸다.

"발키리 성기사단의 마르르카입니다. 루시에른 님을 모시러 왔습니다."

발키리 성기사단의 대원분들이 대부분 그렇지만 특히 마르르카 씨는 존댓말을 쓰면 자신의 말투가 이상해진다는 사실을 알고 있으려나? 루시에른 님이라는 호칭은 대체……. 뭐어 S급 치유사가 된 이후에도 이전과 별반 다르지 않은 태도로 대해주는 대원분들에게 호감이 가긴 하지만…….

"열려 있어요."

그러자 바로 찰칵 하는 소리와 함께 문이 열렸고 얼굴을 보인 마르르카 씨는 그 자리에서 가볍게 인사를 한 뒤에 보고에 들어갔다.

"루시에른 님, 안녕하십니까. 그럼 바로 대훈련장으로 와주십시오."

마르르카 씨를 포함해 발키리 성기사단의 대원 분들한테 듣는 존댓말은 아직도 어색하다. 똑같은 말투로 날 대하는 건 오직 루미나 씨뿐이고 다른 멤버들은 익숙하지 않은 존댓말을 쓴다.

그건 그렇고 왜 평소에 이용하던 발키리 성기사단의 훈련장을 놔두고 다른 곳으로 가는 거지? 어제 아무런 설명도 듣지 못했는데.

"평소에 가던 훈련장이 아닌 모양이네요?"

"예. 실은 저번에 기사단장이신 카트린느 님께서 훗날 세계를 돌아다니실 루시엘 님의 호위를 모집하셨습니다만 예상보다 지원자가 많았던지라 최종 결정은 선발에 루시엘 님이 입회하셔서 하시는 게 좋을 것 같다는 판단을 내리셨습니다."

이건 감사한 배려로 받아들여도 괜찮겠지? 그런데 지원자가 많이 몰릴 정도로 매력적인 임무는 아니라고 생각하는데.

"그럼 오늘은 발키리 성기사단과의 훈련은 중지된 건가요?"

"예. 루시에른 님께서 지원자들 가운데 호위를 선발하셔야 하기에……."

어쩐지 마르르카 씨한테서 위압감이 느껴지는데 기분 탓인가?

"마르르카 씨가 보기엔 지원자들 가운데 발키리 성기사단의 분들과 비슷한 실력을 지닌 분이 있나요?"

"있을 리가 없잖아요. 그런 질문을 하실 거면 저희한테 호위 임무를 맡기시지⋯⋯."

마르르카 씨의 목소리는 작았지만 그녀의 말은 확실히 내 귀에 닿았다. 아무래도 정말로 화가 났던 모양이다. 이대로 오해를 산 채로 있으면 앞으로 발키리 성기사단의 훈련에 참가하는 데에 지장이 생길지도 모르니 오해를 풀어둘까.

"오해하시는 것 같아서 말씀을 드리는 건데요. 저도 발키리 성기사단이 동행해주길 바랐어요. 그런데 기사단의 핵심 전력이라는 이유로 발키리 성기사단이 동행자 후보에서 빠지게 된 거예요. 마르르카 씨도 아시잖아요? 제가 겁이 많은 성격이라는 거."

"그럼 동행자 후보에서 발키리 성기사단을 제외한 사람은 루시에른이 아니라 카트린느 기사단장님이라는 거야? 말도 안 돼."

자연스럽게 반말로 돌아갔네. 혹시 마르르카 씨가 존댓말을 썼던 이유는 화가 나서 그랬던 건가?

"상층부에서도 나름대로 생각하는 바가 있다는 거겠죠. 애초에 저랑 친한 기사단은 발키리 성기사단밖에 없다고요. 제가 친하지도 않은 사람들이랑 떠나는 여행을 바란다고 진심으로 생각하시는 건 아니겠죠?"

"⋯⋯그리고 보니 루시에른 님은 우리랑 훈련한다는 이유로 다른 기사단 사이에서 고립된 상태였지?"

마르르카 씨한테 외톨이로 인증을 받았다…… 그럼 내 처지가 이런데도 어째서 그렇게 지원자가 많았던 걸까? 파벌에 속한 기사들이 지원한 건가? 아니면 다른 이유가 있는 건지…….

"예. 그러니 다른 분들한테도 이 사실을 전하고 오해를 풀어주세요. 아 그리고 주위에 다른 사람들이 없을 땐 경칭도 존댓말도 하실 필요 없어요. 일단은 저도 발키리 성기사단의 견습 대원이니까요."

"이야 역시 루시에른은 말이 통하는걸. 뭐어 갑자기 잘난 체하거나 거만하게 굴면 훈련에서 두들겨 패줄 셈이었지만."

"무사히 넘어가서 다행이네요. 그런데……."

다행이다~. 완전히 기분도 풀린 것 같고 오해도 해소했으니. 비유가 아니라 발키리 성기사단의 분들은 훈련에서 진짜로 두들겨 패니까 질이 나쁘단 말이지~.

내 주위에 있는 사람들은 다들 전투광인가?

"그런데 뭐? 전투광 같다고?"

웃, 예리한걸.

"그게 아니라 다른 기사단이랑 발키리 성기사단이 어떤 점에서 그렇게 차이가 나는지 신경이 쓰여서요."

"정말로? 뭐어 그건 제쳐두고. 일단 설명을 하자면 기사단은 지키는 것을 우선시하는 집단이니까 전투광은 아니야. 단지 우리 부대의 모토가 '최고의 방어는 공격'이라 그렇게 느낄 수도 있지만……."

공격에 나서는 시점에서 방어를 우선시하는 게 아니라는 모순

점을 깨닫길 바란다.

　최고의 방어는 공격이라. 오랜만에 듣는 말이네…….

　"그렇군요."

　"그런데 어째서 기사단장님은 본인이 선발하시지 않고 루시에른의 호위를 모집하신 걸까?"

　"본부 근무보다 더 위험한 임무라서 그런 게 아닐까요?"

　"그 외에도 다른 이유가 있을 것 같은데…… 게다가 루시에른이 나서면 일기당천(一騎當千)이나 만부부당(万夫不當)의 모험가와 동행할 수 있잖아?"

　"……그건 그렇죠."

　옛날에도 전생자라는 존재가 있었던 걸까? ……그리고 보니 지금까지 잊고 있었지만 나 말고도 같은 전생자가 9명 더 있다고 했던 거 같은데? 뭐어 지금까지 전생자에 대한 정보는 귀에 들어오지 않았으니 별문제 없겠지.

　"루시에른? 왜 굳어있어? 루미나 님이랑 다른 사람들이 기다리고 있으니까 슬슬 가자."

　"아, 죄송해요. 그럼 가볼까요."

　전생자에 대해 생각하느라 정신이 멍해질 줄은……. 갑자기 쳐다보는 시선으로 이쪽을 응시하는 바람에 무심코 동요하고 말았다.

　포커페이스를 가장한 난 전생자에 대한 생각을 일단 접어두고 마르르카 씨와 함께 호위 기사를 선발하는 대훈련장으로 향했다.

그리고 마르르카 씨의 안내를 받아 드디어 대훈련장에 도착했다. 아마 나 혼자였다면 지도가 있었다 해도 꽤 헤맸으리라.

훈련장에 들어서니 성 슈를 교회 본부를 지키는 기사단이 이미 대열을 갖춘 상태로 조용히 기다리고 있었다.

"늦어서 죄송합니다."

"루시엘 군, 내 옆으로 와줄래?"

"예."

그리고 카트린느 씨의 옆에 선 내가 기사단 쪽으로 몸을 향하자 그녀는 귀에 잘 들어오는 목소리로 얘기를 시작했다.

"사전에 제군들에게 전달한 사항이기에 모르는 자는 없을 거라 본다만 이쪽에 계신 S급 치유사 루시엘 공의 호위를 모집하게 됐다. 본래는 성기사단 휘하의 발키리 성기사단에게 동행을 부탁하려 했지만 기사단의 최고 전력은 교회 본부를 지켜야 하기에 이쪽에 남는 것으로 결정이 났다."

발키리 성기사단의 대원들이 카트린느 씨의 말을 듣고 조금 놀란 표정을 짓는 걸 보니 정말로 몰랐던 모양이다.

그런데 다른 기사단원들도 놀랐다는 반응인데……. 설마 발키리 성기사단이랑 동행할 수 있다는 생각에 호위 임무를 지원한 건 아니겠지?

"임무는 성 슈를 공화국 내에서 그치지 않고 각국을 순회할 예정이다. 그렇기에 어중간한 마음가짐으로 수행할 수 있는 임무가 아니다. 그 점을 이해하고 S급 치유사의 호위를 맡고 싶은 자가 있다면 앞으로 나오도록."

그러자 전에 들었던 수많은 지원자는 모습을 감췄고 5명의 신관기사만이 앞으로 나섰다.

"루시엘 군, 저 기사들이 너의 동행자가 될 텐데 부족한 인원은 어떻게 할래?"

"……."

난 기사단을 바라보며 대책을 생각했다.

기사단은 크게 신관기사단과 성기사단으로 나뉜다. 추가로 각 기사단에는 4개의 부대가 배치되어 있는데 발키리 성기사단도 그중 하나다.

그리고 신관기사단은 주로 교회 내에서 경호 임무에 배치되는 경우가 많으며 호위 목적으로 움직이는 기사이기에 내 호위에 지원한 것이리라.

그란하르트 씨의 정보에 따르면 주신 클라이야와 치유신을 모시며 성 슈를 교회보다는 교황님께 충성을 맹세한 기사들이다.

그들은 성인식에서 기사가 아닌 다른 직업을 받았지만 주신 클라이야와 치유신께 충성을 맹세했으며 그 충성심을 인정한 교황님이 신관기사로 직업을 승격시킨 자들이다.

그래도 역시 발키리 성기사단을 제외한 다른 성기사단의 사람들한테 미움을 받는다는 게 실감이 나는걸. 그들의 대부분은 성인식에서 주신 클라이야로부터 성기사의 직업을 받은 이른바 천연 기사다.

성기사는 광(光)속성이나 성(聖)속성 중 한 가지 스킬을 얻을 수 있다. 드물게 성기사로 직업을 바꾸는 자들이 있는 모양이지만 선별 과정이 엄격하다고 전해진다.

"앞으로 나오신 다섯 분께 감사드립니다. 카트린느 단장님, 저들의 실력을 보고 싶습니다만 모의전을 열어주실 수 있는지요?"

"예. 그럼 그렇게 하죠. 루시엘 공의 호위에 지원한 제군들은 지금부터 루시엘 공의 지휘하에 들어가도록."

"""""옙."""""

난 기사단의 훈련을 보기 위해 대훈련장이 한눈에 들어오는 VIP석으로 이동했다.

"동행자 후보에서 발키리 성기사단을 제외한 건에 대해선 루시엘 군한테 미안한 마음뿐이야."

그렇게 말한 카트린느 씨는 조금의 주저도 없이 머리를 숙였다. 이게 연기가 아니라면 교황님과의 뒷줄도 확실한 모양이고 카트린느 씨에 대한 신뢰를 유지해도 괜찮을 것 같다.

"카트린느 씨도 막 복귀하신 탓에 기사단을 통솔하느라 여념이 없으실 테니 이번 조치는 어쩔 수 없는 일이라고 생각해요. 아직 1년 하고도 5개월이라는 시간이 있으니 호위에 지원한 분들이 일기당천이나 만부부당이라는 말을 들을 수 있도록 키워보겠습니다."

"정말로 그랬으면 좋겠는걸."

카트린느 씨한테는 농담으로 들리겠지……. 하지만 난 진심이다. 스승님의 훈련에서 도망치지 않고 1년 이상 버틴다면 틀림없이 지금보다 몇 배는 강해지리라.

게다가 만약 다친다고 해도 내가 바로 치료하면 그만이고 아무래도 정신적인 압박감에 시달리기야 하겠지만 조금 힘든 수행이라고 생각하면 다들 이해하리라.

그런 생각을 하고 있으니 카트린느 씨가 VIP석에서 목소리를 높였다.

"제군, 현재 경비를 서는 자들을 제외하고 긴급 소집에 응한 그대들에게 다시 한번 감사를 전한다. 지금부터 신관기사단과 성기사단은 서로를 상대로 모의전을 치른다. 미리 말해두지만 이건 놀이가 아니다. 이번 모의전은 총기사단장을 맡게 된 내가 단원들의 실력을 파악하고 기사단을 재편성할 목적으로 개최한 것이다. 승리한 기사단에겐 보너스가 나오지만 패배한 기사단에겐 벌칙이 부과된다. 전력을 따지면 신관기사단은 194명, 성기사단은 68명이다. 승패를 가리는 법은 각 기사단의 단장과 대장의 투구에 작은 깃발을 세워놨으니 단장의 깃발이 떨어진 시점에서 승부가 난다. 개인의 힘인지, 아니면 수에서 오는 힘인지 서로 마음껏 겨루도록. 다시 한번 말하지만 이번 모의전은 평가도 겸하고 있지만 모든 기사단이 참가하는 첫 합동 훈련임을 명심하고 진지하게 임해다오. 알겠나?"

"""오우!!"""

그 순간, 마치 공기가 요동치는 듯한 감각에 사로잡혔다. 지면이 흔들리지 않았나 싶을 정도로 굉장한 기세였다.

그래도 위에서 관람하는 입장이라 그런지 그다지 무서운 감은 없었다.

"카트린느 씨는 어느 쪽이 이길 거라고 보시나요?"

"성기사단이 이기겠지."

인원이 적은 성기사단 쪽을 바로 고르다니, 그 정도로 실력 차가 많이 나는 건가? 아니면…….

"발키리 성기사단이 있기 때문인가요?"

"그래. 만약 발키리 성기사단이 빠진다면 틀림없이 신관기사단이 이길 거야."

"단언하시네요."

"그래. 발키리 성기사단은 그만큼 강하거든."

내가 순수한 승부로 발키리 성기사단의 대원들한테 이기지 못하는 것도 어쩔 수 없다는 얘긴가…….

"그건 그렇고 이렇게 위에서 보니 이 훈련장이 꽤 넓게 느껴지네요. 평소엔 어느 기사단이 사용하나요?"

"이 훈련장은 이런 식으로 합동 훈련을 할 때만 사용하고 있어."

"아깝네요. 어째서 사용하지 않는 거죠?"

"이곳은 기사단장의 권한이 없으면 사용 허가가 나오지 않거든. 예전에 이 훈련장을 두고 여러 기사단이 서로 다툰 적이 있는데 그때 사상자가 나와서 이런 규율을 정했다나 봐."

그런 일이 있었다면 어쩔 수 없나. 그래도 아까운걸. 이곳을 사용할 수 있다면 마술(馬術) 훈련도 할 수 있을 텐데…….

"그렇군요. 그래서 발키리 성기사단도 이곳을 이용하지 않았던 거군요. 뭐어 다른 기사단에 비해 인원이 적으니까 사용에 따른 우선순위도 낮겠지만요."

"그래. 그 아이들이 강력한 마법을 다루는 건 아니니까 발키리 성기사단에겐 너무 넓어."

"그럼 제가 이 훈련장을 쓰고 싶다고 하면 허가가 날까요?"

"으~음, 루시엘 군의 부탁을 무턱대고 거절하고 싶진 않지만 사용 목적에 따라 다르지 않을까 싶은데."

제대로 된 사용 목적이 있으니 허가가 나려나? 일단은 교황님이 내리신 명령이기도 하고…….

"실은 아직도 포레 누와르 외에 다른 말은 타지 못하거든요 그래서 여기서 마술 훈련을 쌓아서 기승 스킬을 터득하려고요."

"후후후. 허가를 내주는 건 상관없는데 우선은 말한테서 호감을 사는 것부터 시작하는 게 어떨까?"

"……혹시 보고를 들으셨나요?"

"그래. 검은 털을 지닌 아이 외에 다른 아이들은 루시엘 군이 등에 타는 걸 거부하지? 다른 말들도 탈 수 있다면 허가를 내줄게. 교황님께서도 편의를 봐달라고 하셨고."

"그런가요…… 뭐, 맞는 말씀이네요. 일단 기사단의 전투부터 감상할게요."

"후후후. 기사단의 실력을 똑똑히 보렴."

그렇게 말한 카트린느 씨는 손을 한 번 위로 올렸다가 다시 내리며 신호를 보냈다.

그 순간, 분위기가 바뀌며 노성이 터져 나왔다.

집단전을 보는 건 이게 처음이지만 자신의 기분이 점점 고양되는 게 느껴졌다. 기사들의 엄청난 기합과 열기가 훈련장을 지배하는 듯했다.

"이게 발키리 성기사단을 제외하면 다들 얼간이라며 험담을 듣던 기사단의 진정한 모습인가요……?"

"그래. 날 기사단장으로 다시 임명해주신 교황님께 꼴사나운 모습을 보여드리고 싶지 않았어. 그래서 나도 네 스승님을 본받아 상냥함을 버리고 철저히 굴렸단다. 지금 보니 조금은 싸울 수 있는 상태로 돌아간 것 같네."

그렇게 말하는 카트린느 씨를 보니 조금 한기가 들었지만 자연스레 집단전의 열기에 사로잡혀 기사단 간의 싸움을 보는 데에 집중하게 됐다.

만약 내가 열세에 처한 진영에 참가한다면 이 전투를 역전시킬 수 있을까? 에어리어 배리어로 방어력을 높인 다음 에어리어 힐로 다친 기사들을 회복시키면…….

그 이전에 전투가 시작된 뒤에도 도망치거나 떨지 않고 그 자리에서 자신의 역할을 다할 수 있을까? 그런 생각에 잠겨있던 그때였다.

모의전의 양상이 단숨에 변하기 시작했다.

성기사단의 진형에서 튀어나온 발키리 성기사단이 수비를 굳히고 있던 신관기사단의 진형으로 돌격한 것이다.

"발키리 성기사단만 저렇게 진형에서 돌출된 상태로 돌격에 나섰는데 이건 작전인가요? 아니면 수비를 뚫지 못해서 마음이 조급해진 걸까요?"

"아니, 실력에서 차이가 난다는 걸 느끼고 단숨에 와해시켜서 신관기사단의 진형을 무너뜨릴 목적으로 움직인 거라고 생각해.

그래도 저건 좀 무리하게 나선 느낌이군."

상대 진형으로 파고든 것은 쌍검사인 리프네아 양과 엘리자베스 씨였다. 그리고 루미나 씨 일행이 그 뒤를 따랐다.

솔직히 공격을 당하는 부대가 불쌍하다고 느껴질 정도로 역량의 차이는 확연했다.

"발키리 성기사단은 정말 강하네요. 그래도 이걸로 승부는 정해졌다고 봐도 될까요?"

"그런 것 같네. 저 정도로 강하면 아군과 연계를 취할 수 없으니."

확실히 발키리 성기사단은 강하지만 진형에서 돌출된 바람에 눈에 잘 띄었고 그 결과 유감스럽게도 신관기사단장으로 하여금 발키리 성기사단으로부터 거리를 벌리게끔 유도하고 말았다.

그리고 수가 많은 신관기사단은 연계를 취해 성기사단장을 공략하는 진형을 짰다.

"기사단끼리 연계를 취할 수 없다면 지금이라도 늦지 않았으니 발키리 성기사단을 동행자로 인정해주셨으면 하는데요……."

"그럴 순 없어. 그건 그렇고 정말로 곤란한걸. 발키리 성기사단을 빼면 신관기사단과 성기사단의 실력이 비슷하니……."

"말씀과는 다르게 기뻐하시는 것 같네요."

"그래. 발키리 성기사단은 내가 교황님께 부탁을 드려서 탄생한 부대거든. 그러니까 그 아이들이 기사단에서 가장 강한 부대라는 사실은 나의 자랑이기도 해. 게다가 다른 부대와는 다르게 제대로 노력을 하고 있다는 걸 이번 기회에 알게 됐는걸."

"앞으로 기사단도 바빠지겠네요. 그리고 기사단을 재편성하는 과정에서 발키리 성기사단은 제외하는 편이 좋지 않을까요?"

"그렇게 할 생각이야."

그 이후에 기사단장의 주위를 둘러싼 상태로 끝까지 방어에 전념한 신관기사가 수로 성기사단장을 제압하는 형태로 모의전은 끝났다.

"신관기사단장은 전술에 뛰어난 분인지 발키리 성기사단의 대원들을 상대할 때 항상 3대 1로 대응했네요."

"그래. 그 전술이 제대로 효과를 발휘한 거겠지. 나중에 루시엘 군이 저 자리에 서면 재밌을 것 같네."

"하하. 꼭 그렇게 된다는 보장은 할 수 없지만 만약 어느 한쪽 기사단에 붙었다면 제가 속한 부대는 분명 이겼을 거라 생각합니다."

"굉장한 자신감인걸?"

"마법이나 화살 같은 원거리 공격이 없다면 아군을 계속 회복시킬 수 있는 데다 서로의 실력이 비슷하다면 에어리어 배리어만 시전해도 확실하게 우위를 점할 수 있을 테니까요."

만약 원거리 공격을 인정했다면 애초에 나서지 않았을 테고……

"그 정도로 자신이 있다면 다음번에 참가해볼래?"

"반드시 싸워야 하는 상황이 아니라면 그다지 싸우고 싶다는 생각이 안 드네요. 물론 자신을 지키기 위해 하는 전투 훈련은 예외지만요."

"아쉽네. 그럼 부상자들의 치료를 부탁해도 될까?"

"알겠습니다."

모의 전투가 끝나고 카트린느 씨가 기사단에게 수고의 말을 전하는 와중에 난 회복 마법을 시전했다.

사용한 마법은 에어리어 미들 힐과 중상자에게 쓴 하이 힐이었는데 아무래도 일반적인 치유사가 사용하는 회복 마법과 효과가 다른지 다들 꽤 놀라는 눈치였다. 그 탓에 대부분의 기사단원들이 카트린느 씨의 말을 놓쳤고 이어서 카트린느 씨의 불호령이 떨어졌다.

그리고 이번에 기사단을 치료하는 과정에서 성기사 2명과 신관기사 3명이 새롭게 내 호위대에 지원했다.

그건 그렇고 가호가 붙어도 큰 차이는 없을 거라 생각했는데 성치신(聖治神)의 가호 덕분에 내가 일반적인 치유사와는 다르다는 인식을 기사들에게 새길 수 있었다.

그리고 모든 부상자의 치료가 끝나자 카트린느 씨의 평가가 시작됐다.

"우선은 신관기사단 제군들의 승리를 축하한다. 이번 모의전에서 신관기사단이 승리할 수 있었던 이유는 인내하지 못한 발키리 성기사단이 앞서 나가 돌격을 감행했기 때문이다. 그래서 진형의 균형이 무너졌지. 일반적으로 생각하면 성기사단의 패인은 발키리 성기사단 때문이라고 여기는 자들이 대부분이겠지. 하지만 실제론 성기사단장이 제대로 전략을 짜지 못하고 발키리 성기사단에게 명령을 내리지 않은 게 원인이다."

"기다려 주십시오. 어째서 제가 책임을 져야 하는 겁니까? 진형이 무너진 건 앞서서 돌격을 감행한 발키리 성기사단 탓이 아닌지요?"

"그럼 신관기사단을 공략하기 위해 당신이 짠 전략은? 기사단의 최고 전력인 발키리 성기사단을 최대한 활용하기 위해 내린 지시는? 돌격을 감행했다고 해도 제지할 방법이 전혀 없었을까? 아니면 기사단장이 지시를 내리지 않은 게 책임 사유가 아니라는 거니?"

"……죄송합니다."

카트린느 씨의 지적이 나올 때마다 성기사단장의 머리는 점점 내려갔고 끝내 그는 힘없이 고개를 숙이고 말았다.

"모의전에서 패배한 성기사단은 지금부터 점심때까지 이 훈련장을 계속 돌도록. 그래도 그 전에 루시엘 군, 기사단한테 할 말이 있다면 하렴."

"음…… 단체 모의전을 보는 건 처음이지만 굉장한 열기가 느껴져서 마음이 들떴네요. 모두 수고하셨습니다."

"루시엘 군, 스카우트하고 싶은 인재는 없었니?"

"처음에 지원하신 다섯 분 외에 조금 전에 감사하게도 추가로 다섯 분이 더 지원하셔서 총 열 분의 기사가 호위를 맡아주시게 됐네요."

"인원이 좀 적은 것 같은데 괜찮겠니?"

"소대 규모가 크다고 해서 좋은 건 아니니 다른 기사는 필요 없습니다. 게다가 발키리 성기사단의 대원수도 11명이잖아요? 이

인원이면 충분해요."

　본심을 말하자면 발키리 성기사단을 호위대로 들일 수 없는 시점에서 어느 기사를 호위로 붙이던 실력에 큰 차이는 없다.

　다행히 이번에 지원한 기사들은 연령층이 젊어 가장 나이가 많은 사람도 30세 언저리니 앞으로 1년 5개월 동안 단련하면 충분히 전력으로 써먹을 수 있으리라. 그야말로 발키리 성기사단으로부터 최강의 기사단이라는 자리를 뺏을 수 있도록 최종적인 지도는 스승님께 맡기자.

　"그렇구나. 그래도 스카우트하고 싶은 인재가 생기면 사양하지 말고 말하렴. 발키리 성기사단이 아닌 다른 대원이라면 언제든지 허락할 테니 보고해줘."

　기사들이 다 모인 자리에서 그런 말씀을 하시니까 기사들이 저의 시선을 피하잖아요…….

　뭐어 나도 억지로 부대에 넣어서 사기가 떨어지는 것보단 나으니까 상관은 없다만.

　"기사단 여러분의 힘을 눈으로 직접 확인했기에 생각이 바뀔 수도 있지만 일단은 지원을 해주신 열 분으로 호위대를 꾸리겠습니다."

　"들었지? 루시엘 공이 보기에 너희들은 꼭 영입하고 싶은 인재는 아니라는 거야. 만약 분하다면 앞으로 한 달에 한 번씩 합동 훈련을 할 테니 이 평가를 뒤집어 보렴. 그때까지 제대로 기합을 넣고 충실히 직무를 완수하도록. 알겠지?"

　"""""엡.""""

이리하여 나와 성 슈를 공화국이 자랑하는 기사단과의 대면식이 끝이 났다. 이제 호위대로 들어온 기사들과 조르드 씨가 모은 치유사들을 함께 불러서 미팅을 해야겠지…….

"아아, 참. 너희들은 루시엘 공에 대해 아는 바가 없을 테니 이 기회에 뭐든 물어보도록 해."

"예?"

갑자기 그런 억지를 부리시면…… 카트린느 씨가 무슨 행동을 하실지 도저히 읽을 수가 없다. 혹시 카트린느 씨도 오랜만에 기사단에 돌아와서 들뜨신 걸까?

그런 생각에 잠겨있던 때였다.

"루시엘 공, 질문을 해도 되겠습니까?"

그러자 바로 내 호위를 지원한 기사들 중 한 사람이 손을 올리며 말을 걸었다.

"예, 괜찮습니다."

난 난처한 기분과 함께 손을 올린 성기사와 마주했다.

"성기사인 파라라기스라고 합니다. 루시엘 님은 약학(藥學)에 대해 어떻게 생각하십니까?"

예상에서 제법 빗나간 질문을 받았다. 그래도 그의 표정이 진지했기에 나도 질문에 제대로 답하기로 마음을 먹었다.

그건 그렇고, 약학이라…… 솔직히 이 세계에 온 이후로 약초가 실린 식물도감을 본 적은 있지만 관련된 지식을 그다지 깊게 생각했던 적은 없단 말이지. 치유사를 통괄하는 치유사 길드가 있듯이 약사를 통괄하는 약사 길드가 있다는 사실은 알고 있지만 그 조직이 나쁜 짓을 벌이는 것도 아니고…… 딱히 흥미가 없으니 뭐라 답하기가 어렵네.

그래도 이 세계엔 포션이라는 이름이 붙은 상처를 치유하는 만능약 같은 게 있으니 만약 마법을 쓰지 못하는 상태거나 마력이 고갈됐을 경우를 대비해서 몇 병 정도 확보해두는 편이…… 뭐어 그 정도 인식이면 되겠지.

"훌륭한 학문이라고 생각합니다. 치유사와 달리 약사는 성속성 마법을 구사하지 못해도 사람들의 부상을 치료하기 위해 오랜 세월 동안 연구를 거듭해 포션 같은 조합약을 만들어 냈으니까요."

치유사가 포션을 사용해선 안 된다는 법이 있는 것도 아니고.

"그럼 S급 치유사가 되신 루시엘 님 같은 분도 포션을 사용하시는 겁니까?"

"예. 물론 회복 마법을 구사할 수 있다면 포션을 쓸 필요는 없겠죠. 하지만 마력 봉인 등의 상태 이상에 빠지거나 마력이 고갈됐을 땐 주저하지 않고 사용할 겁니다."

살기 위해서라면 체면 따윈 개한테 주라는 게 신조가 됐으니까. 그런데 왠지 기사들이 웅성거리기 시작했는데…… 내 말이 그렇게 이상한가? 아니면 치유사 길드랑 약사 길드가 대립 관계라던가? 만약 세계를 돌게 되면 이런 작은 일들도 모른다는 이유로 넘어갈 수 없겠지.

내가 교회 본부의 위신을 걸고 치유사들의 미래를 위해 영업을 뛰는 거니까. 그 점은 교회든 회사든 상관이 없고 나오는 인간이 신인인지 중견 사원인지는 상대가 알 바가 아니니까.

좀 더 세계를 공부해볼까.

"루시엘 공은 약학에도 조예가 깊으신지요?"

이번에는 성기사와는 다른 갑옷을 입은 신관기사가 질문을 했다.

"아뇨. 딱히 조예가 깊은 건 아닙니다. 모험가 길드에서 초급과 중급 약학을 다룬 책을 읽은 정도죠."

"모험가 길드⋯⋯. 소문으로 모험가 길드에서 살았던 경험이 있으시다 들었습니다만. 어째서 치유사의 몸으로 모험가 길드에서의 생활을 택하신 겁니까?"

교회 사람들 사이에선 이미 유명한 얘기겠지. 뭐어 말해줘도 별 문제는 없으리라.

"잘 알고 계시네요. 그 당시엔 무기를 지닌 채로 거리를 활보하는 모험가가 무서웠던지라 그들과 시비가 붙어도 살아남을 수 있도록 몸을 지킬 수단을 터득하기 위해 모험가 길드의 문을 두드렸죠."

"⋯⋯자진해서 말입니까?"

그렇게 이상한가? 다들 어이가 없다는 표정으로 날 쳐다본다. 역시 모험가 길드에서 머무는 생활은 위화감이 느껴지나? 뭐어 다른 사람들이 좀처럼 하지 않는 일에 진심으로 노력하고 부딪혔을 뿐이니까 운이 좋았다고 생각하면 그걸로 끝이지만.

그보다 대훈련장에서 이렇게 기사들을 상대로 내 얘기를 하는 것도 이상한 광경인걸⋯⋯.

그런 생각을 하는 도중에 문득 시선이 마주친 루미나 씨가 즐겁다는 듯이 고개를 끄덕였다. 혹시 루미나 씨도 멜라토니를 떠난 이후에 내가 어떻게 지냈는지 궁금했던 걸까……? 그렇게 생각을 하니 부끄러워지는데.

"예, 물론입니다. 뭐 당시엔 모험가들이 치유사를 미워한다는 사실을 몰랐던지라 그저 목적을 이루기 위해 무작정 움직이다 보니 그렇게 됐네요. 처음엔 모험가들이 보내는 의아한 시선이 따가웠지만 고된 수행을 견디는 사이에 서로 친해질 수 있었어요. 그리고 무지했던 날 보다 못한 주변 분들이 상식을 알려주셨죠. 그 중엔 방금 얘기했던 약학서도 있었고요. 아마 조합약을 만들 일은 없을 테지만요."

"그렇군요…… 감사합니다. 루시엘 공에 대해 조금은 알 것 같습니다. 질문에 답해주셔서 감사합니다."

나에 대해 알고 싶다면 물체 X를 마시면 될 텐데.

"아뇨, 궁금한 점이 있으시다면 딱히 숨길 일도 없으니 언제든지 말을 걸어주세요."

왠지 기분이 묘하다. 지금까지 긍정적인 감정이 담긴 시선을 받은 적은 거의 없지만 어느샌가 사람들이 약간의 동정과 상냥함이 어우러진 시선으로 날 보는 듯한 기분이 든다.

"자아 루시엘 공에게 할 질문이 더 없다면 성기사단의 각 부대는 훈련장을 돌도록. 신관기사단의 각 부대는 앞으로도 마음을 다잡고 훈련에 임하길 기대하며 합동 훈련을 마치겠다. 그럼 해산."

이리하여 기사단의 합동 훈련은 끝이 났지만 내 호위대에 지원한 10명의 기사들은 이미 내 부하가 됐다.

어제는 조르드 씨를 포함해서 5명의 치유사들이 부하로 들어온 다는 소리를 듣긴 했지만 지금은 특별히 할 일도 없는 데다 이대 론 그들을 볼 면목이 없었기에 인사(人事)에 대해 잘 알 것 같은 그 란하르트 씨한테 조언을 구하기로 했다.

03 발키리 기사단과의 합동 훈련

　호위대의 대원들에게 저녁 식사 전까지 자유 시간을 준 난 그란하르트 씨의 개인실을 방문했다.

　"……그래서 하룻밤 사이에 갑작스럽게 호위 기사 10명이랑 치유사 5명이 제 부하로 들어오게 된 거죠."

　"그렇군요…… 그럼 루시엘 님은 뭘 바라시는지요?"

　내 바람이라…… 특별히 무슨 일을 해야 하는지조차도 모른단 말이지……. 교황님께 지시를 내려달라고 부탁드려야 하나…….

　"교황님께서 1년 5개월이라는 준비 기간을 주셨지만 S급 치유사로서 해야 할 일이 없기에 당연히 제 지휘하에 있는 그들도 일이 없습니다. 이대로 가면 시간만 허비하게 되는 게 아닌지 걱정입니다."

　매일 휴가를 줘도 상관은 없지만 그건 그들에게 있어 아무런 도움이 되지 않는다. 그렇다고 온종일 곁에서 대기하라는 명령을 내리기는 싫고…….

　"그렇군요……. 루시엘 님, 교회 내에서 서열이 갑자기 오르는 바람에 부하를 얻는 입장이 되어 여러모로 고민되는 모양입니다만 일단은 진정하십시오."

　"예……."

　"먼저 말씀을 드리자면 루시엘 님께서 일일이 부하들에게 지시를 내리고 신경을 쓰실 필요는 없습니다. 이전에 루시엘 님도 제

지시에 따라 퇴마사를 맡으셨지만 제가 한 일은 로브와 마도 엘리베이터를 이용할 수 있는 카드를 드린 게 전부였다고 기억합니다."

확실히 그 부분은 그란하르트 씨의 말이 맞지만 기본적인 업무는 조르드 씨한테서 배웠단 말이지…….

그래도 그밖에 다른 걸 가르쳐 주거나 배려를 받은 기억은 없네. 하지만 그들과는 달리 내겐 퇴마사로서 미궁에 들어가야 한다는 일이 있었다. 그 점을 어떻게든 개선하고 싶은데…….

"……그들을 데리고 미궁을 탐색해도 될까요? 그리고 그들에게 지급할 수당은 어떻게 처리해야 하는지요?"

"수당 말입니까? 급여는 그대로 교회 본부에서 지급하니 루시엘 님께서 따로 나서실 필요는 없습니다. 하지만 호위대가 미궁에 출입하는 일은 금지되어 있습니다."

무조건 그들을 성장시켜야 한다는 생각에 사로잡혀 지금 자신이 얼마나 생각 없이 말을 뱉었는지 다시금 깨달았다.

"그렇군요…… 그럼 단독 행동은 괜찮다는 거죠?"

"예. 교회 본부 내에서 움직이신다면 전혀 문제 될 게 없습니다. 참고로 루시엘 님이 성도를 벗어나시는 경우엔 교황님의 허가를 받으실 필요가 있으니 사전에 보고하시는 걸 추천합니다."

"어떻게 그걸…….”

그란하르트 씨는 사람의 행동을 꿰뚫어 보는 능력이라도 지니고 계신 건가?

"조르드의 행동을 보면 압니다. 오랫동안 제 부하였던 만큼 그의 꿈도 아는지라…….”

허무하네. 내가 아니라 조르드 씨를 보고 아신 건가.

“조르드 씨의 꿈이요? 뭔지 여쭤봐도?”

“세계를 여행하는 게 꿈이라는 모양입니다. 그렇기에 망설임 없이 루시엘 님의 부하가 되기로 마음을 정한 것이겠지요.”

제법 순순히 알려 주시는걸. 아마 조르드 씨는 내가 멜라토니에 가고 싶어 한다는 사실을 그란하르트 씨에게 얘기했으리라.

나와 보이지 않는 인연으로 맺어져 있다는 생각도 드네. 그란하르트 씨는 고지식한 데다 융통성도 없지만 의리가 뭔지 아는 사람이니까.

나중에 여유가 생기면 친구로 지낼 수 있는 날이 올까…… 조금 피곤할 것 같지만 그건 그것대로 재밌을 것 같다.

“그랬군요…… 그란하르트 님은 S급 치유사가 어째서 각지를 순회하는지 알고 계시나요?”

“예. 치유사 길드가 없는 곳을 찾아 사람들을 구원하고, 치유사 길드와 치유원의 부정을 밝히며, 성 슈를 교회가 사람들의 구원이 됨을 증명하기 위함입니다.”

각 마을을 돌면서 사람들을 치료하는 건 딱히 어려운 일이 아니지만 부정을 밝히는 일은 그리 간단하게 풀리지 않으리라. 마지막으로 사람들의 구원이 됨을 증명하라는 일은 엑스트라 힐로 어떻게 안 되려나…… 안 되겠지.

“길드가 없는 곳에선 치료비를 어떻게 처리해야 하나요? 무료로 치료를 하거나 대가로 식사를 받아도 됩니까?”

"예. 단 치유사 길드가 있거나 치유원이 존재하는 곳에서 시행하는 무료 진료는 금지되어 있기에 절대로 하시면 안 됩니다."

"슬럼가라 돈이 없는 경우는?"

"루시엘 님께서 한 달에 한 번씩 여시는 치료일처럼 날짜를 정해 이벤트 형식으로 진찰을 하시거나 마을 밖에서 치료하시면 됩니다. 다만 이 같은 활동은 치유원의 강한 반발을 불러올 수 있으니 되도록 비밀리에 해주셨으면 합니다."

"역시 그란하르트 님은 대단하시네요. 가까운 시일 내에 또 상담을 청해도 될까요?"

"상관없습니다."

그란하르트 씨를 처음 봤을 땐 정체를 알 수 없는 사람이라고 생각했지만 상담역으로는 정말로 의지가 되는 사람이다.

언젠가 그란하르트 씨를 완전히 신용할 수 있는 때가 오면 이 사람을 진정한 상담자로 인정하자.

난 마음속으로 그렇게 생각했다.

그 뒤에 점심을 먹은 난 이번엔 루미나 씨의 개인실을 방문했다.

"루미나 씨, 훈련장을 도시느라 수고 많으셨어요. 괜찮으시면 회복 마법이라도 걸어드릴까요?"

"아니 몸은 괜찮으니까. 그래도 질 줄은 몰랐거든. 덕분에 업무가 밀렸어."

아쉽지만 바쁘신 모양이라 이쪽의 용건을 바로 전했다.

"바쁘실 때 와서 죄송합니다. 실은 특별한 상담이라고 할까 부탁을 드릴 게 있어서 왔습니다."

"루시엘 군이 부탁이라니 드문 일인걸. 무슨 부탁이지?"

"내일부터 아침 훈련에 부하로 들어온 사람들을 참가시켜도 될까요?"

"오늘부터 루시엘 군의 부하가 된 기사들을 말하는 거니?"

"예. 거기에 5명의 치유사가 새로 합류했습니다."

"으~음…… 그들을 참가시키는 이유는?"

그다지 반응이 좋지 않은걸…… 그래도 최선을 다하자.

"솔직히 털어놓겠습니다. 호위대가 약하기 때문입니다. 이대론 제 목숨을 맡길 수 없습니다."

"협력은 하고 싶다만 이쪽의 훈련 시간을 따로 할애해 도와주기는 힘들 것 같구나."

"그럼 호위대에만 에어리어 배리어를 걸고 공격을 받을 때마다 바로 회복시키면 충분히 훈련이 되지 않을까요?"

"확실히 그렇게 하면 훈련은 되겠지만 그만큼 루시엘 군의 부담이 커질 거다. 그래도 하겠니?"

"예. 언젠가는 호위대를 발키리 성기사단과 비교해도 손색이 없는 부대로 키울 생각이니까요."

"재밌군. 그럼 내일 아침 훈련은 함께 하지. 하지만 시험을 통해 훈련이 되지 않는다고 판단이 서면 합동 훈련은 더 이상 없는 걸로 생각해다오."

"예. 무리한 부탁을 들어주셔서 감사합니다. 만약 루미나 씨가 곤란하실 때 제가 도울 수 있는 일이 있다면 사양하지 마시고 말씀해주세요."

"그럼 바로 부탁을 해도 될까?"

"예. 물론이죠. 그런데 무슨 일을 도와드리면 되나요?"

"대원들이 올린 보고서를 날짜순으로 고쳐서 승인하는 일이다만."

보고서를 수정하는 일인가? 아니면 그녀들이 보고서를 쓰는 게 서툰 건지. 뭐어 해보면 알 수 있으리라.

"그럼 바로 작업에 들어가겠습니다. 보고서니까 작성 방식도 통일하는 편이 좋지요? 전에 루미나 씨가 승인한 보고서가 있다면 보여주세요. 참고해서 정리하겠습니다."

"처음 만났을 때보다 꽤 듬직해졌구나. 잘 부탁하마."

"예."

곧바로 발키리 성기사단의 대원들이 올린 보고서를 훑어보고 정리하는 작업에 들어갔는데 보고서를 작성하는 방식이 제각각이라 통일성을 찾아볼 수가 없었다.

그런 연유로 보고서를 작성하는 기본 양식을 만들 것을 제안한 뒤에 완성하니 루미나 씨가 크게 기뻐하셨다.

이리하여 루미나 씨와 양호한 관계를 쌓으며 발키리 성기사단과의 합동 훈련이라는 선물을 확보한 난 의기양양한 마음으로 저녁 식사 겸 미팅에 임하게 됐다⋯⋯.

저녁 시간을 맞이한 식당에선 평소와는 다른 광경이 펼쳐지고 있었다.

"평소랑 분위기가 달라서 그런지 식사를 하는 것도 긴장이 되네요."

난 쓴웃음을 지으며 한자리에 있는 치유사들과 호위대의 대원들에게 말을 걸었다.

"…………."

하지만 반응이 거의 없다. 평소 같았으면 조르드 씨가 가볍게 말을 걸어줬을 텐데 어째선지 나보다 긴장을 한 탓에 진행을 도와줄 수 있는 상태가 아니었다.

이대로 가면 암울한 분위기에 빠질 것 같았기에 일단 과거의 일을 곁들여 자기소개하기로 했다.

"우선은 풋내기에 애송이인 저를 위해 힘을 빌려주셔서 진심으로 감사드립니다. S급 치유사로 임명을 받고 시간이 꽤 지났지만 솔직히 아직도 실감이 나질 않습니다. 아마도 모험가 길드에서 전투 훈련에 몰두했고 미궁에서도 전투하느라 정신이 없었던지라 치유사라는 자각이 거의 없어서 그런 것이겠지요."

"…………."

모두의 반응을 보기 위해 얼굴에 미소를 지어보았지만, 반응이 없어서 괴롭다…….

"앞으로 제게 힘을 빌려주실 여러분의 은혜에 보답할 수 있도록 최선을 다하고자 하니 잘 부탁드립니다."

인사를 하면서 고개를 숙인 순간, 지금까지 아무런 반응을 보이지 않던 모두가 당황한 기색을 드러냈다.

"루시엘 님, 저희에게 고개를 숙이시면 안 됩니다."

"마음은 충분히 전해졌으니 그만 고개를 들어주십시오."

그리고 내가 고개를 숙였다는 사실에 놀라 긴장이 풀린 것인지 조르드 씨가 부활했다.

"루시엘 님, 우선은 고개를 들어주시죠. 다른 분들은 루시엘 님의 돌발 행동에 익숙하지 않으니까요."

"어쩔 수 없잖아요. 진행을 부탁하려 했던 조르드 씨가 설마 긴장 때문에 몸이 굳으실 줄은 몰랐으니까요."

"죄송합니다."

"이제 괜찮으신 것 같으니까 진행 역을 맡길게요."

"예. 전 치유사인 조르드라고 합니다——."

이리하여 조르드 씨의 자기소개가 끝난 뒤에 치유사, 호위대 순서로 자기소개가 돌아갔다.

그렇게 모두가 자기소개를 마쳤기에 앞으로의 일을 조금만 설명하기로 했다.

"앞으로 S급 치유사로서 각국의 치유사 길드나 치유원을 순회할 예정입니다만, 타국은 성 슈를 공화국만큼 치안이 좋지 않다고 하네요. 다행히 교황님께서 준비 기간으로 1년 5개월의 유예를 주셨기에 앞으로 여러분은 여러 일을 경험하고 착실히 단련에 임하는 나날을 보내게 될 겁니다."

"그런 보고는 듣지 못했습니다. 대체 저희에게 무슨 일을 시키시려는 겁니까?"

하나부터 열까지 다 설명하고 싶진 않았기에 조르드 씨 본인이 스스로 알아차리도록 힌트를 줬다.

"아마 여러분은 앞으로 자주 기절하는 경험을 하시겠지만 강해지기 위해서 절 믿고 따라주셨으면 합니다."

"……혹시 루시엘 님이 생각하시는 훈련 내용에는 모험가 길드의 그것도 포함된 겁니까?"

"당연하죠. 그럼 훈련은 내일 아침부터 시작할 테니 지각하지 않도록 집합해주세요."

"루시엘 님, 집합 장소는 어디입니까?"

그 질문에 난 미소를 지으며 답했다.

"발키리 성기사단의 훈련장 앞에 집합해주세요. 첫 훈련은 발키리 성기사단과의 합동 훈련이니까요."

그러자 조금 전까지 암울한 분위기를 띠던 그들의 얼굴에 희색이 돌기 시작했다.

그 이후엔 무슨 얘기를 해도 모두가 제대로 맞장구를 쳐줬던지라 발키리 성기사단의 높은 인기를 새삼 실감하면서도 사춘기 남학생 같은 반응을 보이는 그들이 조금 걱정이 됐다.

나는 내일 있을 합동 훈련에서 모두의 마음이 꺾이지 않기를 빌 수밖에 없었다.

다음 날, 내 걱정은 기우(杞憂)로 끝나게 된다.

합동 훈련의 내용은 서로의 실력을 빠르게 파악하기 위해 집단전을 치르는 것으로 결정이 났다.

단 날 제외한 치유사들은 전투 경험이 없었기에 이번엔 치료 요원으로 대기시켰다.

그리고 난 상대편과 30미터 정도 떨어진 위치에서부터 전초전을 펼칠 요량으로 루미나 씨에게 말싸움을 걸었다.

"발키리 성기사단 여러분, 오늘부로 기사단 최강의 자리는 저희가 맡겠습니다."

"어제 막 결성해 연계도 제대로 취하지 못하고 개인의 능력도 낮은 부대를 상대로 우리가 질 리가 없지. 루시엘 군, 제정신인가?"

진심으로 어이없는 표정을 짓는 그녀를 보니 여러모로 견딜 수 없는 기분에 사로잡혔지만 어떻게든 견디고 말싸움을 이어나갔다.

"그럼 만약 저희가 이긴다면 부탁을 하나 들어주셨으면 합니다."

"그렇게 하지. 어차피 우리가 이길 테니 꿈을 꾸는 것 정도는 허락하마."

그건 내가 기다리던 말이었다. 아마 루미나 씨는 말싸움을 별로 한 적이 없으리라.

일부러 이쪽의 사기를 올리는 데에 협력을 해줬으니.

"여러분 들었죠? 제가 할 수 있는 일은 서포트뿐입니다. 여기서부턴 여러분의 힘으로 권리를 쟁취하세요."

""""오우!""""

말싸움을 이용해 부대의 사기를 단숨에 끌어올린 난 호위대에게 에어리어 배리어를 시전하고 철저히 방어 태세로 나가기로 했다.

사전에 호위대에게 방어력을 올리는 마법을 거는 것과 동시에 상대한테 베여도 곧바로 회복될 거라는 사실을 전해뒀으니 나머진 그들의 본능을 믿을 뿐이다.

그건 그렇고 설마 데이트를 해줄지도 모른다고 살짝 언질을 줬을 뿐인데 이 정도로 사기가 오를 줄이야……

앞으로 발키리 성기사단을 미끼로 삼는 건 그만두자.

그런 생각을 하는 도중에 발키리 성기사단이 움직이기 시작했다.

어떤 작전으로 나올지 몇 가지 패턴을 예상했는데 설마 개인의 힘으로 각개 격파를 하는 작전으로 오다니, 어지간히 얕보인 모양이다.

"성기사인 파라라기스 씨와 피아자 씨는 누구든 좋으니 2인 1조로 쓰러뜨리세요. 그리고 신관기사 여러분은 공격에 나서지 마시고 방어에만 전념해주세요."

"""""엡."""""

호위대에게 내리는 명령이 끝난 타이밍과 거의 동시에 검이 부딪히는 소리가 울렸다.

어제 있었던 모의전에 이어 오늘도 선두에 나서서 공격을 개시한 쌍검사 리프네아 양과 엘리자베스 씨가 연속으로 검을 휘둘러 난 소리였다.

두 명의 쌍검사는 다양한 전술을 구사하며 상대가 보인 빈틈을 놓치지 않고 공격을 가했다.

하지만 공격을 받는 신관기사들은 뭔가 이상한지 연신 고개를 갸웃거리며 두 사람의 공격을 정면에서 받지 않도록 방어에 집중했다.

그러는 사이에 장검과 방패를 드는 정통적인 스타일을 구사하는 캐시 씨에 마르르카 씨와 가네트 씨가 합류해 공격에 가담했다.

그런데도 호위대가 당황하는 기색 없이 방어 일변도의 태세를 유지하자 캐시 씨 일행의 얼굴에서 초조함이 드러났다.

그때였다.

"꺄악"하는 짧은 비명이 들렸다.

목소리의 주인은 창을 다루는 베아리체 씨였다.

발키리 성기사단에서 실력을 갈고닦은 대원이라고 해도 같은 직업에 방어력이 대폭 상승한 두 사람을 상대하기엔 역부족이었던 모양이다.

그녀의 탈락을 계기로 발키리 성기사단의 대원들 사이에서 초조함이 퍼지기 시작했다.

베아리체 씨에 이어서 평상시라면 대검으로 적을 베어 넘겼을 터인 사란 씨의 공격을 파라라기스 씨가 받아냈으며 피아자 씨는 자신의 검을 사란 씨의 목 언저리에 갖다 대었다.

발키리 성기사단의 두 사람이 탈락한 덕분에 다른 대원들의 공격이 조잡해졌다.

하지만 발키리 성기사단 내에서도 냉정하게 상황을 분석하는 자가 있었다.

"당황하지 마라. 적의 방어력이 오른 이상, 이대로 가면 더욱 열세에 몰린다. 표적을 루시엘 군으로 좁히거나 다수의 인원으로 적을 격파해라."

루미나 씨의 명령에 레이피어를 든 스피드 타입의 기사 쿠이나 씨와 언월도를 다루는 마일라 씨가 연계를 취해 신관기사를 베었다.

하지만 곧장 내 미들 힐로 말끔히 회복한 신관기사가 두 사람을 베고 말았다.

좀 지나쳤다는 생각에 두 사람에게 하이 힐을 시전한 뒤에 탈락으로 처리했다.

이때를 기점으로 단숨에 전황이 움직였다.

초조함에 평소의 실력을 발휘하지 못한 발키리 성기사단의 대원들은 2인 1조로 공격에 나선 신관기사들한테 차례로 쓰러졌다.

하지만 내겐 이 상황이 조금 이상하게 느껴졌다. 아무리 방어력이 오른 상태라고는 하지만 기사단 최강의 부대라는 발키리 성기사단이 이렇게 간단히 질 리가 없다고 생각했기 때문이다.

게다가 이상한 점은 그뿐만이 아니었다. 루미나 씨가 한 번도 공격에 나서질 않았다. 마치 손 위에서 놀아나는 듯한……

그렇게 생각한 순간, 루시 씨와 루미나 씨, 이렇게 두 사람이 남은 상태에서 회복 역할을 담당하던 루시 씨가 마력이 고갈됐다고 선언하면서 탈락 처리가 됐다.

그것을 계기로 확신이 든 나는 무심코 루미나 씨에게 원망과 함께 불평을 내뱉었다.

"루미나 씨…… 이쪽은 진지하게 싸움에 임하고 있는데 조금 너무하신 거 아닌가요? 이 상태에서 루미나 씨 한 명을 상대로 역전을 당하면 어제 막 결성한 호위대가 좌절에 빠질 거라고요."

발키리 성기사단을 상대로 이기고 있는 이 상황에 찬물을 끼얹는 듯한 내 말에 호위대는 고개를 갸웃거리고 있다만 발키리 성기사단의 실력은 이런 수준이 아닐뿐더러 그 증거로 대원들도 조금 난처한 표정을 짓고 있다.

"루시엘 군, 미안하다. 이쪽도 사정이 있어서."

"……일단 그 사정이란 걸 들어보죠. 저희가 들을 수 있는 사정이라면……."

이런 식으로 봐주면서 한 싸움에서 이긴들 실력이 오르지도 않을뿐더러 쓸데없이 우쭐해져서 거만함에 빠지면 오히려 곤란하다. 당근과 채찍을 바르게 이용해 호위대를 최강의 부대로 키우는 게 내 계획이니까.

아마 그럴 일은 없을 거라 생각하지만 그렇게 되면 미궁에 데리고 갈 수 있을지도 모르고. 그러니 처음부터 이상한 자신감을 들이고 싶진 않다.

"이번엔 폐를 끼친 데다 루시엘 군에겐 미리 설명을 해뒀어야 했던 사항이니 설명을 할 기회를 다오."

"다들 제한을 건 상태로 싸웠죠?"

내 질문에 루미나 씨는 조용히 고개를 끄덕였다.

"……우리 발키리 성기사단은 합동 훈련 시에 신체 강화 등의 스킬을 제한한 상태로 싸워야 한다는 규칙을 지킬 의무가 있다."

"지나친 활약을 막기 위해서인가요?"

"그래. 그러니 오늘의 훈련도 제한을 건 상태에선 진심으로 싸웠다는 사실을 알아다오."

제한을 걸어도 합동 훈련 때 그 정도로 움직일 수 있었으니 다른 기사들의 단련이 부족하다는 생각이 든다.

그래도 나랑 싸울 땐 다들 자연스럽게 신체 강화를 썼던 거 같은데 기분 탓인가?

"하아~ 그 제한을 건 사람은 어쩔 도리가 없는 인물이네요."

"루시엘 군…… 카트린느 님께서 취하신 조치니까 그런 말은 자제를 해줬으면 좋겠구나."

"……신체 강화를 쓰지 않은 상태에서 무기를 다루는 게 더 능숙해지면 차라리 독립 부대로 운영하는 편이 기사단과 발키리 성기사단을 위한 일이라는 생각이 드네요."

"그 말은 하지 말아다오. 우리도 예전부터 한 생각이니……."

여러모로 고민이 많은 모양이다.

그건 그렇고 이 문제를 어떻게 처리할까…… 이대로 루미나 씨가 진심을 보이면 우린 진다. 그렇게 되면 앞으로 호위대의 사기에 영향을 미칠 게 뻔하다.

그런 전개로 굴러가면 내 입장이 굉장히 곤란해진다. 호위대가 발키리 성기사단과의 훈련을 당근으로 받아들이지 않으면 모험가 길드에서 마시는 물체 X나 모험가들과의 합동 훈련 같은 채찍에 견딜 수 없을 테니.

이 상황에선 교섭이 중요하다.

"그쪽은 사정은 알겠습니다. 그래도 아까 말싸움을 하면서 부탁에 관한 얘기를 했었죠? 기억하시나요?"

"그래…… 부탁을 들어준다는 얘기를 했었지."

"예. 실은 원래는 데이트에 초대할 생각이었거든요. 그래도 제한이 걸린 상태로 싸운 여러분을 이기고 데이트를 하는 건 좀 아닌 것 같아서…… 다음에 성도에서 함께 식사하는 건 어떨까요?"

호위대는 내 입에서 나오는 말 한마디 한마디에 일희일비하며 최종 결정권을 지닌 루미나 씨에게 시선을 집중했다.

그리고 발키리 성기사단 대원들에게 시선을 준 루미나 씨의 입에서…….

"저기…… 식사 정도로 괜찮다면 기꺼이 응하마."

"""오오――!!"""

그 말에 호위대의 대원들은 파이팅 포즈를 취하거나 함성을 지르며 기쁜 마음을 한껏 드러냈다.

"감사합니다."

루미나 씨의 결정에 한숨을 돌린 난 식사 일정을 최대한 뒤로 미루어 호위대가 물체 X를 마신 다음에도 도망칠 수 없는 환경을 만들기로 다짐했다.

그 뒤에 호위대는 제한을 푼 발키리 성기사단과 싸워 완패를 당했지만 그들의 얼굴에 떠오른 만족스런 표정이 인상적이었다.

아침 훈련을 마친 난 카트린느 씨의 호출을 받았다.

"루시엘 군, 최근에 미궁에 들어간 적이 있니?"

"아뇨, 답파한 뒤로는 한 번도 들어간 적이 없네요."

"그렇구나. 교황님께서 미궁이 신경 쓰인다고 하시니까 별다른 이상이 없는지 한 번 조사해줄래?"

그러고 보니 미궁에서 레벨이 오르는지 안 오르는지를 확인해

보려고 요새 물체 X를 안 마셨지…….

마침 좋은 기회이니 아침을 먹고 미궁에 가볼까.

"알겠습니다. 보고는 교황님께 할까요? 아니면 카트린느 씨한
테 하면 되나요?"

"교황님께 해줘."

"알겠습니다."

그 뒤에 아침을 먹으러 식당으로 향했다.

루미나 씨 일행이나 조르드 씨 일행과 함께 아침을 먹으려고 했
지만 이미 다들 식당을 떠난 터라 외롭게 아침을 먹게 됐다.

그러고 보니 최근엔 혼자서 밥을 먹은 적이 없었지…… 왠지 신
선한 느낌이 든다.

난 그런 생각을 하며 미궁으로 향했다.

04 레벨 업과 새로운 아저씨들

오랜만에 미궁에 발을 들이자마자 뭔가가 썩어서 나는 듯한 코를 찌르는 악취로 신고식을 치른 난 미궁에 돌아왔다는 사실을 실감했다.

하지만 1계층을 조금 탐색해보니 다른 점을 알 수 있었다.

"이상한데. 좀비가 안 보여."

예전 같았으면 미궁을 조금만 탐색해도 모습을 보이던 좀비가 전혀 보이지 않았다.

미궁은 출입금지 구역이니까 있어야 정상일 텐데…….

그 뒤에 아무리 찾아봐도 좀비를 볼 수 없었기에 어쩔 수 없이 2계층으로 내려갔다.

그리고 2계층에서도 마물을 찾아볼 수 없었기에 좀 더 아래 계층으로 내려가 독기가 진해지면 마물과 만날 수 있겠지 하고 3계층으로 발걸음을 옮겼다.

그러자 예상대로 바로 좀비와 스켈레톤의 무리를 발견했다.

마법 주머니에서 성룡의 창을 꺼내 막상 쥐니 왠지 다가가기 싫은 마음이 들어서 정화 마법으로 언데드를 정화했다.

정화되어 사라져가는 언데드들을 보니 내 안에서 적극적으로 나서서 정화 마법으로 쓰러뜨리겠다는 마음이 점점 사라지는 게 느껴졌다.

예전의 나는 잘도 정신을 유지했네.

어쩌면 이렇게 언데드가 넘쳐나는 미궁을 답파한 난 꽤 굉장한 위업을 달성한 게 아닐까? 그래도 답파한 뒤로 한 번도 오지 않았으니까 무책임했다는 생각도 드네.

답파한 지 이제 겨우 1달이 지났는데 과거의 영광에 매달리려 하다니 나답지 않다. 앞으로 이뤄야 할 일들도 많은데 과거를 돌아보고 있을 때가 아니지.

특히 이 미궁을 답파했을 때를 생각하면 그 용이 떠오르니까……. 가능한 미궁에서 떨어져서 평온한 삶을 사는 길을 찾자. 설령 S급 치유사라도 언젠가는 교회에서 해방될지도 모르고.

그러기 위해선 할 수 있는 노력을 꾸준히 하는 게 중요하겠지. 그렇게 어느 정도 미궁을 둘러봤기에 왔던 길로 다시 돌아가기로 했다.

……아, 그러고 보니 조금 전의 전투로 레벨이 올랐을까? 혹시 하는 마음에 난 스테이터스 오픈이라고 빌며 스테이터스창을 열었다.

항목을 확인하니 확실히 모든 능력치가 상승한 상태였다.

╼ **STATUS** ━━━━━━━━━━━━━━━━━━━━ **OPEN** ╾

이름 : 루시엘

직업 : 치유사 IX(9) 성룡기사 I

나이 : 18

레벨 : 2

HP(생명치) : 890   MP(마력치) : 590

STR(근력) : 158   VIT(내구력) : 169   DEX(손재주) : 143

AGI(민첩성) : 145

INT(지력, 이해력) : 176   MGI(마력) : 190

RMG(마력 내성) : 182   SP(스킬, 스테이터스 포인트) : 2

╋ STATUS ▄▄▄▄▄▄▄▄▄▄▄▄▄▄▄▄▄▄▄▄▄▄▄▄▄▄▄▄ OPEN ╋

"설마 방금 전에 잡은 마물 무리로 레벨이 오를 줄은……."

너무나 큰 충격에 자신도 모르게 중얼거리고 말았다. 설마 한 번 싸웠다고 레벨이 오를 줄은 꿈에도 몰랐다.

만약 성도에 왔을 때부터 물체 X를 끊었다면 대체 얼마나 레벨이 올랐을까? 그런 생각이 저절로 들었다.

마음을 진정시키고 스테이터스를 보니 HP와 MP가 각각 20씩, 다른 항목은 6씩 오른 상태였다. 그리고 레벨 업으로 얻은 SP는 겨우 2였다.

스테이터스의 가호 목록에서 운명신의 가호는 SP가 증가한다고 표시되어 있었는데 그럼 레벨 업으로 얻을 수 있는 SP가 원래는 1이라는 건가? 아니면…….

천장을 보면서 진지하게 운명신님께 여쭤보고 싶어졌다. 그래도 문득 떠오른 스승님의 말씀을 생각하니 마음이 진정됐다.

스테이터스는 기준이 되는 숫자다. 이대로 스테이터스에 대해 아무리 생각한들 수치가 변하는 일도 없을뿐더러 머리가 이상해질 것 같았기에 스테이터스창을 껐다.

어쩐지 답답한 기분이 가시지 않아서 몸을 움직이기로 했다.

그리고 덤으로 언데드와 싸우는 죄악감 같은 감정을 떨쳐내자고 마음을 먹었다.

하지만 막상 언데드와 싸우려고 하니 역시 저계층에 출현하는 언데드의 수가 줄어든 모양인지 탐색에 나서지 않으면 모습을 보는 것조차 힘들었다.

게다가 언데드랑 싸우려고 해도 움직임이 너무 느려서 그저 성은의 검에 마력을 담아 베는 단순 노동 같은 느낌이라 이대로 가면 다음에 언데드를 상대하는 게 거북할 것 같았다.

그래서 난 10계층의 보스방으로 향했다.

10계층까지 내려가는 도중에 언데드와 마주친 횟수는 한 손에 꼽을 정도였는데 답파를 계기로 언젠가 미궁이 소멸할 가능성도 있지 않을까 하는 추측을 하며 오랜만에 보스방으로 들어갔다.

보스방에 들어가니 전과 비교해 나오는 언데드의 수는 반으로 줄었지만 그래도 이곳이라면 언데드에게 이상한 죄악감을 느끼지 않고 싸울 수 있을 것 같았다.

처음엔 어쩐지 죄악감 같은 감정 때문에 정화 마법으로 언데드를 쓰러뜨렸지만 익숙해져서 그런지 성룡의 창이나 성은의 검으로 싸워도 그런 감정을 느끼지 않게끔 됐다.

애초에 목숨을 뺏으러 오는 마물을 상대로 죄악감을 느껴 전력을 다하지 못하고 만약 방심한 나머지 반격이라도 당하면 난 자신을 용서하지 못하리라.

보스방에서 나오니 레벨이 5까지 올라 있었다.

하지만 나는 자신이 강해졌다는 사실을 실감할 수 없었다.

이럴 바에야 차라리 누군가와 모의전을 하는 편이 더 낫겠는걸.

교황님께 보고할 내용은 머릿속에 정리를 해뒀으니 미궁을 떠날까.

그렇게 생각한 순간, 몸이 갑자기 무겁게 느껴졌다.

그리고 자신이 오랜만에 미궁에 들어가는 바람에 긴장했다는 사실을 깨닫자 무심코 웃음이 나왔다.

한 달하고 조금 전까지만 해도 계속 목숨을 걸고 싸웠기에 감정이 마비된 상태였지만 같은 상황에 다시 직면한다면 과연 긴장하지 않고 일을 처리할 수 있을까? S급 치유사로서 각국을 순회하기 전까지 그 감각을 되찾지 못하면 분명 위험에 처하겠지 하는 생각이 그저 머릿속에 떠올랐다.

앞으론 정기적으로 미궁에 들어가는 편이 좋을지도 모르겠는걸. 그런 생각이 강하게 들었다.

미궁에서 나오는 도중에 좀비를 쓰러뜨려 레벨이 6으로 올랐고 쌓인 SP가 10이 되었기에 찍을 만한 스킬이 있는지 살펴보기로 했다.

스킬 목록을 살펴보면서 처음 알게 된 사실이지만 편리한 스킬이 의외로 많았다.

색적(素敵), 기척 감지, 은밀, 마력 은폐, 기척 차단, 마력 차단.

그밖에도 호운 선생님의 형님으로 보이는 패운(覇運) 선생님이 눈에 들어왔다. 언젠가 꼭 뵙고 싶은지만 터득에 필요한 SP가 100이나 되는 비싼 분이라 아무리 서둘러도 레벨을 51까지 올려야만 뵐 수 있었다.

"아~ 역시 아까운 짓을 했네……."

"아까운 짓이 뭐니?"

"예?"

SP에 대한 말을 중얼거리며 미궁에서 나온 날 기다리고 있었던 건 의아한 표정을 짓고 있는 카트린느 씨였다.

다른 사람한테 혼잣말을 들키니 아무래도 좀 부끄럽다.

"어째서 카트린느 씨가 여기에? 미궁에 볼일이라도 있으신가요?"

"아니. 루시엘 군을 만나러 온 손님이 계셔서 이쪽으로 모시고 왔어."

카트린느 씨의 말을 듣고 그녀의 시선이 향한 곳을 바라보니 매점 안에 작은 키에 근육질인 수염남과 앞으로 뾰족하게 나온 입에 실눈을 지닌 수인이 있었다.

아마 틀림없이 드워프와 여우 수인이리라.

어째서 그들이 이곳에 있는 걸까? 카트린느 씨는 날 만나러 온 손님이라고 했지? 그보다 인족 지상주의가 만연한 교회 본부에서 무슨 이유로 드워프와 여우 수인의 출입을 허가한 걸까? 게다가 교회 본부에 있다는 사실을 숨겨야 하는 미궁 앞에 데려오다니 이 두 사람에겐 뭔가 특별한 사정이라도 있는 걸까?

"괜찮나요?"

난 지금 느끼는 혼란한 심정들을 이 한마디로 표현했다.

"괜찮아. 두 분은 성 슈를 교회와 인연이 깊고 입도 무거우시니까."

내 시선이 드워프와 여우 수인한테 박혀있는 게 티가 났는지 카트린느 씨는 가볍게 웃으며 내가 원하는 답을 말해줬다.

그건 그렇고 무슨 이유로 날 만나러 온 거지?

"그렇군요. 그런데 이분들은 대체 어떤 분들이시죠?"

"루시엘 군도 성함 정도는 들어봤을 거 같은데? 드워프족이자 대장장이이신 그란드 씨. 그리고 다른 한 분은 여우 수인이자 마도 기사(技師)이신 토레토 씨야."

카트린느 씨한테는 죄송하지만 들어본 기억이 전혀 없다. 왜 그런 식으로 소개를 하신 거죠? 분위기가 어색해지잖아요.

"처음 뵙겠습니다. 치유사인 루시엘이라고 합니다. 두 분께선 그 분야에서 유명하신 분들로 보입니다만 제 지식이 부족한 탓에 두 분에 대해선 아는 바가 없습니다."

"호오~ 꽤 솔직한 녀석이군. 내 이름은 그란드, 대장장이다. 성 슈를 교회에 소속된 기사들의 무구나 이곳에 있는 무구는 전부 내가 만든 것들이지. 한데 얘기는 들었다만 그런 체격을 지녔으면서 치유사란 게 사실이냐? 아무리 봐도 기사로 보인다만."

……엄청 신세를 진 분이었다. 신세를 졌다고 할까, 그가 만든 무구가 없었다면 10계층 보스방에서 분명 죽었을 테니 생명의 은인이다.

"포포. 그 갑옷, 꽤 멋지잖~앙. 아, 내 이름은 토레토. 성 슈를 교회엔 그 로브를 납품하고 있어. 그보다 너 몸매가 끝내주는 거~얼. 누가 봐도 치유사의 몸이 아니잖아포포."

와아. 여우 수인분한테도 무진장 신세를 졌네요. 이런 분들이 날 만나러 오실 줄 아셨으면 카트린느 씨도 미리 말씀 좀 해주시지.

"두 분이 만드신 무구나 로브가 없었다면 지금쯤 전 이 세상에 없었을 테지요. 미궁 공략을 시작한 뒤로 항상 감사한 마음을 느끼고 있었습니다…… 그런데, 저기…… 어째서 조금 전부터 제 몸을 만지고 계시는 거죠?"

두 사람은 내가 전하는 감사의 말을 귀로 흘리며 내 몸 구석구석을 조사하듯이 마구 만지기 시작했다. 다른 사람이 몸을 만져 줬으면 하는 취미는 없기에 저항하려 했지만 카트린느 씨는 재밌다는 듯이 이쪽을 바라보며 소리 없이 입 모양으로만 움직이지 말렴이라고 명령을 내렸다.

"루시엘이라고 했나. 몸을 만지는 건 네 골격이나 근육의 발달 정도를 알아보기 위해서다. 앞으로 네 전용 무구를 만들 예정이니까 당연하잖냐."

"어라, 제 전용 무구를 만들어주시는 건가요?"

처음 듣는 얘기인데. 카트린느 씨가 숨기고 있었나? 아니면 교황님이? 그것도 아니라면 전달하는 걸 잊고 계셨나?

"그래. 그 귀여운 엉덩이를 그냥 만지고 싶어서 이러는 게 아니양. 이것도 엄연한 일·이·란·다."

토레토 씨의 말은 느낌이 좀 다른 것 같다. 게다가 이상할 정도로 부드럽게 터치를 하는 데다 만드는 건 로브일 터인데 어째선지 허벅지 안쪽이나 엉덩이를 중점적으로 만지신다. 명백하게 그냥 만지고 싶어서 이러시는 거 아닌가? 정말로 믿어도 되는 걸까?

그런 의심이 들던 찰나에 카트린느 씨가 눈빛으로 압박을 가했기에 여러 의미에서 포기를 택했다.

"그랬던 거군요. 죄송합니다."

이런 식으로 십여 분 정도 자세를 바꿔가며 몸 구석구석을 조사당한 끝에 겨우 해방됐다.

"카틀레아 아가씨, 이 녀석은 조금 특이한 형태로 근육이 잡혔다만 소질이 썩 괜찮군. 단련도 제대로 하는 모양이고 치유사 중에선 최강이 될지도 모르겠구만."

"그런데 카틀레아짱, 이 아이의 장비는 무얼 만들면 되니?"

두 사람은 카트린느 씨를 카틀레아 씨라고 부르는 모양이네…… 응? 방금 토레토 씨가 뭐라고 했지? 설마 뭘 만들지도 정해지지 않은 상태에서 그렇게 마구 만져댄 건가?

"두 분께서 이제껏 사용하신 적이 없는 소재로 그에게 맞는 무구를 만들어주셨으면 합니다. 그래도 그가 가지고 있는 소재를 두 분께서 다루실 수 있을지 솔직히 걱정되네요."

어째서 카트린느 씨는 두 사람을 도발한 걸까? 카트린느 씨도 인족 지상주의자인가? 아니면 다른 이유가 있는 걸까? 조금 전까지 감돌던 온화한 분위기는 사라지고 찌릿찌릿한 긴장감이 느껴지는 일촉즉발(一觸卽發)의 분위기가 자리를 지배했다.

자신만만한 카트린느 씨를 노려보던 네 개의 눈동자가 소재를 가진 내게로 향했다. 왜 도발을 한 건지 정말로 이해를 할 수 없다…….

그건 그렇고 무구로 만들 수 있을 만한 소재라고 하면 성룡의 어금니나 비늘 말고는 짐작이 가는 게 없는데 넘겨도 되는 건가? 내가 카트린느 씨한테 시선을 보내니 그녀가 고개를 끄덕였다.

그란드 씨와 토레토 씨는 이쪽을 노려보고 있었다.

빨리 소재를 내놓으라고. 눈이 그렇게 말을 하는 게 보여서 솔직히 도망치고 싶은 기분이었다. 이렇게 보니 사람의 눈에서 얻을 수 있는 정보가 꽤 많은걸. 교섭할 때는 주의하자.

나중에 카트린느 씨한테 불만을 토하기로 하고 소재를 내놓아도 되는지 말로 최종 확인을 받기로 했다.

"교황님의 허가는 어떻게 됐나요?"

"물론 받았지. 허가가 나지 않았다면 두 분이 오시는 일도 없었을 거야."

카트린느 씨는 기사단에 있는 것보다 매점에서 근무하는 게 정신적으로 더 편하지 않을까?

그런 생각이 든다.

"알겠습니다. 이겁니다."

난 마법 주머니에서 성룡의 비늘과 어금니를 꺼내 각각 토레토 씨와 그란드 씨에게 건넸다.

그러자 조금 전까지 화를 냈다는 게 거짓말인 양 두 사람의 얼굴에 기쁜 기색이 가득했다. 하지만 얼마 지나지 않아 두 사람의 얼굴이 어두워졌다.

아무리 봐도 상태가 이상했던지라 바로 물어보기로 했다.

"무슨 일인가요?"

"이건 전설의 용이 남긴 소재지? 난 이만한 소재를 써본 적이 없다. 귀중한 소재인 만큼 절대로 실패할 순 없으니."

"나도 마찬가지야. 생산자로서 이만한 소재를 다룰 수 있다면 다루고 싶~엉. ⋯⋯그래도 정말로 이만한 소재를 내가 다룰 수 있을지 자신이 없어포포."

확실히 처음 보는 전설의 소재로 무구를 만들어 달라고 부탁을 받으면 실패했을 때의 리스크를 생각하겠지⋯⋯.

아마 지금 두 사람의 심정은 처음 봤음에도 불구하고 명백하게 나보다 격이 높은 존재라는 게 느껴지는 성룡을 눈으로 접했던 나와 같겠지. 뭐어 그때는 퇴로가 없었지만 두 사람에겐 퇴로가 있으니까.

만약 몇 번이고 도전할 수 있다면 얘기가 달라지리라.

"안심하셔도 됩니다. 만약 실패하신다고 해도 같은 재료가 아직 남아있으니까요."

난 같은 어금니와 비늘을 꺼내 보여줬다. 그러자 두 사람이 부들부들 떨기 시작했다.

""소재가 여러 개면 처음부터 꺼내라고!""

두 사람은 무진장 험악한 얼굴로 화를 냈지만 전설의 소재를 다룰 수 있다는 기쁨이 더 컸는지 싱글거리며 기쁜 미소를 지었다.

어쩐지 위험한 사람들처럼 보인다만 장인으로서의 실력은 일류인 것 같으니 맡겨볼까.

하지만 아무래도 난 장인이라는 사람들을 얕본 모양이다.

"루시엘이라고 했지? 지금 당장 대장간으로 가자고."

"카틀레아짱, 당분간 그는 돌아오지 못할 테니까 어떻게든 잘 처리해줘포포."

신속하게 내 팔을 꽉 붙들어 맨 두 사람은 그대로 날 끌고 가기 시작했다.

"잠깐 잠깐 잠깐, 잠깐만요. 저도 제 사정이 있으니 어디에 있는 대장간인지 알려주시면 나중에 뵈러 가겠습니다."

두 사람한테 붙잡힌 팔을 떨쳐내려 했지만 억누르는 힘이 심상치 않은 탓에 떨쳐내기는커녕 꼼짝도 하지 않았다.

이렇게 끌려가서 이상한 소문이 도는 건 이제 사양이다. 게다가 이대로 가면 호위대나 조르드 씨 일행의 입장도 말이 아니리라.

하지만 두 사람의 사고방식은 내 상식으로 도저히 헤아릴 수 없었다.

""어디냐니 당연히 우리가 사는 마을의 대장간이지(란다).""

"에? 저기 카트린느 씨?"

"후훗 알고 있어. 두 분도 무리한 말씀은 자제해 주세요. 그는 호위 대상이기에 두 분이 사시는 록포드로 보낼 수 없습니다."

""칫.""

이 두 사람의 행동은 어디까지가 진심인 걸까? 아니면 진심으로 성도를 떠날 생각을 한 건지 제대로 판단이 서질 않는다.

그런 생각을 하고 있는데 카트린느 씨의 의미심장한 시선이 이쪽을 향했다.

불길한 예감이 들었지만 난 무력했다.

"일이 이렇게 될 것 같아 이미 성도에 있는 대장간과 교섭을 끝냈습니다. 오늘부터 바로 사용하시면 됩니다."

"뭣이? 그걸 먼저 말하지 못할까. ……아다만타이트로 만든 화로가 있는 곳이었던가. 어느 정도는 자유로운 작업이 보장될 테니 이곳으로 타협하지."

"포포. 벌써부터 팔이 근질거려포."

내 의견은 들을 필요도 없다는 듯이 얘기가 점점 진행된다.

"카트린느 씨, 일단은 저도 부대에 내릴 지시가 있다고요. 거기다 발키리 성기사단과 하는 훈련 내용에 추가하고 싶은 사항도 있고."

"루시엘 군, 두 분은 스케줄을 잡기가 정말로 힘든 장인들이야. 게다가 성도에 있는 대장간에 가는 거니까 호위대가 없어도 괜찮잖아?"

그래도 된다면 평소에도 호위 없이 돌아다닐 수 있도록 해줬으면 한다. 그렇게 바라는 건 사치스러운 바람이려나……. 이번 일은 전부 카트린느 씨가 꾸민 것 같으니 경계할 필요가 있겠는걸.

그런 생각을 하며 성도의 대장간에 도착할 때까지 카트린느 씨의 호위를 받게 됐다.

그란드 씨와 토레토 씨한테 꽉 붙들린 상태로 끌려가는 날 보고 "성변은 남색가인가?"라는 사들의 목소리가 들렸다.

설마 스승님과 두 사람한테 가마 상태로 모험가 길드까지 배달됐을 때의 의혹이 재연되는 건가? 그런 생각이 들어 걱정됐지만 명백하게 억지로 끌려가는 나와 시선이 마주치자 다들 슥 하고 시선을 피하면서도 불쌍하다는 시선으로 이쪽을 본다는 걸 알 수 있었다.

아마 남색가라는 소문은 피할 수 있을 테지만 어쩐지 굉장히 불길한 예감이 들었다.

훗날 나는 이 예감이 들어맞았다는 사실을 알게 된다. 이날부터 남몰래 사람들 사이에서 오르내리는 말이 생겼다.

성변 루시엘의 주위엔 그를 사모하는 아저씨들이 모인다. 혹시 아저씨 하렘을 만들고 있는 건 아닌지? 등의 소문들이…….

그 소문을 들은 내가 성도를 떠날 결심을 하는 건 좀 더 뒤의 얘기다.

05 전설의 장인

성도에 있는 대장간에 도착하니 안에서 종업원들이 나와 일제히 고개를 숙였다.

물론 내가 아니라 그란드 씨와 토레토 씨한테 말이다. 아무래도 두 사람은 장인들에게 있어 구름 위의 존재라는 모양이라 대장간에서 한바탕 소란이 일어나며 혼란이 빚어졌다.

그 인기를 확인한 나는 두 사람의 평가를 평범한 대장장이와 마도 기사 겸 재봉사에서 슈퍼스타로 올렸다.

상황을 지켜보며 옆에 있는 카트린느 씨한테 두 사람에 대한 걸 물어보기로 했다.

"끌려서 오긴 했는데요, 저 두 분은 그렇게 유명한가요?"

내 눈엔 평범한 드워프와 조금 별난 여우 수인으로밖에 보이지 않는다. 뭐어 두 종족의 사람들을 보는 건 이번이 처음이니까 내 인식이 맞는지는 모르겠지만.

"믿지 않았던 거니? 정말로 유명한 분들이야. 우선 그란드 씨는 록포드라는 숨겨진 장인의 마을에서 상공(商工) 길드의 길드 마스터를 맡고 계시는데 본인도 대장장이로서 영세(永世) 명공 대장장이의 칭호를 받은 대장장이계의 정점에 선 사람 중 한 명이야."

조금 태클을 걸고 싶어졌지만 우선 질문부터 하기로 했다.

"그런 굉장한 분이 어째서 치유사인 저의 무구를 만들어주시는 건가요?"

"교황님께서 직접 하신 의뢰거든. 거기다 그란드 씨도 치유사의 몸으로 자신이 만든 무구를 다루고 미궁 답파에 도움이 됐다는 걸 증명한 루시엘 군한테 흥미가 있다고 들었어."

"그건 제가 굳이 증명하지 않아도 이미 알려진 사실 아닌가요?"

지금까지…… 무구를 사용한 치유사가 없었나? 아니면 너무 예전 일이라 잊혀진 걸까? 하지만 카트린느 씨는 웃으며 고개를 가로저었다.

"그건 그란드 씨 본인한테 여쭤보도록 하렴. 그리고 토레토 씨는 굉장한 실력을 지닌 마도 기사이면서 실은 전설의 재봉사 가문의 일원이라는 모양이라 이 세상에서 만들 수 있는 이가 다섯 명도 안 된다는 천사의 베개를 만드는 굉장한 실력을 지닌 재봉사이기도 해."

"……그 천사의 베개 말인가요? 그게 없으면 잠자리에 들지 못할 것 같다는 생각이 들 정도로 애용하고 신세를 지고 있는 베개인데요. 아, 죄송합니다. 저도 모르게 흥분하고 말았네요."

그란드 씨한테는 미안하지만 토레토 씨의 기술력이 있다면 혹시 다른 침구도 만들어주시지 않으려나? 그런 욕구가 든다.

"그 기분은 이해해. 나도 쓰고 있는데 그 베개, 정말로 굉장하지?"

"예. 혹시 그 정도로 굉장한 물건들을 많이 만드셨나요?"

"들은 바로는 여러 작품이 있다는 모양이야. 하지만 세계 각지에 고객들이 있으니까 만날 수 있는 것만으로도 행운이야. 그런데 이번엔 의뢰까지 맡아주셨으니 루시엘 군은 정말로 운이 좋아."

전부 호운 선생님이 계신 덕분입니다. 호운 선생님이 계시면 웬만한 일들은 대부분 좋게 굴러가리라. 최근에 계속 운이 없다고 생각했다만 행복을 위해 단계를 밟을 필요가 있었던 걸지도 모른다. 그래도 선생님한테 너무 의지하면 언젠가 된통 당할 것 같으니 꾸준히 노력하자.

"그건 그렇고 이 세상엔 굉장한 사람들이 널렸네요."

"……슬슬 루시엘 군도 같은 편에 있다는 걸 자각하는 게 어떠니?"

민망한 말을 들으니 몸이 부르르 떨린다. 언데드를 상대할 때는 강하지만 대인전에선 맨날 얻어터지는 내가 굉장한 사람일 리가 없다.

그렇게 자신을 타이르니 신기하게도 마음이 진정됐다.

"전 다른 치유사보다 성속성 마법이 좀 더 능숙할 뿐인 일반인이에요. 싸우는 건 여전히 무섭고, 딱히 특별한 구석도 없어요."

"미궁을 답파하는 일반인은 없다고 생각해."

"……평온한 인생을 보내는 걸 간절히 바라고 있습니다."

"……힘내렴."

이 말을 하면 두 사람…… 카트린느 씨까지 포함해 세 사람이 자주 웃곤 하는데 다른 사람들이 보기엔 그렇게 무모한 바람으로 들리나?

"예…….."

그런 얘기를 주고받다 보니 그란드 씨와 토레토 씨의 주위가 겨우 진정되기 시작했다.

그리고 날 부른 두 사람은 바로 치수 재기에 들어갔다.

"평소와 같은 자세로 검을 아래로 천천히 휘둘러라."

"예."

"정지, 좋아. 움직이지 마라."

일단 동작을 멈춘 상태에서 온몸의 치수를 잰 다음 움직이는 영역을 체크해 움직임이 방해받지 않도록 임시로 재봉을 한다.

그리고 부여한 마법이 최대한 효력을 발휘할 수 있도록 마법진을 새길 부위가 정해지자 이번엔 실제로 움직이면서 오차를 수정하는 작업에 들어갔다.

여기까지의 공정은 시간을 크게 잡아먹는 일 없이 순조롭게 진행됐다. 그래서 이대로 간단히 끝날 거라고 생각했지만 그건 큰 착각이었다.

지시한 동작을 취할 때마다 생기는 오차를 몇 번이고 체크하며 반복했기 때문이다.

중간부터는 지시받은 명령을 충실하게 수행하는 골렘이 된 듯한 기분으로 임하다 감정이 깎여나가기 일보 직전에 겨우 공정이 마무리됐다.

마지막까지 이 작업을 견딜 수 있었던 건 문득 본 그란드 씨와 토레토 씨의 눈이 매우 진지했기 때문이다.

정말로 공정 하나하나에 혼을 담아 작업을 한다는 게 느껴졌기에 먼저 약한 소리를 뱉을 수가 없었다.

"수고했어. 중간부터는 모든 감정이 사라진 것 같은 표정을 짓고 있었는데 지금은 괜찮은 모양이네."

"수고하셨습니다. 지금은 자유롭게 움직일 수 있으니까요. 지시받은 대로만 움직여야 하니까 정말로 괴로운 시간이었어요…… 그보다 지금 보니까 밖이 벌써 깜깜해졌네요…… 바로 돌아가겠습니다."

딱히 통금 시간이 있는 것도 아니고 성인이니까 밤놀이 정도는 할 순 있다.

하지만 대장간으로 끌려갈 때는 이렇게 늦게 끝날 줄 몰랐기에 호위대에도 보고하지 않았고 어쩌면 이미 민폐를 끼치고 있을 가능성도 있었으므로 돌아가기로 했다.

하지만 한차례 일을 마무리한 장인 드워프가 내 길을 막아섰다.

"섭섭한 말은 접어두라고. 오늘은 술을 걸치면서 어떤 무기가 좋은지 나와 밤새 얘기를 나누자꾸나."

"포포 좋네~. 루시엘 군은 젊으니까 망상도 많이 하지? 여러 아이디어를 들려줬으면 좋겠~엉. 카틀레아짱도 같이 가자."

"에~, 그럼 조금만 어울려 드릴게요."

카트린느 씨는 권유를 받은 게 기쁜 모양인지 처음부터 거절할 생각이 없었던 것 같다.

이리하여 드워프와 여우 수인 아저씨 콤비한테 또 꽉 붙들린 상태로 잡힌 난 밤거리로 나서게 됐다.

그렇게 끌려간 식당은 차분하게 술을 마실 수 있는 작은 선술집 같은 분위기의 가게였다.

"차분한 분위기가 인상적인 가게네요."

"그렇지? 여기는 내가 성도에서 다니는 유일한 단골집이거든."

가게를 칭찬하니 그란드 씨가 기쁜 듯이 웃었다.

확실히 분위기는 좋지만 특별한 점은 눈에 띄지 않았다.

그란드 씨가 단골집으로 삼을 정도이니 뭔가 애착이 있는 것이리라.

"이 가게에 뭔가 특별한 점이라도 있나요?"

"그래. 이 가게는 내가 장인으로서 살게 된 계기를 준 곳이다."

내가 생각한 것보다 훨씬 소중한 곳이었구나.

"처음에 요리사가 되려고 하셨나요?"

"하하하, 그건 아니다. 내가 아직 반푼이 대장장이였던 탓에 밥벌어먹기도 힘들었던 시절의 얘기지. 이 가게의 선대 주인이 내가 어중간한 실력으로 만든 식칼을 조악품(粗惡品)이란 걸 알면서도 몇 번이고 사줬거든."

"이곳의 주인께선 별난 분이셨네요."

"음. 정말로 매번 즐겁다는 듯이 물건을 사주곤 했지. 그러던 어느 날에 선대에게 어째서 조악품이란 걸 알면서도 물건을 사느냐고 물었다. 선대가 뭐라고 답했을 것 같나?"

장래에 장인이 될 사람의 실력 향상에 이바지하려고 라던가? 아니면 조악품도 쓸모가 있다고 했나? 모르겠는걸.

"짐작이 가지 않네요."

"'난 운이 좋아. 언젠가 최고의 대장장이가 될 남자가 만든 식칼을 쓰고 있으니까. 뭐어 한 번 정도는 진심을 담아 만든 식칼을 써보고 싶다만……' 그렇게 말하더군. 그 말을 들은 난 부끄러운 마음에 온화하게 웃는 선대의 얼굴을 제대로 볼 수가 없었다. 그 뒤로 어중간한 작업은 절대 하지 않겠다고 선대에게 맹세했지."

과연. 최고의 대장장이가 될 거라고 칭찬만 한 게 아니라 진심을 담아서 작업하라고 주의도 준 건가. 그야말로 그란드 씨의 은인인걸.

"굉장한 사람이네요. 그런데 선대 주인께선 어째서 그란드 씨한테 관심을 가지신 걸까요?"

"내가 조악품이란 사실을 털어놓고 식칼을 팔아서 그랬다는 모양이더군. 정말로 운이 좋았던 만남이었던 게지."

솔직한 사람이었구나. 그렇게 보면 이 두 사람과의 만남이 내게 플러스가 될지 마이너스가 될지는 내 마음먹기에 달린 걸지도 모르겠다.

그렇게 생각하니 왠지 이 만남도 특별한 의미가 있을 것 같은 기분이 들었지만 그 말을 굳이 입 밖으로 내진 않았다.

"그럼 두 분을 믿고 이번에 나올 제 무구는 기대를 해도 좋을 것 같네요."

"맡겨 둬라. 전설의 소재로 만드는 것이니 무구도 전설로 남을 만큼 굉장한 녀석을 만들어주마. 자아 그럼 건배를 하지."

"그란드 씨, 죄송합니다. 실은 처음 나누는 술은 멜라토니의 모험가 길드에서 마스터를 맡고 계시는 스승님과 마시기로 정했습니다. 그러니……."

그러자 그란드 씨는 내 얼굴을 지긋이 바라보더니 기분이 좋다는 듯이 크게 웃기 시작했다.

"와하하. 요즘 시대에 자신의 스승과 술을 주고받고 싶다고 당당히 말할 줄이야. 마음에 들었다. 앞으로도 내가 네 장비의 관리를 전부 맡아주마. 그러니 스승과 술을 나눈 다음에는 내가 있는 곳으로 와라."

"어머 어머 재밌어 보이는걸. 나도 끼워줬으면 하는데~ 포포."

"저도 조금 정도는 어울려 드리죠."

아직 취하지도 않았는데 흥분한 토레토 씨와 카트린느 씨가 끼어드는 바람에 조금 전까지 차분했던 분위기가 순식간에 날아갔다.

이 뒤에 바로 술주정을 시작한 세 사람한테 사정없이 등을 맞으며 자신에게 회복 마법을 걸면서 밤이 깊어 갔다……

06 레인스타 경

내 상사인 선배가 짐을 싸고 있었다.

"선배, 정말로 회사를 그만두실 건가요?"

"그래. 옛날부터 이루고 싶었던 꿈을 이뤘으니까. 그래도 네가 걱정이야."

이건 꿈이다. 내가 잊고 싶어도 잊을 수 없는 꿈.

"전 괜찮아요. 할 때는 하는 남자니까요."

"하아~ 그 긍정적인 성격은 네 장점이지만 잘못된 판단을 밀어붙여서 어중간하게 일처리를 하는 건 단점이라고. 확인해서 괜찮다고 생각했던 안건도 시간이 지난 뒤에 다시 보면 잘못된 경우도 있으니까. 준비를 소홀히 하지 않도록 해."

"알고 있다니까요. 그래도 선배, 전 자잘한 미스를 저지른 적이 없는데요."

그때는 영업 실적이 확 뛰었던 시기라 정말로 자만에 빠져있었지.

"……넌 자신을 위해 움직이는 사람들이 있다는 걸 알고 그게 엄청난 행운이라는 사실을 제대로 이해해야 해. 이게 당연한 일로 느껴진다면 지금까지 주위에 있던 누군가가 널 지탱해줬다는 거다. 어른이니까 무슨 말인지 알잖아?"

"내 일을 누군가가 지탱해주고 있다는 의미인가요? 영업은 결과가 전부라고 선배가 말했잖아요."

"그랬지⋯⋯. 그래도 네가 이 일을 계속하겠다면 이거 하나는 기억해둬라. 영업으로만 마무리되는 일은 없어. 좀 더 주위를 둘러보도록 해."

그때 선배는 진심으로 날 걱정해줬지만, 당시의 난 그만두는 인간이 잔소리는⋯⋯ 그런 식으로 생각했었지⋯⋯ 정말로 철이 없었다.

"뭐어 이미 이번 사분기에 승진할 수 있는 매출을 올렸으니 제 걱정은 너무 하지 마세요."

이직하는 자기 걱정부터 하라고⋯⋯ 그런 건방진 말을 속으로 뱉었으니까.

"만약 그 사실을 알았을 때 조금이라도 미안한 기분이 든다면 자신이 할 수 있는 최대의 노력을 기울여 있는 힘껏 부딪혀 봐라. 그러면 이 세상은 네가 생각한 것 이상으로 상냥하고 혼자선 살아갈 수 없다는 사실을 깨닫게 될 테니까."

"⋯⋯⋯⋯."

난 선배가 하는 말의 의미도 모른 채 그저 고개를 끄덕였다.

그리고 선배가 방을 나가고 문이 닫힌 순간, 의식이 돌아왔다.

눈을 뜨니 낯선 천장이 보였고 내 옆에는 생전 처음 보는 사람이 자고 있었다⋯⋯ 같은 전개는 물론 없었고 여느 때처럼 아침을 맞이했다.

"설마 그 꿈을 꿀 줄이야⋯⋯ 무슨 일이 일어날 조짐인가? 아니면 계시일지도 모르겠네. 되도록 다른 사람에겐 상냥하게, 자신에겐 엄격하게, 확인 사항은 철저히 체크할 것."

어제 보낸 일과가 너무 자극적인 탓이었는지 아니면 그란드 씨의 얘기를 들은 탓인지 오랜만에 전세의 꿈을 꿨다만 난 후배나 부하로서 귀여운 구석이 하나도 없었구나…….

그 이후에 정말로 고생 끝에 겨우 제 몫을 하게 됐는데 말이지…… 조금 쓸쓸한 기분이 든다.

지금이라면 선배가 했던 말의 의미도 축복받은 환경에 있었다는 사실도 이해할 수 있다. 그런 관점에서 보면 역시 이 세계에서도 축복받은 환경에 있다는 건 틀림없다.

스승님과 루미나 씨 그리고 그 주위 사람들과의 만남이 그걸 증명하고 있으니까. 그들도 나와의 만남을 그렇게 여길 수 있도록 할 수 있는 최대의 노력을 기울여 아군을 늘리자.

그리고 오늘도 힘을 내기 위해서 얼굴을 때리며 기합을 넣었다.

나는 평소대로 스트레칭을 하며 천천히 몸을 푼 다음 마력 제어 훈련을 시작했다.

그러던 중에 문득 어젯밤의 일이 떠올랐다.

그 이후에 날 걱정한 조르드 씨 일행이 데리러 올 때까지 난 술에 입을 대지 않고 얘기를 들어주는 역할에 전념했는데 똑같은 얘기를 반복하거나 얘기가 딴 데로 새는 바람에 몇 번이고 같은 얘기를 듣게 됐다.

뭐어 나로선 어젯밤의 일을 떠올리면 머리가 지끈거릴 지경이지만 다른 세 사람은 자신의 흑역사를 내게 들려줬다는 사실 따윈 기억에 없겠지. 그래도 지금까지 몰랐던 사실들을 알 수 있었던 유익한 시간이었으니 조만간 이런 기회가 또 있었으면 좋겠는걸.

그건 그렇고 설마 카트린느 씨의 레벨이 312라는 말도 안 되는 수치일 줄이야……. 그 레벨로도 미궁을 답파할 수 없었으니 역시 물체 X가 미궁 공략의 키 아이템이었다는 생각이 든다.

그래도 카트린느 씨를 절대로 적대해선 안 된다는 사실을 빨리 파악해서 정말 다행이다. 그런 생각을 안 할 수가 없었다.

그런 자신보다 스승님 일행의 레벨이 높을 거라고 단언한 카트린느 씨의 표정엔 왠지 모를 확신이 느껴졌다.

다음으로 알게 된 사실은 SP의 가치인데 SP를 소비해 스킬을 터득할 수 있다는 건 다들 인식하고 있었다. 하지만 전생자와는 달리 SP가 있어도 스킬을 뭐든 마음대로 찍을 수 있는 건 아닌 모양이다.

거기다 SP로는 마법 속성을 터득할 수 없기에 만약 특정 인물의 마법 속성이 늘어나면 그 상대를 전생자로 판단할 수 있다는 사실과 그란드 씨와 토레토 씨의 거점인 록포드 부근의 광산 지하에 토룡(土龍)이 잠들어 있다는 귀중한 정보를 입수했다.

술자리에서 카트린느 씨가 용의 전승 얘기를 꺼낸 것을 계기로 그 얘기를 들은 그란드 씨와 토레토 씨가 재밌다고 들떠서 가세하는 바람에 나도 그만 그런 얘기들을 털어놓았다.

얘기가 무르익은 끝에 세계 지도를 꺼낸 두 사람의 설명을 듣게 됐는데 그란드 씨와 토레토 씨가 손가락으로 직접 전승이 전해지는 장소를 짚어줬다.

그 순간, 내 심장이 강하게 세 번 뛰며 그 장소에 틀림없이 토룡이 있다고 일러줬기에 그 사실을 인식했다.

도와달라고 외치는 듯한 그 감각에 애절한 마음이 들었다. 하지만 지금 내 힘으로 할 수 있는 일은 거의 없다. 그래서 지금 할 수 있는 일에 최선을 다하겠다는 뜻을 전하고 어떻게든 마음을 추슬렀다.

그 뒤엔 술자리를 함께 하고 있어도 흥이 전혀 나지 않았다. 혹시 미궁에 또 들어가야 하나? 그런 불안이 머리를 스쳤기 때문이다.

풀이 죽은 내 모습이 딱했는지 내가 기운을 차리도록 토레토 씨가 만약 있다면 편리할 것 같은 마도구를 만들어준다고 했다.

그리고 이번에 맡은 성룡의 비늘을 가공하는 작업이 끝나면 개발을 부탁한 전신 거울을 주겠다고 약속까지 해줬다.

이름하여 변신 거울 드레서. 간이 마법 주머니라 할 수 있는 마도구로서 거울에 손을 대면 갑옷 등의 옷가지를 순식간에 벗고 입을 수 있는 굉장한 마도구다.

등록할 수 있는 코디 패턴은 최대 10개지만 갑옷도 옷으로 인식하는 뛰어난 물건이다.

그런 마도구가 손에 들어오는데 기운이 안 날래야 안 날 수가 없다.

자세한 설명을 들어보니 두 가지 주의점이 있었는데 하하나는 거울이 깨지면 모든 옷이 튀어나온다는 것이고 다른 하나는 무기 등의 물체는 거울에 수납할 수 없다는 것이었다.

그리고 전신 거울이라는 걸 전하니 여자애 같다며 편견을 가진 카트린느 씨가 의심하는 바람에 곤혹스러웠다.

솔직히 갑옷은 무겁고 단단하기에 입은 채로 자는 건 몸 건강에 매우 나쁘다. 그래서 갑옷을 빨리 벗고 입을 수 있는 마도구를 부탁했을 뿐이다.

그건 그렇고 어젯밤 술자리에서 말한 아이디어를 정말로 형태로 만들 줄이야…… 정말로 토레토 씨한테는 감사할 따름이다.

어제는 막연하게 생각했지만 역시 그란드 씨와 토레토 씨와의 만남은 오랜만에 호운 선생님이 힘을 쓰신 결과이리라.

용에 관한 얘기는 제쳐두더라도 어제는 꽤 자극적인 날이었어…….

아, 그러고 보니 스승님께 보낼 편지를 모험가 길드에 맡기질 못했네.

오늘은 발키리 성기사단과 하는 아침 훈련도 없고 호위대랑 오치사(五治士)대를 이끌고 모험가 길드에 가볼까…….

그건 그렇고 조르드 씨가 이름을 붙인 오치사대라는 명칭은 5명의 치유사라는 의미일 테지만 나까지 포함하면 6명이란 말이지.

어쩐지 나 혼자 따돌림을 당하는 것 같아서 소외감을 느끼긴 해도 다들 사이좋게 물체 X를 마시면 동료 의식도 강해지고 모험가들과 친해질 수 있으리라.

조르드 씨가 내 동행자가 된 치유사들을 오치사대라고 부르기 시작한 게 발단이니 내게 잘못은 없겠지.

그런 생각을 하며 스트레칭을 마쳤다.

……모험가 길드를 방문하면 분명 물체 X를 마시게 될 테니 또 레벨이 오르지 않겠는걸…… 그 전에 조금이라도 더 레벨을 올려

둘까.

그렇게 판단한 난 메모를 남기고 미궁으로 향했다.

미궁 내부는 어제와 마찬가지로 마물이 거의 보이질 않았다.

교황님께 올릴 보고 내용은 이미 정리해둔 상태지만 어쩐지 어제부터 소화 불량에 걸린 것처럼 개운치 않은 기분이 남아있었다.

평소라면 이럴 때 루미나 씨 일행과 모의전을 해 이 기분을 해소했지만 어제는 예상외의 일들이 연이어 일어나는 바람에 이 기분을 해소하지 못했다.

"······이건 시간제한을 둔 아침 훈련."

난 자신을 타이르듯이 중얼거렸다. 미궁을 달려 단숨에 10계층의 보스방으로 향해 언데드 무리를 쓰러뜨린 다음 바로 20계층의 보스방을 향해 달렸다.

결국 29계층의 보스방에서 나오는 사령기사와 몇 번 정도 싸우다 보니 개운치 않은 기분은 서서히 해소됐다.

하지만 기분이 해소된 탓에 이번엔 자신이 스승님 일행 같은 전투광이 된 건 아닐까? 하는 생각이 들어 미궁을 나설 즈음엔 기분이 다운됐다.

미궁에서 나오니 조르드 씨가 내 귀환을 기다리고 있었다.

"루시엘 님, 안녕하세요. 아침부터 수고하시네요."

"안녕하세요. 몸을 조금 움직이고 싶었거든요. 그리고 어제는 데리러 와주셔서 정말로 살았어요. 오늘도요."

"도움이 되셨다니 다행입니다. 그래도 아침부터 미궁에 틀어박히시는 건 좀 그렇다고 생각합니다만."

기분 탓일지도 모르지만 미궁을 나설 때 정화 마법을 쓰는 걸 깜빡해서 그런지 조르드 씨가 악취를 참는 듯한 표정을 지었기에 에티켓을 위해 정화 마법을 시전했다.

"이제 냄새는 괜찮죠? 아침은 드셨나요?"

"아뇨. 아직입니다."

"그럼 같이 식당으로 가죠."

"예. 루시엘 님, 오늘의 예정은 아직 정하지 않으신 거죠?"

이젠 조르드 씨도 내 비서가 다 됐는걸. 익숙해지면 감사하는 마음을 전할 겸 선물이라도 하자.

"예. 뭔가 생각해두신 일정이라도 있으신가요?"

"제가 일정을 잡아도 되겠습니까?"

"일정을 따를지는 별개로 치더라도 일단 얘기는 들어보죠."

그렇게 우리는 식당으로 향했다.

"그러고 보니 전에 루시엘 님께서 레인스타 경의 전기를 읽고 싶다고 하셨죠?"

식당에 도착하니 조르드 씨가 느닷없이 그런 말을 꺼냈다. 그의 얼굴에선 묘한 자신감이 느껴졌다.

"예. 가능하면 각색이 들어가지 않고 역사적 사실을 바탕으로 쓴 서적을 읽고 싶은데요."

성 슈를 교회의 유일한 S급 치유사가 성 슈를 교회의 창설자를 모른다는 건 아무래도 문제가 될 수 있으니까.

"역사적 사실을 바탕으로 쓴 서적……? 루시엘 님, 항간에 나도는 레인스타 경의 전기엔 각색된 부분이 없는 걸로 알고 있습니다만."

그 말을 듣자 한순간 몸이 굳어졌다.

"하하. 아무리 그래도 그건 아니죠. 그 유명한 공중 도시국가 네르달을 마법으로 만들어 냈다거나. 자기도 모르는 사이에 마물과 마왕을 한 번에 쓰러뜨렸다거나. 정령과 용이 빌려준 힘으로 사신(邪神)을 퇴치했다던가. 전부 신화 같은 일화밖에 없잖아요?"

만약 전기의 내용이 전부 사실이라면 레인스타 경은 사람이 아닌 신이거나 신의 사자 같은 존재이리라.

설사 전생자였다고 해도 인간이 그 정도로 강대한 힘을 손에 넣기 위해선 타고난 실력과 끊임없는 노력, 만남이나 운 등의 요소가 전부 따라줘야 한다.

아니, 그래도 부족할 거란 생각이 든다.

"그건 그렇지만요⋯⋯. 아, 그럼 교황님께 여쭤보는 건 어떨까요? 뭐라 해도 레인스타 경은 성 슈를 교회의 창설자이니 교황님만 알고 계시는 얘기가 있을지도 모르죠."

"듣고 보니 그렇네요. 마침 보고드릴 건도 있으니 여쭤볼게요."

"루시엘 님, 만약 교황님한테서 들으신 얘기 중에 밝힐 수 있는 내용이 있다면 제게도 알려주실 수 있는지요?"

결국 조르드 씨도 레인스타 경의 이야기가 궁금한 모양이다. 뭐어 교황님과 인연이 없다면 쉽게 빌릴 수 있는 물건이 아니니까.

"물론이죠. 아, 참. 보고 건은 그다지 시간이 걸리지 않을 테니 조르드 씨는 식사가 끝나는 대로 호위대와 오치사대를 모아주실

래요?"

"예. 그건 상관없습니다만……."

"오늘은 다 같이 외출을 하죠."

"그거 좋네요."

아침을 다 먹을 때까지 그런 잡담이 이어졌다.

그 후에 식당에서 조르드 씨와 헤어진 난 교황의 방을 방문해 미궁에 대한 건을 보고했다.

"흠. 그렇다면 미궁의 상태가 안정세에 접어들었다고 봐도 되겠구나."

"저도 그렇게 생각합니다. 그래도 만일을 대비에 정기적으로 미궁에 들어가고자 합니다."

"그렇게 해준다니 고맙구나. 본녀도 가능한 협력을 할 터이니 무슨 일이 있다면 사양하지 말고 말해다오."

교황님의 목소리가 조금 들뜨신 것 같은데 기분이 좋으신가?

지금이라면 레인스타 경의 전기를 빌릴 수 있을지도 몰라.

"감사합니다. 교황님, 바로 드리는 말씀이라 죄송합니다만, 역사적 사실을 바탕으로 쓴 레인스타 경의 전기 따위의 기록을 가지고 계십니까?"

"수중에 있다만. 어인 일로 레인스타 경의 전기를?"

"지금의 전 S급 치유사라는 지위에 있습니다만 성 슈를 교회나 창설자인 레인스타 경의 대해 아는 바가 없습니다. 이대로 가면 언젠가 창피를 당하고 교회에도 폐를 끼칠 것 같기에 미리 정보를 알 수 있다면 파악해두고 싶습니다."

"으~음…… 본녀에게도 레인스타 경의 전기는 보물이니라. 책을 다 읽는 대로 꼭 반납하겠다고 약속해다오. 만약 약속을 어긴다면 그대의 직업을 박탈하겠다만 그래도 빌리고 싶은 게냐?"

……그 정도로 소중히 여기시는 건가. 솔직히 빌리고 싶진 않지만 뭐어 다 읽는 대로 바로 반납하면 그걸로 끝이고 마법 주머니로 보관하면 괜찮겠지.

"부탁드리겠습니다."

"……알았다. 되도록 빨리 돌려다오."

"예."

이리하여 난 교황님한테서 '레인스타 가스타드 영웅전'이라는 제목의 전기를 빌리는 데에 성공했다.

그리고 책에 기록된 터무니없는 내용을 접한 난 또다시 좌절하게 된다.

07 루시엘, 치트 주인공을 알게 되다

교황님한테서 전기를 빌린 뒤에 조르드 씨와 합류한 난 호위대와 오치사대를 이끌고 모험가 길드를 방문했다.

"루시엘 군, 어째서 목적지를 미리 말해주지 않았던 거니? 목적지가 모험가 길드란 걸 알았으면 따라오지 않았을 텐데."

"하하하. 그래서 일부러 말씀을 드리지 않은 거예요. 앞으로 정기적으로 모험가 길드를 방문할 테니 여러분들도 익숙해지세요."

조르드 씨는 울상을 지었지만 다른 대원들은 모험가 길드에 데려왔다는 사실에 곤혹스러워했다.

16명으로 이루어진 대소대를 이끌고 모험가 길드를 방문하니 아무래도 눈에 띄었다.

그들의 상식으론 모험가 길드에 들어간 순간부터 살기가 담긴 시선을 받거나, 폭언을 듣거나, 시비가 붙을 거라고 생각했는데 아무 일도 일어나지 않은 게 신기한 모양인지 다들 어리둥절한 반응을 보였다.

난 미소를 지으며 식당으로 들어섰다.

그러자 길드 마스터 그란츠 씨의 놀란 목소리가 우리를 맞이했다.

"어이 성변님, 무슨 용무로 모험가 길드에 그런 대소대를 이끌고 온 거냐? 머리라도 이상해진 거냐?"

"아무리 그래도 그 말씀은 너무하시네요. 실은 교회에서 여러 일을 하다 보니 출세해서 이분들의 상사가 됐거든요. 전 모험가나 모험가 길드와 대립하고 싶지 않으니 이분들도 저의 방침에 따르게 할 생각입니다."

"여전히 말도 안 되는 발상을 떠올리는군. 그럼 전원에게 물체 X를 마시게 할 셈이냐?"

걱정하는 듯하면서도 상쾌한 미소를 짓는 건 분명 물체 X를 마시게 하는 게 즐거운 거겠지.

조만간 물체 X 빨리 마시기 대회 같은 걸 열어주지 않으려나…… 그럼 우승은 떼 놓은 당상일 텐데…….

그건 그렇고 최근에 모험가의 수가 더 늘어난 거 같은데 무슨 일이라도 있었나? 뭐 나로선 더 좋지만.

"예. 거기다 지금까지 정기적으로 시행했던 '성변의 변덕스런 날'에 이분들과 모험가들이 함께 하는 합동 훈련이나 모의전을 부탁드리고 싶습니다."

"하하하. 진심이냐? 기사가 모험가를 상대로 싸운다고?"

"예. 이상할 게 뭐가 있나요? 당연한 일이잖아요. 그리고 모의전이 끝나면 회복 마법으로 완전히 회복시킬 테니 서로에게 메리트가 있는 데다 모험가들한테도 단련이 될 테니까요."

"……교회에서 이 일을 허락할 거라 보느냐?"

역시 길드 마스터다운 질문이다. 그래도 S급 치유사의 권한으로 밀어붙이기로 했다.

"아마 괜찮을 겁니다. 제 직속 상사가 교황님이라."

"루시엘…… 설마 위험한 짓을 하는 건 아니겠지? 널 봐달라고 선풍한테 부탁을 받았단 말이다."

"걱정해주시는 건 감사하지만, 아직까진 쾌적하게 잘 지내는 중입니다."

"그럴 테지. 교회도 꽤 대담한 인사(人事)를 하게 됐군. 그럼 조금 전의 얘기를 좀 더 자세히 해다오. 메리트가 있다면 합의를 볼 필요가 있으니. 시간은 있느냐?"

"예. 뭐, 없어도 만들면 그만이니까요. 그러니까 일단 인원수만큼 물체 X를 준비해주실래요?"

그러자 다른 이들의 시선이 내게 집중됐다. 하지만 여기서 물러날 순 없다.

"……이러다 뒤에서 부하의 칼에 맞는 날이 오는 거 아니냐?"

"이상한 걸 마시게 하는 것도 아니고 당근도 제대로 준비했으니 걱정하지 않으셔도 됩니다. 그리고 동정심이 드시면 이분들한테 상냥하게 대해주세요."

"성변님의 부하들은 고생이 많을 테지……."

그란츠 씨가 그렇게 중얼거리자 조르드 씨를 포함한 몇 명이 작게 고개를 끄덕이는 게 보였다. 그 뒤에 그란츠 씨는 신속하게 인원수대로 물체 X를 준비했다.

그리고 모험가들의 주목을 받으며 물체 X를 마신 15명의 부하 대원들은 예외 없이 모두 기절했다.

그란츠 씨에게 스승님께 보내는 편지를 전달한 난 이어서 모의 전에 대한 얘기를 나눴다.

기절 상태에서 회복한 조르드 씨와 대원들의 얼굴에 불만이 가득했기에 일단 모험가 길드의 점심 식사를 대접한 다음 조만간 발키리 성기사단과 식사를 할 예정이라고 전하니 금세 기분이 풀렸다.

그래도 이 수법은 몇 번이고 쓸 수 없으니 당근이 될 수 있는 새로운 건수를 찾아야 되겠는걸.

모험가 길드에서 용무를 마치고 교회 본부로 돌아온 난 마구간을 관리하는 얀바스 씨를 만나 포레 누와르를 빌린 다음 승마 연습을 하기로 했다.

"포레 누와르, 오늘도 잘 부탁해."

먼저 말을 걸고 등에 올라타 여느 때처럼 포레 누와르와 함께 달렸다.

기승 스킬의 숙련도가 조금씩 오르고는 있다만 정말로 기승 스킬을 터득하면 다른 말에도 탈 수 있을까? 그런 생각을 하고 있자니 달리기를 멈춘 포레 누와르가 푸르르르 하고 울며 항의했다.

"딴생각을 했네, 미안해."

포레 누와르는 정말로 머리가 좋은 녀석이라 타는 사람의 상태를 바로 알아차린다.

역시 여행에 나서게 되면 교황님께 부탁을 드려서 포레 누와르를 양도받자.

난 포레 누와르가 좋아하는 정화 마법을 시전하며 어떻게 해야 포레 누와르를 양도받을 수 있을지 얀바스 씨한테 상담을 해보기로 했다.

참고로 정화 마법을 쓰면 포레 누와르뿐만 아니라 다른 말들도 좋아하지만 등에 타려고 할 때마다 날 피하는 바람에 가벼운 트라우마로 남았다.

"나중엔 꼭 태워달라고."

말들에게 그 말을 남기고 개인실로 돌아간 난 교황님한테서 빌린 '레인스타 가스타드 영웅전'을 읽기 시작했다.

레인스타 경은 지금으로부터 삼백여 년 전에 개척촌 촌장 부부의 차남으로 태어났다.

그는 5살 때부터 약사와 양치기의 일을 거들었을 만큼 조숙한 아이였다고 한다.

그리고 7살 때에는 견습 사냥꾼이 됐는데 운이 나쁘게도 마물이 개척촌을 습격한 일이 있었다. 그때 레인스타 경은 필사적으로 싸운 끝에 처음으로 마물을 활로 처치했다.

그리고 12살이 되던 해에 그는 인생의 전환점을 맞이하게 된다.

오크 무리가 그가 사는 개척촌을 두 번이나 습격한 것이다.

그 당시 개척촌엔 모험가가 없었기에 사람들은 마을에 절체절명의 위기가 닥쳤다고 생각했다. 하지만 레인스타 경은 마력을 담아 쏜 화살로 마을을 습격한 오크들을 거의 혼자서 괴멸시켰다고 한다.

그 소식이 당시 가스타드 변경 백작의 귀에 들어갔고 딸인 리잘리아와 같은 나이였다는 점도 한몫해 가스타드 백작은 학원에

다니는 딸의 종자로서 그를 고용했다.

그런 그가 처음으로 가스타드 가를 방문했을 때 데려온 말이 실은 천마였다고 하며 천마를 도운 일을 계기로 정령과 우호적인 관계를 쌓을 수 있었다고 한다.

그 후에 귀족 학교에 입학한 그는 전 과목에서 만점을 얻으며 평민의 신분으로는 처음으로 학원 수석의 자리에 올랐는데 원래 대로라면 그가 해야 할 인사를 반대로 유력 귀족 가문의 자식이 그에게 한 일은 지금도 유명한 일화로 남아있다고 한다.

그는 학원 생활을 그다지 중요하게 여기지 않았는지 학원을 땡 땡이치며 모험가로서 왕성하게 활동을 했다는 모양이다. 그리고 이 무렵부터 다양한 마법을 창조해 마도(魔導)의 천재라는 평가를 받기 시작했다.

그가 학원을 졸업할 즈음, 가스타드 변경 백작가에서 집안싸움 이 일어나 백작의 유일한 자식이 된 리잘리아를 곁에서 지탱해줬 고 다음 해엔 리잘리아와 결혼해 변경 백작가의 데릴사위로 들어 갔다.

이후에 영지 경영을 배운 그는 몇 년 뒤에 새로운 변경 백작으 로 인정을 받아 영지에 사는 사람들을 위해 온 힘을 쏟았다.

~중략~

큰 전쟁이 끝나자 전 세계에 고아가 넘쳐났다. 레인스타 경은 마법으로 황폐해진 대지를 정리하고 거대한 고아원을 세웠다.

이 고아원이 지금의 성 슈를 공화국의 시초라고 전해진다.

고아원을 세운 그는 몇 년 동안 세계 각지를 돌아다니며 병을 앓는 자를 회복 마법으로 구원하고 굶주린 자에게 식사를 주었다고 한다.

그런 때에 각지에서 마물의 폭주가 일어났다. 그는 끊임없이 마물을 토벌해 SSS급 모험가의 자리에 오른다. 그리고 마법으로 마물의 사체를 식량으로 바꾸어 도시나 마을에 나눠줬다.

하지만 전쟁에 연이어 마물의 폭주를 경험한 그는 싸우고 파괴하는 자가 아닌 치유하는 자들을 양성하기로 마음을 먹는다.

그는 이 세상 사람들이 상처나 병으로 고통받지 않기를 바랐다. 그리고 그로부터 몇 년 뒤, 그의 손에 의해 각지에 있는 모험가 길드 근방에 치유사 길드가 개설됐다.

……정말로 이런 사람이 실제로 존재했던 건가. 사위로 들어간 변경 백작가의 재산을 자신의 힘으로 불려 치유사 길드의 창설 자금을 포함한 모든 비용을 사재(私財)로 부담한 치유사 길드의 톱.

게다가 SSS급 모험가라니……. 여자에게 인기가 있었다는 일화도 많고 마치 이야기의, 아니 진짜 주인공 같은 삶이다.

이게 S급 치유사로서 사람들을 구한다는 건가……. 내겐 이 정도의 각오는 없다…… 그래도 할 수 있는 한도에서 최선을 다해야 한다.

다행히 난 레인스타 경 같은 완벽 초인은 아니지만 앞으로 목적의식을 함께 하는 벗이자 동지들을 조금씩 모아 평화로운 치유사 생활을 보내고 싶은걸.

책의 내용을 전부 읽은 건 아니지만 이게 사실이라면 레인스타 경은 여러 직업을 가졌거나 용사 같은 존재였으리라.

솔직히 레인스타 경과 비교하면 내가 앞서는 부분은 단 하나도 없다. 하지만 앞으로 노력하면 레인스타 경에게도 뒤지지 않을 부분을 하나 찾아냈다.

그건 멘탈(정신력)이다. 물론 지금은 빈약한 상태지만 포기하지 않고 꾸준히 노력하면 언젠가 레인스타 경의 경지에 다다를 수 있으리라.

그런 믿음을 가질 수 있는 건 스승님을 시작으로 날 지탱해주는 사람들 덕분이다.

게다가 전기엔 없는 내용이지만 인맥으로는 레인스타 경과 맞먹을 자신이 있다.

S급 치유사로서 해결할 수 있는 일은 직접 해결하고 내게 불가능한 일은 할 수 있는 사람들에게 맡기면 그만이니까.

멋대로 허상을 꾸미는 건 내 성격에 맞지 않는 데다 전설의 인물과 자신을 비교할 필요도 없다.

다른 사람을 의지할 수 있으니까.

실제로 잘 돌봐주는 이들이 곁에 있어 준 덕분에 지금의 내가 있고 여태까지 힘을 낼 수 있었다. 다른 사람을 의지한다는 건 어떤 의미론 장점이다.

그러니 나도 다른 이들이 날 의지할 수 있는 분야를 키워 날 의지해준다면 Win—Win의 관계를 쌓을 수 있다. 최강이 아니라면 최고를 목표로 삼으면 된다.

자신과 레인스타 경을 비교해 좌절하기보다는 긍정적인 사고 방식을 가지고 앞으로도 힘을 내자고 결의를 다진 난 내일도 자신이 할 수 있는 일에 최선을 다하기로 했다.

다음 날 아침, 발키리 성기사단과의 합동 훈련을 위해 훈련장으로 향하던 도중에 뒤에서 누군가가 부르는 소리에 걸음을 멈췄다.

"안녕, 루시엘 군."

"안녕하세요, 루미나 씨. 오늘 훈련도 잘 부탁드립니다."

"그건 이쪽이 할 말이지. 그런데 오늘 점심 이후에 루시엘 군과 다른 대원들의 훈련 예정은?"

"없습니다. 우리 부대는 교회 밖으로 외출할 때를 제외하곤 자유행동이 기본이거든요. 무슨 일이라도 있나요?"

"괜찮다면 합동 연습을 같이할까 하는데……."

"연습 말이죠…… 유감이지만 제가 탈 수 있이 말은 포레 누와르밖에 없는지라 포레 누와르의 컨디션에 달렸네요."

"후훗. 아직 다른 말은 타지 못하는 건가."

"그렇다니까요. 정화 마법을 자주 걸어주고 있으니까 미움을 받는 건 아닌 것 같고."

"혹시 포레 누와르가 다른 말들을 질투해서 그런 건 아닐까?"

"그러면 다행이지만요. 원인을 알 수 없으니까 대책을 세울 수가 없어요. 그 얀바스 씨가 포기하실 정도니까요."

"뭐어 최악의 경우엔 루시엘 군은 마차로 참가해도 된다는 모양이야."

"응? 이번 연습은 뭔가 다른 의도가 있나요?"

"실은 우리 부대의 대원들이 우리와 합동 훈련을 하면 그쪽 부대의 대원들이 루시엘 군을 인정할 거라고 알려줬거든. 정말로 그런 간단한 일로 네 평가가 오른다면 널 돕고 싶다."

잠깐, 너무 기쁜데. 그래도 어째서 이런 포상이 줄줄이 이어지는 걸까? 나도 무언가로 은혜를 갚는 편이 좋겠지…….

"정말 기뻐요. 꼭 참가하겠습니다."

"후훗. 일단 연습 내용은 성도 부근의 숲에 출몰하는 빅 보어 토벌로 할 생각이다. 언젠가 루시엘 군이 여행을 떠날 때, 미궁에서 태어나는 마물과 실제로 살아있는 마물의 차이점에 당황하지 않도록 말이지."

배려를 많이 해주시네…… 한 가지 마음에 걸리는 것은 이번 연습이 성도 밖에서 하는 연습이라는 점이다.

밖에서 하는 활동인 만큼 발키리 성기사단은 온 힘을 다해 싸우리라. 그녀들의 전투를 보고 우리 부대가 자신감을 잃지 않았으면 좋으련만…….

"잘 부탁드립니다. 그런데 마물에게 감정이 있다는 게 사실인가요?"

"그래. 그 중엔 목숨을 구걸하는 마물도 있지."

지금까지 언데드하고만 싸웠던 터라 만약 인간형이나 작은 동물 계열의 마물이 목숨을 구걸하면 숨통을 끊는 걸 주저할 자신이 있다.

"……미궁의 마물이랑 싸우는 편이 낫네요."

"그래."

이 사람은 왜 이렇게 멋있는 걸까? 그런 생각을 하며 저번 합동 훈련 이후론 발키리 성기사단을 만난 적이 없었기에 신경이 쓰이던 점을 물어보기로 했다.

"저기 여러분의 레벨이 어느 정도인지 알려주실 수 있나요? 전 어제 막 11을 찍은 참인데요."

"루시엘 군, 넌 지금까지 우리들의 훈련에 따라왔다는 사실을 자랑스럽게 여겨도 돼. 발키리 성기사단의 대원들은 모두 130 이상이니까. 그러니 레벨 1의 몸으로 훈련에 참여한 건 굉장한 거지."

"꽤 차이가 있네요. 그래도 스테이터스의 수치를 변명으로 삼긴 싫으니 레벨을 따라잡기 전에 여러분을 이기고 싶네요."

"후훗. 기대할게."

기사단 최강의 부대를 상대로 이길 수 있을 거란 생각은 안 들지만…….

"합동 연습은 점심 식사 이후에 하실 거죠?"

"그래. 점심 식사 이후부터 해가 지기 전까지 할 예정이야."

"알겠습니다. 그리고 이거랑은 별개로 아침 훈련 말인데요……. 발키리 성기사단이 신체 강화를 쓰면 호위대는 아예 상대가 안 되나요?"

"으~음, 루시엘 군이 회복 마법이나 결계 마법을 쓰지 않는다면 전투 자체가 성립되지 않겠지만, 마법을 쓴다면 괜찮은 승부가 될 것 같아. 걱정되는 점도 있지만……."

"그게 뭔가요?"

"우리의 실수로 상대를 깊게 베어도 부상은 루시엘 군의 마법으로 회복할 수 있겠지. 그래도 정신까진 회복할 수 없을 거라고 생각해."

그런가. 일반적으론 그렇겠지. 수행이라면서 스승님한테 몇 번이고 베여서 그런지 베이는 게 일상이 됐었으니까…….

"문제가 될 것 같으면 훈련에서 빼겠습니다. 그래도 몇 번이고 같은 상황을 반복함으로써 익숙해지는 경우도 있으니 그 부분에 기대를 걸고 싶네요."

"그건 위험한 생각이야."

확실히 회복 마법이 있다는 전제에서 베이는 데에 익숙해지면 나중에 큰일이 터질 것 같다.

"전 우리 부대가 발키리 성기사단과 대등하게 싸울 수 있을 만큼 강해지길 바라니까요."

"그렇게 되면 우리도 든든하겠다만……."

조금 뒤 나와 루미나 씨가 훈련장에 도착하자 바로 준비 운동으로 훈련장 달리기에 들어갔고 달리기가 끝나자 저번 훈련과 마찬가지로 11명이 맞붙는 단체전이 열렸다.

결과부터 말하자면 호위대는 완패했다.

다만 저번 훈련과 달리 상대가 온 힘을 다해 한 공격을 막거나 반격을 한 대원들도 있어 앞으로 얼마나 강해져야 상대를 따라잡을 수 있는지 어느 정도 짐작을 한 모양이었다.

그리고 반성회를 끝낸 뒤에 오늘은 합동 훈련에 이어서 합동 연습을 할 거라고 대원들에게 전했다.

"대장님, 최고입니다. 쭉 충성을 바치겠습니다."

"호위대에 들어오길 잘했습니다."

"대장님, 필요하신 게 있다면 바로 준비하겠습니다."

마치 체육 동아리 회원 같은 대원들의 말이 이어지자 그 모습을 지켜보던 발키리 성기사단의 대원들은 이쪽을 보며 폭소를 터트렸다.

남자를 다루는 건 이렇게 능숙한데 말이지~ 라는 생각과 함께 난 조금 슬픈 기분을 느끼며 우리 대원들을 바라봤다.

훈련이 끝난 뒤에 오후까진 자유롭게 움직여도 좋지만 연습 때 사용할 말은 꼭 준비해 두라고 명령을 내렸다.

08 연습 장소에서 바비큐를

연습을 위해 성도 밖에서 발키리 성기사단과 합류하니 27기로 편성된 기마대가 되었다. 놀랍게도 조르드 씨와 다른 치유사들도 평범하게 말을 탈 수 있었던 것이다.

게다가 다들 나보다 레벨이 높다는 사실을 알고 나니 씁쓸한 기분이 들었다.

다른 사람들은 각자 자신의 애마에 탔고 나도 포레 누와르에 탔는데 어째선지 포레 누와르가 다른 말들로부터 무리의 보스 같은 취급을 받아 놀랐다.

설마 정말로 포레 누와르가 자기 외에 다른 말에는 타지 못하도록 말들에게 명령을 내린 건 아닐까? 그런 생각이 들 정도였다.

그래도 목적지를 몰랐기에 루미나 씨와 나란히 달리며 연습 예정지로 향했다.

이런 게 바로 승마구나…… 경쾌하게 대지를 달리는 포레 누와르를 보니 그런 생각이 들었다.

처음으로 넓은 장소에서 포레 누와르를 자유롭게 달리게 해줬으니 그것만으로도 이번 연습에 참가한 보람이 있었는걸.

"루시엘 군, 몸에 힘이 너무 들어갔어. 그런 자세로 달리면 말도 루시엘 군도 지칠 거야."

"하하. 일단은 괜찮을 거예요. 계속 힐을 시전하고 있으니까요. 제대로 탈 수 있도록 조금씩 고쳐 나가겠습니다."

"그런 터무니없는 짓을 하면 반응하기가 곤란하구나."

포레 누와르가 꽤 빠른 속도로 달렸기에 앞뒤로 몸이 심하게 흔들렸다. 게다가 등자까지 없어서 몇 번이고 말에서 떨어질 뻔했다.

그래도 허벅지 안쪽에 제대로 힘을 주고 떨어지지 않도록 몸을 고정한 다음 포레 누와르를 믿으며 달리는 것에 집중했다.

그런 까닭에 누군가가 말을 걸어도 대답을 할 여유가 없었다.

평소와 다른 나의 모습에 발키리 성기사단과 우리 부대의 대원들도 처음엔 곤혹스러운 기색을 보였지만 시간이 좀 지나니 내가 말에 타는 자세가 이상한지 폭소하며 상황을 이해했다.

그리고 겨우 포레 누와르의 움직임에 익숙해질 즈음 목적지가 보이기 시작한 모양이다.

"저 숲이 목적지다. 각자 말에서 내려 준비하도록."

루미나 씨의 지시에 따라 포레 누와르의 등에서 내리니 어째선지 고관절이 땅겼다. 역시 같은 자세를 유지하는 건 몸에 좋지 않은 모양이다.

난 날 태워준 포레 누와르에게 정화 마법을 걸어주며 감사 인사를 전했다.

"고마워. 돌아갈 때는 좀 더 능숙하게 탈 수 있도록 노력할게."

"푸르부르르르"

그 울음소리가 '부탁한다고' 라고 말하는 것처럼 들렸다.

얀바스 씨의 말에 따르면 서투른 사람이 타면 말도 그만큼 힘들다고 한다.

바이크가 탑승자에게 직접 불만을 토로하는 일은 없지만 서투르게 조작하면 타이어의 마모가 심해져 수리 주기가 빨리지는 것과 같은 이치다. 그러니 가능한 부담을 주지 않도록 타자.

하아~ 다른 말들이 날 태워준다면 기승 스킬을 터득하는 데에 걸리는 시간을 단축할 수 있을 텐데 말이지~.

"루시엘…… 님? 아까 말을 타던 모습이 꼭 석상 같았어."

"꼴불견."

내가 풀이 죽은 모습을 보고 베아리체 씨와 캐시 씨가 걱정됐는지 내게 말을 걸었다.

그런데 아무래도 두 사람은 연기가 서투른지 걱정스러운 표정과는 반대로 눈에 웃음기가 가득했다.

"……님은 붙이지 않으셔도 돼요. 부대를 이끌고는 있지만 임시로 들어왔다고 해도 발키리 성기사단의 신입이기도 하니까요."

대체 얼마나 참았던 걸까? 내 말이 끝나자 두 사람은 눈앞에서 크게 웃기 시작했다. 그리고 그 광경을 보던 조르드 씨 일행도 따라서 웃기 시작했다.

상황이 이렇게 되니 나도 웃을 수밖에 없었다.

그리고 이 웃음소리가 숲 안쪽까지 들렸는지 경차가 나타……아, 그게 아니라. 포레스트 보어가 나타났다.

나와 오치사대는 나타난 포레스트 보어를 경계했지만 다른 사람들은 이 상황을 위기로 받아들이지 않는 것인지 조금 전과 마찬가지로 온화한 분위기를 유지했다.

"루시엘 님, 꽤 큰 마물인데 위험한 거 아닙니까?"

나도 본 순간에는 그렇게 생각했다. 하지만 주위에서 들려오는 목소리를 들으니 걱정하는 게 바보 같아졌다.

 "제법 먹을 게 있을 것 같네."

 "여기서 피를 빼는 건 필수. 그러니 조금 먹는다고 해도 벌을 받진 않아."

 "미리 프라이팬을 챙겼답니다."

 "엘리자베스, 그 프라이팬은 계속 가지고 다녔던 거잖아? 크으~ 저걸 먹을 생각을 하니 못 참겠는걸~ 술이 있었으면 연회를 벌일 수 있을 텐데 말이야~."

 "당신이야말로 술도 약하면서 일부러 아저씨 같은 발언을 할 필요는 없사와요."

 "루미나 대장님, 이 녀석 저희끼리 쓰러뜨려도 됩니까?"

 "우리가 아이고 루시엘 씨나 호위대 여러분한테 맡긴다고 하지 않았나? 좀 전에 그리 말씀하셨는디."

 "자비를 베풀 필요는 없다. 망설임으로 몇 번이고 상처를 입히면 마물이라고 해도 불쌍하니."

 "뼈는 주워드리겠습니다."

 "공격할 부위는 목덜미가 제격이지만 머리는 단단하니까 피하는 편이 좋아요."

 당연하다는 듯이 토벌을 내게 양보했다. 그건 그렇고 내 힘으로 포레스트 보어를 이길 수 있을까? 아무리 생각해도 내가 불리한데.

 "아니~ 아무리 그래도 저 덩치랑 싸우면 치여서 날아갈 것 같은데요. 약점 같은 건 없나요?"

"루시엘 군은 의외로 겁이 많구나. 난 미궁에서 본 레이스가 더무서웠다만……. 앞으로 여행을 하면서 싸울 일도 있을 테니 좋은 기회라고 생각해. 게다가 루시엘 군이 포레스트 보어 따위한테 지지 않는다는 건 다들 알고 있으니까."

정말로 그렇게 생각하는 건가? 호위대는 그렇게 생각하는 것같지만 조르드 씨는 이미 도망칠 태세를 갖춘 상태였다…… 그리고 루미나 씨가 머뭇거리던 나의 등을 가볍게 밀었다.

난 체념하고 온 힘을 다해 싸우기로 했다.

"다녀오겠습니다."

그 말과 함께 난 에어리어 배리어를 시전했다. 그 다음 마력을고속으로 순환시켜 신체 강화를 건 다음 포레스트 보어를 향해다가갔다.

등 뒤에서 모두의 시선이 느껴진다. 내가 이길 것을 믿고 지켜보는 것이리라. 하지만 포레스트 보어를 향해 점점 다가갈수록뒤에서 바비큐를 준비하기 위해 지시가 오가기 시작했다.

내가 악에 받치지도 못한 채로 포레스트 보어에게 더 다가서니저쪽에서 먼저 이쪽을 향해 돌진했다.

"클라이야 님, 성치신님, 운명신님, 하느님, 부처님, 조상님,제게 힘을……."

기도를 올리며 포레스트 보어의 돌진을 아슬아슬하게 피하고자 타이밍을 기다린다…….

내 직업은 치유사이니 굳이 돌진을 받아낼 필요는 없으리라.

그렇게 만용(蠻勇)을 부리는 건 내 성미에 맞지 않으니까.

그래도 이쪽을 향해 돌진하는 포레스트 보어가 빈틈투성이라는 생각이 들어 마법 주머니에서 단검에 마력을 담아서 포레스트 보어를 향해 투척했다.

날아간 단검은 포레스트 보어의 오른쪽 눈에 박혔고 덕분에 돌진 스피드가 확 줄었다.

이 정도면 받아낼 수 있을 것 같은데? 그런 생각이 들었다.

포레스트 보어의 돌진을 피할 것인지, 아니면 돌진을 받아넘기면서 머리에 검을 박아 넣을 것인지 고민하던 난 마법 주머니에서 단검을 꺼내 다시 한번 투척했다.

이번엔 왼쪽 눈에 박혔는데 그 뒤에 앞으로 꼬꾸라지며 반 바퀴를 구른 포레스트 보어는 내 눈앞에서 배를 보인 채로 경련을 일으켰다.

"……왠지 미안한걸."

난 사과와 함께 검에 마력을 담아 목을 벴다.

그리고 뒤를 돌아보니 모두가 날 향해 박수를 보내고 있었다.

하지만 박수가 끝나자마자 달려온 베아리체 씨와 캐시 씨한테 지적을 당했다.

"그 상태에서 왜 목을 벤 거야? 피비린내가 배잖아."

"바로 피를 빼야 하니까 준비를 부탁할게."

이어서 온 사란 씨와 엘리자베스 씨는 포레스트 보어의 가죽 벗기기에 들어갔다.

"내장을 살짝 익혀서 술안주로 삼고 싶은걸."

"어차피 당신은 술에 약하잖아요. 그리고 동물과 다르게 마물은 내장에 독기를 품고 있으니까 정화라도 하지 않는 한 먹을 수 없사와요."

"정화?"

"정화?"

"정화?"

"루시엘, 바로 내장을 정화시켜 다오."

그녀들의 번득이는 눈빛이 이쪽을 향했다.

그 순간, 내게 거부권 따윈 없다는 것을 깨달았다.

게다가 본래 말려야 할 입장인 루미나 씨가 함께 있는 시점에서 그녀들을 말릴 수단이 완전히 사라졌다.

하지만 그녀들의 의외의 모습을 접한 우리 부대는 어째선지 열광했고 난 홀로 혼돈 그 자체인 광경을 바라보며 마음을 비우고 주어진 일인 정화 마법 시전에 집중했다.

참고로 내 정화 마법을 본 오치사대가 그 효과에 놀라워했는데 고기에 굶주린 육식(계) 여자들을 눈앞에 둔 난 그들을 신경 쓸 여유가 없었다.

이리하여 내가 포레스트 보어의 내장을 정화하는 작업을 마치자 발키리 성기사단이 신속하게 내장을 옮겼고 온화한 분위기 속에서 바비큐(연습)가 시작됐다.

그리고 이 바비큐에서 활약을 보인 이는 성기사인 파라라기스 씨였다.

전에 그가 약학에 대해 내게 물은 적이 있었는데 그 이유를 들어보니 그는 개인실에서 재배용 용기를 이용해 허브와 향신료를 재배했는데 그 일로 내가 편견을 갖고 자신을 대할지도 모른다는 걱정에 그런 질문을 했다는 모양이다.

하지만 그 걱정은 전에 내가 답한 대답으로 해소됐고 그 이후로 요리에 활용할 수 있는 허브와 향신료를 항상 가지고 다니게 된 것이다.

그 결과 지금까지 발키리 성기사단이 통구이로 먹었던 마물의 고기가 허브와 향신료를 만나 제대로 조리된 덕분에 야생의 맛을 모르는 채로 넘어갈 수 있었다.

이후에도 그가 허브를 활용해 활약하는 기회가 더 늘어날지도 모른다. 막연하게 그런 생각이 드는 맛있고도 즐거운 연습이었다.

감상과는 별개로 난 마음속에서 발키리 성기사단과 하는 연습이 나와 내 부대에 플러스가 되는지 진지하게 고민했다.

그 이유는 발키리 성기사단과의 연습이 습관이 되면 부대의 사기를 올리는 게 어려워질 거라고 봤기 때문이다.

하지만 이 고민은 바로 해결됐다.

발키리 성기사단 쪽에서 앞으로도 합동 연습을 하고 싶다는 강한 요망이 있었는데 부탁을 거절하면 오치사대의 강한 반발을 불러일으킬 수도 있었기에 앞으로 한 달에 한 번이나 두 번 정도 발키리 성기사단과 합동 연습을 하는 것으로 결정이 났다.

곤란한 얼굴로 부탁을 하는 루미나 씨를 보니 차마 거절할 수 없었기 때문이다.

그래도 부대를 통솔하기 위해 당근만 주는 건 썩 좋은 방법이 아닌 것 같아 모험가 길드에서 하는 훈련을 되도록 엄격하게 시키기로 했다.

이런 나날을 보내며 순식간에 시간이 흘러갔다.

09 취향을 저격한 새로운 장비

　모험가 길드에서 본격적으로 오치사대와 호위대의 단련을 시작한지 3개월, 난 변함없는 나날을 보내는 중이다.

　내 일과는 홀로 미궁에 들어가거나, 오치사대와 모험가 길드에 가거나, 아니면 기사단에 있는 다른 부대와의 연습이라는 이름의 바비큐에 정화 요원으로 동원되거나 이 셋 중에 하나였다.

　정화 요원이 된 이유를 설명하자면 발키리 성기사단이 합동 연습의 내용을 카트린느 씨한테 보고한 탓에 정화 마법을 걸면 마물의 내장을 먹을 수 있다는 사실이 알려졌기 때문이다.

　그래서 지상에서 마물을 볼 때마다 공포심보다 공양하는 마음이 앞서는 이상한 상황이 벌어지곤 했다.

　그나마 다행인 것은 모험가와 달리 기사단 내에선 별명을 붙이는 관습이 없다는 점이다.

　분명 이 연습의 목적이 모험가들에게 알려지면 기사단의 별명이 악식(惡食) 집단으로 굳어졌을 게 뻔하다.

　뭐, 연습을 함께 한 덕분에 지금은 기사단원들과 그럭저럭 친하게 지내고 있다.

　그리고 오치사대와 호위대는 당근과 채찍의 균형을 잘 잡아서 그런지 결속력이 강해졌고 물체 X를 마시고도 기절하는 빈도가 확 줄었다.

　그러던 어느 날, 교황님의 호출을 받은 난 교황의 방을 방문했다.

마르단 대사교님과 무넬라 씨가 치료에 관한 가이드라인과 법안을 완성해 언제든지 공포(公布)할 준비가 됐다는 연락을 받았기 때문이다.

"그럼 루시엘, 법안을 공포할 시기는 그대가 20세가 되어 여행을 떠난 이후에 해도 되겠느냐?"

"예. 이미 제 손에서 떠난 안건입니다만 조금 전에 마르단 대사교님과 무넬라 님께서 내용을 보여주셨고 문제가 없다는 걸 확인했습니다. 남은 일은 교회 본부의 뜻에 맡기겠습니다."

마음 같아선 당장이라도 공포를 해달라고 하고 싶지만 치유사나 그 가족들의 반발이 예상되는 데다 치유사 길드의 직원 중에 뇌물을 받은 자가 있다면 나 혼자서 소란을 피워봤자 소용이 없으리라.

그런가…… 루시엘이여. 전에도 말했다만 치유사 길드 및 치유원의 경영을 공부하거라."

"경영에 대해서 말입니까?"

치유사 길드나 치유원을 공부하라고 하신 건 조만간 그런 단체들의 경영을 맡기는 걸 염두에 두셨던 건가.

"그렇다. 치료에 관한 가이드라인과 법안이 공포되면 지금까지 부정을 저지르던 자들이 소속된 치유사 길드나 치유원은 분명 반발을 드러낼 테지. 그런 때에 S급 치유사로서 악한 자들을 처벌하고 선한 자들을 구원할 수 있도록 온 힘을 다해줬으면 좋겠구나. 그러기 위해선 루시엘이 경영에 대해서도 알아야 하지 않겠느냐?"

"……그건 치유사 길드의 인사권에 관여하는 게 아닌지?"

"그래서 루시엘이 본녀의 직할 부서로 들어오는 것이니라. 모든 보고를 듣고 조사를 거친 뒤에 본녀가 판단을 내리는 게지."

"알겠습니다. S급 치유사라는 칭호에 부끄럽지 않도록 최선을 다하겠습니다."

"음…… 조만간 본녀가 사령(辭令)을 내릴 테니 임무에 온 힘을 다해 임할 수 있도록 준비를 하거라."

"옙."

인사를 드리고 교황의 방에서 나오니 최근엔 기사단의 전체 훈련에서만 얼굴을 마주쳤던 카트린느 씨가 문 앞에서 기다리고 있었다.

"안녕하세요, 카트린느 씨. 교황님께 용무가 있어서 오신 건가요?"

"아니, 오늘은 루시엘 군을 기다렸어."

카트린느 씨의 미소에 무심코 한 발짝 뒤로 물러났다.

왜냐하면 요즘 카트린느 씨가 웃으면 기사단의.훈련 강도를 높이겠다는 등 무리한 요구를 할 때가 많았기 때문이다.

그래도 이번엔 그녀의 미소에서 카틀레아 씨였던 시절의 상냥함을 오랜만에 느낄 수 있었다.

"무슨 일이라도 있었나요?"

"그래. 그란드 씨랑 토레토 씨는 기억하니?"

"예. 물론이죠. 두 분의 이름을 말씀하신다는 건 혹시……."

내 말에 카트린느 씨의 얼굴에서 미소가 짙어졌다.

"그래. 드디어 무구가 완성됐다고 연락이 왔거든. 시간이 되면 바로 성도의 대장간에 함께 가려고 하는데 어때?"

"가시죠!"

벌써 3개월 전의 일이라 머리 한구석에 남아있긴 했지만 생활에 지장이 생기는 건도 아니었던지라 까맣게 잊고 있었다.

그래도 성룡의 어금니와 비늘로 만든 무구가 완성됐다는 말을 들으니 조금씩 흥분되기 시작했다.

"나도 그란드 씨와 토레토 씨한테 용무가 있으니까 함께 갈게."

"알겠습니다."

"참. 오늘은 내가 호위를 맡을 테니까 루시엘 군의 기사단한테 호위를 부탁하지 않아도 돼."

그 순간 왠지 모르게 불길한 예감이 들었다. 그리고 자칫하면 또 술자리로 발전하는 게 아닐까 하는 그런 불안감이 내 안에서 불어나기 시작했다.

"알겠습니다. 일단 다른 분께 말씀드리고 가도 될까요?"

"그래, 물론이지."

카트린느 씨가 미소를 지으며 허락했기에 일단 개인실에 들리기로 했다.

방에 도착하니 마침 문 앞에 성기사 피아자 씨가 있기에 외출한다고 전한 다음 카트린느 씨와 대장간으로 향했다.

"루시엘 군, 요즘 교회 본부에 있으면서 변했다고 느낀 점은 없어?"

"있죠. 기사단의 훈련이 더 엄격해졌고 지금은 기사단의 기사들이 보내던 증오 어린 시선이 더 이상 느껴지지 않네요."

"후훗. 그건 시선을 받는 대상이 루시엘 군의 부대원들로 바뀌어서 그런 거라고 생각해."

"예. 그렇죠."

잘 보고 계시는걸. 말 그대로 사람들의 시선에서 벗어난 덕분에 교회 본부에 온 이후로 가장 평온한 나날을 보내는 중이다.

"정말이지…… 그게 아니라 분위기라던가 그런 걸 묻는 거야."

"……그런 건 딱히 못 느끼겠네요. 뭐어 설사 독을 먹인다고 해도 독 내성 스킬이 있으니까 어차피 안 먹힐 테고요."

"…………."

"그런 시선은 거둬주세요."

"그냥 어이가 없어서 그런 거란다. 루시엘 군은 괜찮을지도 모르지만 부대원들도 신경을 써주렴."

"예."

오치사대는 다들 우수한 사람들이니까 해독 마법을 쓸 수 있고 호위대엔 파라라기스 씨가 항상 약을 가지고 다니니까 별 문제는 없지만 모처럼 들은 조언이니 감사히 받아들이기로 했다.

그런 얘기들을 나누다 보니 대장간에 도착했다.

그리고 우리의 모습을 확인한 직원이 가게 안쪽으로 달려가더니 바로 그란드 씨와 토레토 씨가 나왔다.

"내가 직업 연락을 넣었거늘 늦었구나. 오, 카틀레아도 함께 온 건가."

"포포 오랜만이~양. 난 또 우리한테 부탁한 무구가 어찌 됐든 상관없는 줄 알았~징."

"오랜만에 뵙습니다. 처음으로 부대를 거느리게 돼서 그쪽에만 신경을 쓰다 보니 그렇게 됐습니다. 죄송합니다."

"호~오 변명은 하지 않는 건가?"

"사실이니까요."

"포포~옹. 뭐어 여기서 얘기하는 것도 뭐하고 안으로 들어가~장."

"그렇군. 일단 들어와라."

마치 자신의 가게에 들어가는 것처럼 자연스러운 태도를 보이는 두 사람을 보니 이미 대장간이 두 사람에 손에 떨어진 것처럼 느껴졌다.

전에 대장간에서 우리를 맞이했던 대장간의 진짜 주인이 두 사람의 뒤를 쫓아다니며 공방에서 작업을 돕기 시작한 것이다.

기술을 전수하는 입장이라곤 하지만 역시 이 두 사람은 격이 다른 존재일지도 모른다는 생각이 새삼 들기 시작했다.

그리고 그 방침을 허용하고 두 사람의 작업을 보며 받아들일 수 있는 기술을 받아들이려 하는 이 공방의 주인도 유연한 사고를 지녔다는 생각에 감탄이 나왔다.

그리고 안내를 받아 공방에 들어간 난 너무 놀란 나머지 입구에서 발이 딱 멈추고 말았다.

왜냐하면 두 사람이 만든 무구가 내 예상과 너무도 달랐기 때문이다. 설마…… 이럴 리가. 그런 말들이 머리에 떠오르고 사라지는 걸 반복했다.

두 번이나 들여다볼 정도로 무구의 비주얼의 충격적이었다.

난 교황님과 카트린느 씨를 믿고서 귀중한 재료들을 그란드 씨와 토레토 씨한테 넘겼다.

그 이유는 뭣도 모르는 내가 가지고 있어봤자 마법 주머니의 공간이나 차지한다는 걸 알고 있었고 두 사람한테서 장인의 긍지를 느꼈기 때문이었다.

그런데 이 결과물은 대체…… 그런 생각을 하던 참에 두 사람이 자신만만한 태도로 무구가 있는 곳으로 가까이 오라고 손짓을 했다.

"포포 어~땡? 굉장하지? 이건 독기를 막고 체온 조절 기능에 딸린 데다 마력이나 기척을 차단하는 효과까지 있다고. 물론 날붙이나 마력을 견디는 효력도 있~징."

"큭큭큭. 놀랐느냐? 이건 마력을 담으면 단단해지는 특성이 있다. 게다가 마법을 보조하는 도구로 삼아 마력을 통과시키면 같은 양의 마력을 소비해도 마법의 효과를 상승시키는 부스터처럼 사용할 수 있는 물건이라고."

두 사람의 얼굴엔 정말로 끝내주는 작업이었지…… 라는 말이 절로 떠오를 만큼 달성감이 가득했다.

하지만 난 여전히 그 자리에서 움직이지 못했고 마치 방심 상태에 빠진 것처럼 입을 여는 것조차 마음대로 되지 않았다.

분명 3개월 전에 검을 휘두르고 엉덩이를 만지는 걸 허락하며 치수를 쟀다.

그게 꿈이나 망상이 아니라면 틀림없이 현실이었을 터다.

하지만 두 사람이 준비한 무구를 눈을 감거나 비빈 뒤에 몇 번이나 다시 봤지만 무구의 모습은 그대로였다.

나는 두 번 정도 심호흡을 한 뒤에 두 사람에게 물었다.

"저기 그란드 씨. 실례를 무릅쓰고 여쭤보겠습니다만 제가 부탁드린 무기는 검이었죠?"

"그래. 이렇게 제대로 완성했다고."

하지만 내 눈에 보이는 무기는 장식이 새겨진 지팡이였다. 혹시 누군가가 내게 독을 먹인 탓에 환각을 보고 있는 걸까? 그리고 토레토 씨한테도 할 말이 있다.

"토레토 씨, 그렇게 제 몸을 만지셨는데 어째서 갑옷 같은 방어구가 아니라 평범하게 갑옷 아래에 입는 내의를 만드신 거죠?"

나로선 이해할 수가 없었다. 만약 내가 납득할 수 없는 대답이 나온다면 두 사람한테 엑스트라 힐과 정화 마법을 날리리라 다짐하며 물었다.

그러자 두 사람은 서로의 얼굴을 마주 보고 한차례 웃더니 어쩐지 의기양양한 얼굴로 설명을 하기 시작했다.

"네 눈엔 의심스러울지도 모르겠다만 이 무기는 틀림없는 검이고 그리고 지팡이이기도 하지."

"?"

"이 무기는 위장 지팡이라고 하는데 무기 반입이 금지된 장소에서도 지닐 수 있도록 옛 시대의 검사가 고안한 물건에서 따와 만들었지. 그러니까 이 부분을 이렇게 조작하면……."

그렇게 말하며 그란드 씨가 지팡이를 조작하니 놀랍게도 지금까지 지팡이였던 물체가 검으로 모습을 바꾸었다.

"엥?"

눈으로 본 엄청난 현상에 지금 내가 환상을 보고 있는 건가? 라는 착각이 들 정도였다.

위장 칼 같은 무기는 전세에서도 책으로 본 적이 있다.

내 기억으론 그 무기는 지팡이 안에 칼날이 내장되어 있어서 원리를 해석하면 손잡이와 칼집이 분리되는 구조였을 터다.

하지만 내가 본 것은 쉽게 상상할 수 있는 위장 지팡이의 모습이 아니라 그야말로 순식간에 지팡이가 검으로 변하는 광경이었다.

"놀랐느냐? 손잡이 부분에 있는 이 용 문양에 장치를 해두었지."

그란드 씨는 마치 소년 같은 눈빛으로 검을 바라보며 설명을 이어나갔다. 확실히 그란드 씨가 말한 용 문양은 훌륭했고 아무리 마법이 존재하는 세계라고는 하지만 이런 비밀 장치를 보니 놀라움을 감출 수 없었다.

"……그럼 혹시 이쪽에 있는 평범한 옷으로만 보이는 이 옷도 저 지팡이처럼 갑옷으로 변하거나 특별한 힘을 지니고 있나요?"

"포포 그럴 리가 없잖~닝. 뭐어 지금 루시엘 군이 착용하고 있는 갑옷보다 강도가 높은 건 확실~행. 이건 치유사인 루시엘 군이 갑옷을 착용하지 않아도 되도록 만든 거~양."

역시 평범한 물건이 아니었구만…….

"단순한 옷이 갑옷의 성능을 뛰어넘을 수 있나요?!"

"포포~옹. 이번 작업은 재밌는 소재를 얻어서 흥이 올랐으니~깡. 그리고 몸을 만진 거랑 옷의 모양은…… 취미~양."

……부끄럽다는 듯이 몸을 꼬는 포즈도 대답의 내용도 원하지 않았는데 말이죠.

그건 그렇고 여태까지 의심했지만 정말로 전설의 일족은 장난이 아니구만…….

난 우선 위장 지팡이 같은 변신검을 손에 들고 그란드 씨의 설명을 들으며 지팡이와 검의 형태로 몇 번이고 변형시켰다.

……그리고 마음속에서 환호성을 지르는 기분으로 그란드 씨한테 감사 인사를 전했다. 왜냐하면 이런 변신검은 내 취향을 저격하는 무기였기 때문이다.

손잡이의 장치를 건드리기만 해도 용 문양이 빛나며 검과 지팡이로 형태가 바뀐다니 너무 멋있다는 감상에 빠져 토레토 씨가 말을 걸 때까지 손에 착 감기는 변신검을 계속 만졌다.

"잠깐~ 루시엘 군, 내가 만든 옷도 입어줬으면 좋겠~엉."

"이, 입을 테니까, 등 뒤로 다가와서 껴안으려 하지 마세요."

다른 사람들이 토레토 씨의 행동에 오싹함을 느끼면서도 변신검을 만지작거리는 내게 어쩐지 질렸다는 시선을 보내는 것 같아 바로 옷을 갈아입기로 했다.

40계층의 보스방에서 얻은 갑옷을 벗고 성룡의 비늘로 짠 옷을 입었다.

옷을 다 착용하니 지금까지 느끼던 것 이상으로 무언가로부터 보호를 받는 듯한 신비한 감각을 느낄 수 있었다.

"어떤가요?"

"포~옹 어울리네. 이걸로 루시엘 군의 안전은 보장된 거나 다름없~엉."

난 등골에 오한을 느끼며 상식인인 카트린느 씨한테 시선을 향했다.

"응. 어울리는 것 같아. 기품도 느껴지고 로브를 두르면 오해받는 일 없이 다들 어엿한 S급 치유사로 봐주지 않을까?"

그 말에 난 쓴웃음을 지을 수밖에 없었다. 왜냐하면 정말로 카트린느 씨가 말한 대로 다른 치유사들과 비교하면 명백히 내 체격이 전사에 가깝기 때문이다.

"거기다 이 위장 지팡이를…… 그렇지. 이 위장 지팡이에 환상 지팡이라는 이름을 붙이마."

억지로 어디서 따온 듯한 이름이었다.

"환상 지팡이…… 그럼 검일 때는 환상검인가요?"

"그래. 치유사로 활동할 땐 지팡이로 사용하면 겉으론 보기엔 평범한 치유사로 보일 테지."

"좋~넹. 아, 맞다. 루시엘 군, 약속한 물건이~양."

토레토 씨는 그렇게 말하며 마법 가방을 뒤지더니 바로 앞에 전신 거울을 내놓았다.

순간적으로 저게 뭐지 라는 생각에 잠겼다가 바로 답이 떠올랐다.

"이 물건은 혹시?"

"그~랭. 전에 루시엘 군이 갖고 싶다고 해서 만들어주기로 약속했던 변신 거울 드레서야. 겉보기엔 평범한 전신 거울이지만 많은 옷을 수납할 수 있~엉. 이 옷을 만드는 기간이 길어질 것 같아서 지인한테 가져다 달라고 한 거~양."

"정말로 받아도 되나요?"

"약속은 지켜~엉."

"정말 고맙습니다."

"기뻐해서 다행이~양. 그럼 바로 재등록을 할 거니까 이 변신 거울 드레서에 마력을 불어넣어~엉."

"오우. 그쪽이 끝나면 이쪽에도 부탁하마. 그건 그렇고 이번 작업은 정말로 끝내줬다. 게다가 좋아하는 일을 하면서 돈까지 받으니 만만세구만. 만약 또 재밌는 소재를 얻었다거나 무구의 수리나 정비가 필요하면 나한테 연락해라. 내 아래에서 일하는 녀석들한테도 그렇게 전해두마."

"나도 마찬가지~양. 그리고 추가로 부탁한 마도구 말인데 앞으로 시험 제작에 들어갈 거니까 완성되면 연락할~겡. 뭐어 장인의 마을에 올 일이 있으면 들려~엉. 듬뿍 서비스 해·줄·게."

부르르 하고 등골에 달리는 오한과 함께 온몸에 닭살이 돋았지만 옛날에 영업을 뛰던 경험을 살려 어떻게든 미소를 유지할 수 있었다.

그 뒤에 두 사람은 아쉬워하는 장인들의 배웅을 받으며 시원스럽게 성도를 떠났다.

그란드 씨는 우리와 헤어지면서 다음에 스승님과 만나면 꼭 술을 마시라는 말을 남겼다.

그리고 토레토 씨는 이쪽에서 부탁한 마도구의 시제품이 완성되면 보내주겠다고 약속했는데 그 인수인계를 대장간의 공방에서 맡는 걸로 결정이 나니 공방의 원주인이 크게 기뻐했다.

이리하여 용무를 마친 나와 카트린느 씨는 교회 본부로 돌아갔다. 그리고 돌아가는 도중에 신경 쓰이는 점이 생긴 난 카트린느 씨한테 물어보기로 했다.

"그리고 보니 아까 그란드 씨가 말했던 장비 제작비는 얼마인가요?"

그러자 카트린느 씨는 미소를 지었다. 그녀의 표정으로 보아하니 꽤 비싸지 않았을까? 하는 생각이 자꾸 들었다.

"사람에겐 모르는 편이 더 행복한 일도 있단다. 뭐어 이번엔 여러모로 할인을 해준 것도 있고. 용의 소재도 몇 개 제공했으니까 여태까지 루시엘 군이 미궁에서 번 마석을 다 합친 금액 정도 되려나."

"……그렇군요."

하지만 난 마석의 가격도 여태까지 번 마석의 양도 알지 못했다.

이 문제들의 답을 알게 되는 건 먼 미래의 일이다만 그때 내 얼굴은 창백해지게 된다.

그 뒤에 개인실로 돌아온 난 조르드 씨 일행에게 오늘은 호위를 서지 않아도 된다고 전한 다음 변신 거울 드레서를 바로 사용해봤다.

"오오, 쩔어!! 그럼 이건? 오옷! 아, 나 어휘력이 무진장 약하네~. 그래도 정말로 굉장한걸."

속옷은 수납이 안 되지만 겉옷이나 착용한 갑옷 등의 모습은 기억이 가능한 신기함에 지나치게 몰입한 난 이 목소리가 방을 넘어 바깥까지 들리고 있다는 사실은 전혀 깨닫지 못한 채 변신 거울 드레서로 놀고 있었다.

그야말로 캐릭터 아바타의 코디를 저장해두고 자신이 원하는 대로 불러오면 그 복장으로 변신할 수 있는 거나 다름없으니 오히려 당연한 건지도 모른다.

사용법은 매우 간단한데 일단 등록한 소유자의 손으로 거울을 만지면 거울에 코디네이트 번호가 표시되며 그 번호를 누르면 등록, 삭제, 변신 등의 항목이 뜬다.

등록을 누르면 현재의 모습이 저장되고 삭제를 누르면 저장된 모습이 사라진다.

변신을 누르면 등록한 코디로 변신할 수 있다.

등록할 수 있는 건 10 패턴이 전부지만 옷이나 갑옷 등도 마법 주머니처럼 넣을 수 있기에 꽤 편리했다.

수납한 옷을 순식간에 벗고 갈아입을 수 있다니 나중에 양산이 가능해지면 누군가에게 보내고 싶어지는 물건이다.

이런 기술이 존재하면 카메라나 영사기 같은 것도 있으려나? 그런 생각도 해봤지만 없는 모양이라 다음번에 토레토 씨와 만나면 그런 부분과 관련해 제대로 피드백을 하기로 마음을 먹었다.

"기본 설정은 이 성룡의 옷이랑 교회 로브로 해두면 되겠지…… 여차할 땐 이 위에 평소에 쓰는 갑옷을 입으면 되니까……."

그리고 마도구를 얻은 흥분이 점점 식을 즈음, 난 중대한 사실을 깨달았다.

"혹시 기본 설정을 포함해도 코디 패턴이 3개밖에 안 되는 건가?"

돌이켜 생각해 보니 미궁에 드나들기 시작한 이후로는 거의 같은 옷을 입고 생활했다.

이 세계엔 정화 마법이 존재하며 마법 한 번으로 청결을 유지할 수 있기에 같은 옷만 입어도 충분했다.

게다가 교회 본부의 로브를 두르고 다녀서 그런지 옷이 찢어지는 일도 없었다. 뭐어 그래도 40계층의 보스방에선 팔다리가 날아가서 옛날에 샀던 옷으로 갈아입었지만······.

지금까지 속옷조차 갈아입지 않았던 자기 자신에게 놀라면서도 정화 마법을 쓰면 깨끗해지니까 문제가 없다며 자신의 행동을 두둔하기로 했다.

그래도 알아차리고도 내버려 두면 내 사고방식이 불결한 것처럼 느껴지는데······.

게다가 하나를 떠올리니 여러 가지 불안이 머리에 맴돌기 시작한다. 불결한 건 별개로 치더라도 앞으로 여행을 나서게 될 텐데 의식주(衣食住) 모든 게 전부 부족하다는 사실을 깨달았다.

멜라토니 마을에서 모험가들한테서 받은 옷들은 블로드 스승님과 대련을 하는 도중에 찢어졌고 남은 옷도 나나엘라 양과 함께 산 것들만 남아있다.

교회 본부에선 항상 교회 로브를 두르고 있었고 미궁 공략을 위해 구입한 방어구는 있지만 복은 오늘 받은 성룡의 옷이 전부다.

방어구 세트를 예비로 등록해둬도 상관은 없지만 40계층에서 얻은 전신 장비가 내 유일한 전신 방어구란 말이지~.

잠깐.

수염은 조금밖에 나지 않아서 신경 쓰지 않았지만 머리카락은 묶은 채로 지냈지. 그리고 보니 교회 본부에 온 이후로 지금까지 한 번도 자르지 않았던가…….

평범하게 지내도 로브가 바깥 기온을 일정 온도로 유지해 주는 덕분에 땀을 그다지 흘리지 않아서 생각해 본 적이 없었다.

혼자서 단발식이나 거행할까…….

그런 고민을 품으니 의식주를 충실하게 갖추는 쪽으로 사고(思考)가 단숨에 뻗어 나갔다.

일단 이 세계에 온 이후로 한 번도 밥을 지어본 적이 없다는 데에 생각이 이르렀다.

애초에 멜라토니에 있었던 시절엔 그루가 씨가 세 끼 식사를 모두 챙겨줬고 성도에서도 마찬가지로 식당의 아주머니들이 식사를 준비해줬다.

그리고 식당에서 사 먹는 식사…… 난 이 세계에 온 이후로 한 번도 요리해본 적이 없다.

바비큐를 하는 빈도가 늘어나긴 했지만 내 일은 정화 마법을 거는 것뿐이고…….

그렇게 생각하니 오랜만에 요리를 해보고 싶다는 마음이 조금씩 샘솟았다.

기회가 되면 조리 기구를 갖추자.

주(住)에 관해선 습격을 받지만 않으면 천사의 베개가 있는 한 어떻게든 살아갈 수 있을 것 같다.

하지만 천사의 베개가 모종의 이유로 망가지면 분명 불면증에 시달릴 것이다.

앞으로 이동할 걸 생각하면 마차 안에서 정말로 안심하고 잘 수 있을지 불안할 따름이다…… 그리고 보니 포레 누와르(이미 데려 갈 생각이 가득함)의 안전도 생각해야지…….

20세가 되면 세계를 돌아다니게 될 테니 앞으로 1년 하고도 1개 월 조금 넘게 남은 셈이다.

그렇게 생각하면 머지않은 일이라고 해도 과언이 아니리라.

S급 치유사라는 직함을 짊어지고 세계를 돌아다니게 될 텐데 평범한 치유원의 현재 상황도 잘 모른단 말이지~.

마음 같아선 바로 세울 필요가 없는 곳으로 파견을 나가고 싶다.

아니면 사람을 치유하기 위해 이리저리 방랑하는 치유사가 되고 싶은걸~. 그런데 그렇게 되면 새로운 불씨를 만드는 셈인가…… 어쩐지 내가 폭탄 같은 존재가 될 것 같은데…….

여러 생각을 하다 보니 생각들이 끊임없이 꼬리에 꼬리를 물고 이어져 머리로 처리하는 데에 한계를 맞이했다.

그리고 그때 자신도 잊고 있었던 습관이 떠올랐다.

"의식주나 일에 관해선 전혀 신경을 쓰지 않을 정도로 무관심 했다는 점도 있었지만……."

무심코 중얼거린 말이 새어 나오는 와중에도 마법 주머니에서 양피지를 꺼내 조금 전부터 머리에 떠오른 앞으로 해결해야 할 사항들을 써나갔다.

그건 그렇고 메모를 적는 게 버릇이었는데 몇 년 지나니 버릇 도 사라지는 법이구나.

앞으론 좀 더 정신을 차리고 매사에 임해야지…… 이세계 생활에 익숙해져서 물드는 건 상관없지만 이세계에서 산다고 해서 전세에서 익힌 경험을 활용하지 않는다는 건 좀 아니잖아.

사회생활 첫해를 시작하며 배운 건 스케줄 수첩을 가지고 다니면서 작은 일이라도 메모를 하는 것. 그리고 제대로 인사를 할 것, 이 두 가지가 전부…… 이런 간단한 것들을 습관화하는 것이었다.

그래도 이런 습관을 실천하는 사람과 실천하지 않는 사람은 장래에 성장 스피드가 달라진다는 말을 들었다.

이 세계엔 신문이나 TV 같은 정보 전달 수단이 없는 까닭에 그런 흐름에 휩쓸려 이런 일들을 게을리했던 것이다.

자신의 머리는 그다지 좋은 편이 아니었는데 어째서 그런 걸 알아차리지 못했던 걸까…… 난 심호흡을 통해 기분을 전환했다.

반성은 언제든지 할 수 있다.

제대로 반성은 하자. 하지만 지금은 앞으로 한 걸음 나아가자.

일단 여행에 필요한 정보부터.

다음으로 치유사 길드와 치유원의 경영 구조를 이해한 뒤에 현재 상황을 파악해야 한다.

단 이 문제를 해결하기 위해선 교회 본부를 뒤지는 것보단 여러 정보가 모이는 모험가 길드를 이용하는 편이 좋으리라.

"돌아온 지 얼마 안 됐는데 호위로 동행해줄 사람이 있으려나."

바로 길드에 갈 생각으로 개인실의 문을 열고 나오니 마침 조르드 씨가 오는 게 보였기에 겸사겸사 같이 가지 않겠냐고 제안을 했다.

"조르드 씨, 모험가 길드에 들렸다가 물건을 좀 사려고 하는데 괜찮다면 함께 가실래요?"

"물건을 사러 가신다면 동행하겠습니다. 그런데 조금 전에 카트린느 님과 함께 나가신 거 아니었나요?"

"그랬는데 갑자기 갖고 싶은 게 떠올랐거든요."

"루시엘 님이 식사가 아닌 다른 이유로 움직이시다니 드문 일인걸요."

그 말과 함께 조르드 씨가 웃으며 동행을 받아들였기에 바로 모험가 길드로 향했다.

그리고 모험가 길드를 방문한 나와 조르드 씨를 기다리고 있던 건 수많은 부상자였다.

"루시엘 님, 이들의 치료는 어떻게 할까요?"

"상황을 확인한 뒤에 오늘을 성변의 날로 지정해 한 번에 회복시킬 겁니다. 일단 그란츠 씨를 만나보죠."

"부상이 심한 모험가들이 많은 것 같습니다만."

"그럼 조르드 씨, 그란츠 씨 좀 불러 주시겠어요?"

"알겠습니다."

대답을 한 조르드 씨는 바로 식당으로 향했다.

그 뒷모습을 배웅한 뒤에 눈에 띄는 부상자들에게 치유 마법을 시전했다.

이건 최근에 안 사실인데 성치신님의 가호를 받은 이후로 치유

마법에 새로운 효능이 부여된 모양인지 힐을 시전하면 출혈이나 HP 지속 감소가 멎는 것뿐만 아니라 연골이나 뼈를 수복할 수 있는 수준까지 능력이 개화했다.

이제까지도 거리의 노인에게 회복 마법을 걸면 노화로 나빠졌던 다리가 좋아져 사용하던 지팡이를 두고 떠나는 케이스도 몇 번 정도 있었다. 지금도 이 정도인데 이번에 얻은 환상 지팡이로 회복 마법을 시전하면 솔직히 어느 정도의 효능을 발휘할지 짐작이 가지 않는다.

난 일단 부상자들에게 여느 때와 같이 지하 훈련장으로 이동할 것을 재촉하며 그들과 함께 지하로 내려갔다.

"그럼 여러분, 지금부터 마법으로 상처를 회복을 시키겠습니다. 항상 드리는 말씀이지만 부상엔 주의해 주세요. 회복 마법은 체내에서 사라진 피까지 되돌릴 순 없으니까 자칫하면 생명이 위험할 수 있습니다."

물론 엑스트라 힐을 쓰면 그럴 걱정은 없다만 엑스트라 힐을 쓸 수 있다는 사실은 교회 본부 내에서만 밝힐 수 있는 비밀이니까.

그런 생각을 하며 발동 범위를 부상자들이 모인 곳까지 넓힌 다음 에어리어 힐을 시전했다.

그리고 큰 문제 없이 모두 회복한 시점에서 할 일이 사라졌다.

그래도 환상 지팡이로 마법을 시전한 게 아니기에 아직 얼마나 위력이 증폭될지 모르는 채로 그란츠 씨가 있는 식당으로 이동해 치유 마법을 쓴 사실을 보고했다.

"그래서 이번엔 무슨 일이냐? 내가 할 수 있는 일이라면 뭐든

돕도록 하지."

"그란츠 길드 마스터, 들을 때마다 기분이 나빠지니 성변님이라는 호칭도…… 님을 붙여서 부르는 것도 앞으론 하지 말아주세요."

요즘에 그란츠 씨가 날 부를 때 쓰는 호칭이 성변님으로 정착되고 말았다.

최후의 반항을 해봤다만 아마 새로운 별명이 생기지 않는 이상, 이 별명이 바뀌는 일은 없으리라.

"정말로 귀염성이 없는 녀석이구만. 그리고 길드 마스터라고 부르지 말라고 했잖느냐…… 그래서 무슨 일로 상담을 받으러 온 거지?"

"모험가들은 어디서 수염을 자르나요? 그리고 그란츠 씨는 수염을 기르셨는데 다른 분들은 어디서 정리를 하시는지 몰라서 여쭤보러 왔습니다."

어라? 또 불쌍한 아이를 보는 듯한 시선을 보내시는 것 같은데…….

"뭐어 모를 수도 있나. 성변은 고행에 몸을 바쳤으니까. 마도구점에서 마도 면도칼을 팔기도 하고 나이프로 깎는 녀석도 있다만 평소에 잘 쓰지 않으면 얼굴에 상처가 생길 테니 그건 관두는 편이 좋을 거다."

"……예. 그런 일들은 서툰 편이지만 여차하면 회복 마법이 있으니까 괜찮을 겁니다."

"그런가. 머리를 자르는 가위는 대장간이나 잡화점에서 팔고 있다. 그런데 옛날부터 살롱이 있었다는 사실은 몰랐던 거냐?"

그 말은 이발소나 미용실 같은 시설이 있다는 건가? 그래도 머리를 자를 땐 아무래도 무방비한 상태가 되니까…… 무서워서 잘라달라고 하진 못하겠는걸.

그 사실에 충격을 받아 풀이 죽은 내게 그란츠 씨가 말을 걸었다.

"그밖에 다른 궁금한 사항은 없느냐? 이 마을에 대한 거라면 하나씩 알려주마."

모험가 길드의 마스터인 그란츠 씨도 좋은 사람이란 말이지.

"그런데 조르드 씨는 왜 기절한 거죠?"

"루시엘이랑 똑같이 원액으로 물체 X를 마시게 했거든. 이게 정상적인 반응이라고 본다만."

"제가 미각 장애라고 돌려서 말씀하시는 건가요?"

"아니. 뭐어 묻고 싶은 게 더 있다면 가르쳐 주마."

"그럼……."

그 뒤에 제일 먼저 요리에 관한 조미료나 채소, 고기를 납품하는 곳과 구입처 등을 배웠다.

그리고 그런 정보들을 메모하던 도중에 그란츠 씨가 자신이 요리 연구를 통해 얻은 성과인 레시피와 밑준비 방법 등이 적힌 메모장을 꺼내 베껴 쓰도록 허락을 해주셨다.

그란츠 씨의 호의에 감사를 전하니 진심으로 배울 마음이 있다면 요리를 알려주겠다고 하시길래 그 제안을 받아들였다.

그 외에도 마법 주머니의 존재를 알고 있던 그란츠 씨가 조리 기구나 식칼을 전문으로 만드는 대장간에 소개장을 써주고 대장간의 위치도 알려주셨다.

그리고 길드 마스터 그란츠 씨가 요리 교실을 열겠다고 결단을 하신 게 오늘의 하이라이트였다.

우리가 한참 대화를 나누던 도중에 미르티 씨가 오더니 자기도 요리를 배우고 싶다고 말을 꺼냈다.

그녀의 말을 들은 그란츠 씨는 마지못해 그 부탁을 들어줬다.

나중에 이 일이 점차 소문으로 번져 그가 '상냥한 인상파 요리의 달인'이라는 별명으로 불리게 되는 건 좀 더 나중의 일이다.

이리하여 조르드 씨가 기절한 사이에 일들의 방향을 결정할 수 있었다.

"아, 미르티 씨. 혹시 이 근처에 있는 옷가게 중에 다른 나라의 귀족이 봐도 깔보지 않게끔 심플한 디자인에 스마트한 느낌의 옷을 파는 가게를 아시나요?"

"으~음…… 그런 가게는 알지만, 루시엘 님은 여성과 함께 가는 편이 좋을 것 같네요. 조르드 씨가 종자라는 건 알고 있습니다만 함께 가시면 가게 쪽에서 남색가로 오해를 할 수 있으니 함께 가시지 않는 편이 좋겠네요."

"저기 어째서죠? 친구 사이라고 하면 문제 될 게 없잖아요."

"보통은 그렇습니다만 조르드 씨와 루시엘 님은 부하와 상사 관계잖아요?"

"예."

"그럼 친구 사이가 아닌 거죠."

"……알겠습니다. 그럼 여성분한테 부탁을 드릴게요."

"그게 좋겠지요."

옷을 사러 갈 때는 꼭 여성분을 데리고 가자.

이 와중에도 물체 X를 원액으로 마신 조르드 씨가 깨어날 기미를 보이지 않았기에 그 동안 쇼핑에 어울려 줄 수 있는 여성들을 머릿속에서 떠올렸다.

이곳에 나나엘라 양이나 모니카 양이 있었다면 바로 부탁을 했을 텐데…….

그런 생각을 하며 카트린느 씨, 루미나 씨, 발키리 성기사단의 대원 분들 중엔 이런 쪽으로 잘 아는 사람이 없지 않나? 아는 여성들을 떠올리니 그런 감상이 절로 들었다.

뭐어 앞으로 그란츠 씨한테 요리를 배우면 식생활에 대한 염려는 사라질 테니 일단 한시름 덜었다.

결국 이날은 조르드 씨가 입은 정신적 대미지가 너무 강했기에 교회 본부로 그냥 돌아갔다.

마도구점이나 옷가게에 데려갈 만한 사람을 찾자고 목표를 정한 다음 기분이 떨떠름할 땐 동물과 놀 수 있는 애니멀 테라피가 필요하다는 생각에 마구간으로 향했다.

그리고 이날, 내 머리를 깨문 네 살짜리 수컷 마르트의 등에 처음으로 탈 수 있었는데 조금 달리더니 자신의 등에서 내 몸을 떨어뜨렸다.

그 모습을 본 얀바스 씨는 이렇게 말했다.

"말들의 신뢰를 조금씩 얻고 계시는군요."

그 말을 들은 난 여행을 떠나기 전까지 이곳에 있는 모든 말에 탈 수 있도록 말들과 양호한 관계를 쌓기로 했다.

그래도 포레 누와르와의 여행은 의심할 여지가 없는 확정된 미래라는 것을 다시금 떠올리며 다음번에 교황님을 뵐 때 부탁을 드리기로 결심했다.

　그리고 그 사실을 포레 누와르한테 전하니 어쩐지 기뻐하는 것처럼 보여서 차분해지는 내 마음을 느낄 수 있었다.

10 데이트, 전생자 발견?

그리고 다음 날, 난 어제의 일을 마무리 짓기 위해 어느 여성과 함께 쇼핑에 나섰다.

상대의 이름은 로자 씨.

로자 씨와 만난 지도 2년이 다 되어간다.

"루시엘 님, 도착했어."

"여기가 로자 씨가 추천하시는 가게군요."

바깥에서 보니 정말로 평범한 옷들이 진열된 가게였다.

오랜만이라 그런지 옷을 고르러 왔을 뿐인데도 마음이 들떴다.

"자 빨리 가자."

내 팔을 끄는 로자 씨의 손에 이끌려 가게 안으로 들어섰다. 가게 내부는 밝고 넓었으며 청결하다는 느낌을 주는 공간이었다.

"어서 오세요. 누군가 했더니 로자잖아."

"안나. 오랜만이야."

"급사(給仕) 일을 한다고 전에 들었던 거 같은데?"

"그래. 오늘은 이분의 옷을 보려고 이쪽으로 모시고 왔어."

"어머, 연하의 애인?"

"무슨 말을 하는 거야. 루시엘 님이야. 이 근방에선 성변님이라는 이름이 더 알기 쉬우려나?"

그야말로 여사님들의 대화인걸. 섣불리 대화에 끼면 빠져나올 수 없는 개미지옥을 맛볼 수도 있으니 조심하자…….

"에엣, 성변님은 젊으신 분이었군요~. 그럼 혹시 성변님의 옷을 우리 가게에서 오더 메이드로 맞추려고?"

"예. 아, 처음 뵙겠습니다. 루시엘이라고 합니다. 몇 벌 정도 세트로 맞춰서 구입하고 싶습니다."

"어머? 통이 크시네."

솔직히 돈을 쓸 기회가 거의 없는지라 멋대로 돈이 쌓인다. 이쯤에서 쓰지 않으면 시중에서 돈이 안 도는 건 아닌지 걱정이 될 정도다.

그래서 쓸 때는 쓰기로 마음을 먹었다. 물론 쓸데없는 일에 돈을 낭비하진 않는다.

"그래. 성변님은 부자니까."

"역시 로자라니까. 그럼 딸을 불러올게. 참. 너도 몇 벌 사달라고 해봐."

"난 됐어."

"로자 씨, 사양하지 않으셔도 돼요. 2년 가까이 신세를 졌고 앞으로도 식사로 신세를 질 몸이니까 사양하지 마세요."

"……괜찮니?"

사람의 눈도 야생 동물처럼 번쩍이는 경우가 있는 모양이다. 이미 농담으로 끝낼 수 있는 분위기가 아니다. 뭐어 애초에 서비스 차원에서 뭔가를 해드리고 싶었기에 이걸로 보답이 된다면 따로 신경 쓸 필요가 없으니 나로서도 기쁘다.

"예. 신세를 졌던 분께는 제대로 은혜를 갚자는 주의라."

"그럼 그렇게 할까."

"후후후. 매번 감사합니다."

이리하여 가게 안을 둘러보며 옷을 살폈다.

그건 그렇고 급사 아주머니인 로자 씨와 데이트를 하게 될 줄은 꿈에도 몰랐다.

진짜 모자 사이만큼 나이 차가 지는 로자 씨와 쇼핑을 하게 된 데에는 그만한 이유가 있었다.

어제 네 살짜리 말 마르트를 마구간에 데려다주고 나오니 마침 발키리 성기사단의 멤버들이 나타났던지라 과감하게 동행을 부탁했다.

"여기 계신 분 중에 저와 함께 평상복을 골라주실 분? 안 계시나요? 물론 답례는 하겠습니다."

하지만 돌아온 답변은 예상대로였다.

우선 옷을 파는 가게를 모른다.

다음으로 그냥 교회에서 지정한 로브를 입으면 되는 거 아닌가? 라는 의문.

옷가게가 아니라 대장간이나 무구점이라면 함께 가줄 수 있다…… 그런 내용뿐이었다.

육식 여자가 아니라 마음속에서 여장부라는 칭호를 보내고 싶은 기분이었다.

그리고 그녀들과 옷을 사러 가는 행위가 불가능에 가깝다는 사실을 깨달았다.

다음으로 마침 보고를 할 건이 있었기에 카트린느 씨를 찾아가 똑같은 부탁을 하니 바쁘다는 이유로 거절당했다. 그래도 다시 한번 고개를 숙이며 부탁을 했더니 그녀가 로자 씨를 소개해줬다.

"나랑 교황님의 평상복은 로자한테 부탁하고 있어."

"직접 사진 않으세요?"

"내가 가는 곳은 무구점이나 식당, 그리고 마도구점 정도야. 그러니까 옷에 대해선 잘 몰라. 로자는 원래 교황님을 모시던 무녀였으니까 도움이 될 거야."

"그렇군요. 그럼 로자 씨한테 여쭤볼게요."

"그러렴."

그런 대화를 거쳐 로자 씨와 쇼핑을 오게 된 것이었다.

이것저것 일을 보는 사이에 치수 재기가 끝나고 쭉 늘어놓은 단추 셔츠들 그리고 재킷이나 튜닉 셔츠를 벨트로 마무리하는 스타일이 순식간에 완성됐으며 바지는 스키니나 카고 종류로 거기에 맞는 부츠까지 정해줬다.

좋아하는 색이나 모양을 말해도 바로 거절당했지만 로자 씨와 안나 씨 그리고 그녀의 딸은 얼마 전까지만 해도 자신의 얼굴도 제대로 보지 않았던 나에게 맞는 옷들을 골라줬다.

참고로 따님은 이미 22살에 결혼해 배가 크게 불러 있었다.

성변님께서 축복을 내리시는 의미에서 힐을 걸어달라고 부탁을 받았기에 환상 지팡이에 마력을 담아 힐을 시전했다.

이리하여 순식간에 그녀들의 코디로 옷이 정해졌고 완성까지 2주 정도 걸린다는 말을 들었지만 선불로 한 번에 냈다.

"로자 씨, 감사합니다."

"나도 옷을 사줘서 고마워."

"별말씀을요. 바래다 드릴까요?"

"하하하. 그 정도로 약한 몸은 아니란다. 게다가 성변님의 시간을 뺏기 싫으니까."

"알겠습니다. 그럼 조심히 들어가세요."

로자 씨를 배웅한 난 오랜만에 호위도 동행도 없이 자유로이 보낼 수 있는 시간이 생겼다는 걸 깨닫고 서둘러 그란츠 씨가 소개해준 마도구점으로 향했다.

"여긴가. 최근에 재밌는 물건들을 팔기 시작한 가게라고 들었는데, 기대되는걸."

전세에서 다니던 진보쵸(神保町. 도쿄에서 고서점 거리로 유명한 지역)의 고서점과 비슷한 분위기를 풍기는 마도구점의 문을 열고 안으로 들어간 난 깜짝 놀랐다.

"어서 오십시오. 마도구점 코메디아에 오신 것을 환영합니다."

문을 연 순간, 바로 앞에 있던 골렘이 허리를 숙이며 어디서 나오는지 알 수 없는 목소리로 인사를 했다. 그러자 우당탕 소리와 함께 사람이 마중을 나왔다.

"마도구점 코메디아에 오신 것을 환영합니다~."

안에서 나온 건 안경을 낀 단발머리의 여자애였다.

"아~, 마도구점이라 듣고 왔는데 잘 찾아온 거죠?"

"예. 아, 이거 말인가요? 이건 안경이라는 물건인데 멀리 있는 물건을 선명하게 볼 수 있도록 도와주거나 나이가 드셔서 가까이에 있는 물체가 안 보이는 어르신들을 위해 개발한 물건이랍니다."

……설마 동향(同鄕)에서 온 전생자인가? 이렇게 가까운 곳에 있었을 줄은 몰랐다. 아니면 전생자의 관계자일까? 뭐어 어떻게 대응할지는 예전부터 생각해뒀기에 딱히 당황하는 일 없이 자연스럽게 대화를 이어나갔다.

"헤에~. 그렇군요. 여기에서 재밌는 마도구를 많이 판다는 말을 듣고 왔는데요, 상품에 대해 설명을 들을 수 있을까요?"

"감사합니다. 그럼 설명해드리겠습니다."

그렇게 말하며 상품을 하나씩 설명하는 그녀의 얼굴에서 기쁜 기색이 엿보였다.

그리고 설명을 듣다 보니 역시 동향 사람이라는 확신이 들었다.

이 마도구점의 오너인 그녀가 나와 같은 나이라는 점도 그렇지만 무엇보다 가게에 있는 모든 마도구들이 지구의 전자 제품을 마력으로 작동하는 마력 제품, 즉 마도구로 개조시킨 것들이었기 때문이다.

게다가 내겐 필요가 없었지만 드라이어기나 세탁기, 청소기 등 상품의 장르도 다양했다.

그런 마도구들도 사야 할지 꽤 고민했지만, 신경이 쓰이는 마도구들을 전부 구입하기로 했다.

마도 스토브, 마도 정수기, 마도 냉풍기, 마도 난방기, 마도 목욕통, 마도 음식물 쓰레기 처리기, 마도 공기 침대, 마도 믹서기, 마도 과즙기와 다른 상품을 포함해 금화 11닢을 냈지만 만족스러운 쇼핑이었다.

물건들을 살 때 절을 할 기세로 감사를 받았는데 다음번에 토레토 씨를 소개해주면 재밌을 것 같다는 생각을 하며 만들어줬으면 하는 물건이 있었기에 그녀에게 상담을 청했다.

"감사합니다. 그래도 제가 그 물건을 만들려면 좀 더 시간이 걸릴 것 같네요."

자세히 물어보니 내가 의뢰한 물건을 만들기 위해선 여러 조건이 필요한데 마석의 속성이나 스킬 레벨, 그리고 마도 기술사의 레벨도 연관이 있다는 모양이다.

"스킬 중에 감정이라는 스킬이 있잖아요? 그 기술을 마도구로 만들려고 노력을 했는데 제 기술로는 아직 어림도 없네요."

그녀는 그렇게 말하며 고개를 떨궜는데 그녀가 감정하고 싶은 물건이 뭔지 알 수 없었기에 그냥 씀씀이가 좋은 손님으로서 그녀를 대하기로 했다.

분명 리나라는 이름을 댄 이 소녀와 앞으로 또 만날 기회가 있으리라.

어쩐지 그런 확신 같은 감이 들었다.

그리고 그 이후에 2달 동안 이따금 리나의 마도구점을 방문하게 됐다.

*

여전히 넓은 공간을 자랑하는 방에서 모습을 알 수 없는 여성은 내 말에 끝까지 귀를 기울인 뒤에 조용히 입을 열었다.

"과연. 그대의 말도 지당하구나. 한데 치유원에 들어간 적이 한 번도 없다고 할 줄은 본녀도 상상하지 못했느니라."

눈앞에 있는 교황님을 포함해 주위에 있는 무녀들도 놀란 눈치였다.

"저는 처음부터 모험가 길드에서 생활했기에……."

치유원의 경영 구조를 조사하려던 참에 지금까지 치유원을 방문한 적이 한 번도 없다는 사실을 깨달았다.

타국의 치유원이 이 나라에 있는 치유원과 어떤 차이가 있는지 누군가에게 듣는 데에서 그치지 않고 직접 현장에서 배우고 싶다는 의사를 전했다.

"나도 바로 근무지를 배정해주고 싶다만 이 근방에서 그대를 모르는 치유원은 없을 테니 차라리 그대가 이곳에 오게 된 원인을 제공한 남자가 운영하는 치유원으로 가는 게 어떠한고?"

"그럼 멜라토니 마을로 가라는 말씀이신지요?"

"그래. 멜라토니에서 성도까지는 말로 이틀 정도이니 여차하면 그대를 바로 불러들일 수 있고, 보고도 금방 받을 수도 있으니 적당하지 않겠느냐."

그렇게 가까웠나? 딱히 중요한 일은 아니지만.

그보다 내가 그 마을에서 치유사로서 활동해도 괜찮을까? 힐만 해도 다른 치유사가 쓰는 미들 힐을 능가하는 회복량이 나온다만…….

"……저기, 제가 그 치유원에 가도 괜찮은지요?"

"음. 그대를 S급 치유사로 임명할 때부터 이미 주사위는 던져졌느니라. 어느 길을 골라도 앞으로 나아갈 길에 수난이 따를 테지.

그렇다고 해도 본래의 모습으로 돌아갈 수 있다면 본녀는……."

왠지 모르게 아름답고 신비한 그 목소리에 교황님이 바라는 본래의 바람이 담겨있다는 생각이 들었다.

"감사합니다. 그럼 그 건을 멜라토니 쪽에 전달하는 것과 일정의 조정을 부탁드리겠습니다."

"맡기거라. 그렇지 루시엘이여, 1년 뒤에 자유 도시국가 이에니스가 그대의 첫 행선지가 될 터이니 그 나라의 사정도 공부해 두도록."

……에? 이에니스라면 수인의 나라아니었나? 가는 건 딱히 상관없지만 인족 지상주의자들이 있는 파벌이 그걸 허락할까?

"자유 도시국가 이에니스로 가라는 말씀은 그들의 나라에 치유사 길드가 들어선 겁니까?"

"정확히 말하자면 전부터 있었다만 여러 면에서 문제가 일어나 기능이 멈춘 것이니라. 그대가 토대(土臺)를 쌓으면 분명 좋은 환경이 만들어질 테지. 그러니 이에니스의 치유사 길드와 치유원을 그대가 이끌어다오."

"……예?"

이 분이 지금 무슨 말씀을?

"이끌어다오."

못 들어서 그런 게 아닙니다.

"……서포터를 붙여주셨으면 합니다."

"음. 알고 있으니 염려하지 않아도 되느니라. 이에니스에서 치유사 길드의 기반이 마련되면 그 시점에서 그대의 일은 끝난다.

그때가 되면 치유사 길드와 치유원에 대한 사정을 모두 파악할 수 있을 테지. 그렇게 되면 그대는 무리하지 말고 세계를 순회하는 여행을 계속해다오."

나보다 몇 수 앞을 내다보는 기사(棋士, 바둑이나 장기를 직업으로 두는 사람)처럼 보이는데 내가 생각 없이 살아서 그런가? 난 속으로 그렇게 자문자답을 하며 끄덕였다.

"……선처(善處)하겠습니다."

난 교황의 방에서 나와 크게 한숨을 쉬었다.

하필이면 연수 장소가 전에 적대했던 보타쿠리던가 하는 남자가 운영하는 치유원이라니…….

그런 이름을 가진 치유사가 경영하는 치유원이었다고 결론을 내리고 나니 첫 행선지가 자유 도시국가 이에니스로 정해진 사실이 떠올랐다.

지도에서 보면 북쪽엔 일마시아 제국과 루브르크 왕국이 있으며 남쪽에 위치한 이에니스는 영토가 굉장히 넓은 나라다.

"여행에 필요한 물건이나 이동할 때 주거에 대한 부분은 마침 멜라토니에 가게 됐으니 스승님과 두 분께 여쭤보면 되겠네."

비전(미래)을 세우고 그에 매진하는 것은 중요한 일이다.

하지만 지금은 그 전 단계일 터.

가까운 미래의 행동 방침은 이미 정했지만 그 이후에도 들어오는 정보들을 제대로 살피고 준비해서 조금씩 큰 그림을 그려가야지.

"아, 참."

내가 가면 조르드 씨랑 다른 사람들도 날 따라서 멜라토니로 가야 하잖아. 한 번 모여서 보고를 해야겠네.

그 전에 자신의 마음을 정리하기 위해 시련의 미궁으로 향했다.

그 이후로 가끔 미궁에 들어가 무리한 행동을 하지 않는 선에서 여전히 출몰하는 마물들을 쓰러뜨리곤 했다.

특히 요 한 달 동안 했던 토벌이 잘 풀렸는데 전부 환상 지팡이의 공로라고 해도 과언이 아니다. 현재는 크게 힘을 쓰지 않고 30계층에서 싸우는 중이다.

그리고 환상 지팡이의 힘은 굉장했다. 마력을 증폭시키는 이 지팡이로 정화 마법을 영창하면 30제곱미터 면적의 보스방이 단숨에 정화되면서 마물들이 소멸하는 광경이 펼쳐졌다.

이 현상을 일으킨 나도 깜짝 놀랄 정도였다. 에어리어 배리어로 방어를 굳히고 방패를 든 상태로 쓴 마법인데, 요즘 치트를 초월한 성능을 발휘하는 이 무기가 무서울 지경이다.

방패로 공격을 확실히 차단하면서 한손검 모드로 마무리를 짓는다. 일주일에 한 번 하는 이 정기 토벌이 내가 퇴마사로 일하는 유일한 시간이었다.

"이렇게 레벨을 올려도 성기사나 신관기사를 상대로 이기지 못하니까 상성이 중요하다는 사실을 새삼 실감하게 되네."

히죽히죽 웃으며 날 베러 다가오는 레이스를 먼저 처치해 경험치로 만들어줬다.

레이스 씨가 몸에 지닌 경험치가 제법 되는지 이미 내 레벨은 55에 도달했다.

미궁에 들어가기 시작한 시점에서 물체 X의 부작용을 바로 알아차렸다면…… 그런 생각을 자주 하곤 한다.

그래도 물체 X가 없었다면 죽은 목숨이었을 테니 지금도 호신용으로 마법 주머니에 10통을 쟁여두고 다니는 중이다.

레벨이 잘 오르지 않는 구간에 들어서면 각종 능력치와 상태 이상 관련 스킬의 숙련도를 올리기 위해 다시 복용할 생각이다.

처음에는 레벨이 오를 때마다 상승하는 능력치의 수치가 4밖에 안 된다는 사실에 솔직히 적다고 생각했다.

하지만 본격적인 레벨 업에 들어가기 전과 비교해 모든 스테이터스가 2배 이상 뛰었기에 꼭 그렇다고만 할 수도 없었다.

스테이터스가 싸움의 전부는 아니다.

그 교훈을 잊을 생각은 없다.

스테이터스의 능력을 최대한 활용할 수 있는가도 문제지만 그 공정을 처리하는 뇌에 걸린 제한 장치를 조금씩 해제하지 않으면 자기 생각대로 몸을 움직일 수 없다.

능력치가 더 높은 자가 싸움에서 패배하는 건 아마 그런 요소들이 원인으로 작용한 게 아닐까 하고 카트린느 씨한테 물어보니 그런 생각을 할 시간에 조금이라도 더 실전을 경험하라는 말과 함께 기사단 전체가 참여하는 훈련에 투입된 난 걸레짝이 되도록 굴렀다.

"뭐어 에어리어 배리어를 시전했더니 주변에 있는 사람들의 방어력이 지나치게 상승해서 반칙 취급을 받긴 했지만."

그런 연유로 집단전투 훈련을 할 때는 에어리어 배리어, 에어리어 미들 힐, 에어리어 하이 힐을 절대로 쓰지 말라는 말을 들었다.

마법이 걸린 기사들의 베인 상처가 순식간에 아무는 모습이 마치 좀비 같았다. 교회 성기사단이 좀비 기사단이 되는 건 농담으로 넘길 수 없다는 모양이다.

전체 훈련 때 처음부터 그런 마법들을 남발하는 바람에 남몰래 진성 S 치유 기사단장이라는 별명으로 불린다는 사실을 알고 서러워서 운 게 바로 지난달의 일이다.

……그 외에 교황님께서 엑스트라 힐과 생추어리 서클의 사용을 엄하게 금하셨다.

이 두 가지 마법은 내게 생명의 위기가 닥쳤을 때와 꼭 써야한다고 판단했을 때만 쓸 수 있게 됐다.

SP가 108이 되어 호운 선생님의 형님을 모실지 아니면 마법 속성을 전부 찍을지 갈등하는 나날을 보내다가 결국 스승님한테 상담을 청하기로 하고 미궁을 빠져나왔다.

그 뒤로 2개월이라는 시간이 순식간에 흘렀고 포레 누와르와 함께 멜라토니를 향해 출발하는 날이 다가왔다.

2개월 전에 교황님께서 내리신 명령에 따라 준비 기간을 받았고 그동안 멜라토니에 있는 치유사 길드와 치유원의 현장 정보를 신청했다.

포레 누와르를 타고 연수 장소로 지정된 멜라토니 마을의 치유원을 향해 여행을 나선 지 오늘로 나흘째를 맞이했다.

대장간에 말의 몸에 부담이 가지 않는 등자를 만들어 달라고 한 덕분에 승마 자세를 유지하는 게 편해진 난 포레 누와르에게 힐이나 정화 마법을 걸어주며 달렸다.

여로(旅路)는 전에 성도 슈를에 오면서 거친 길을 거꾸로 타면서 각 마을을 도는 루트를 택했다.

그 이유는 이번 여행이 나와 포레 누와르만 떠나는 게 아니라 오치사대와 호위대를 포함해 16명과 16마리로 이루어진 대인원으로 떠나는 여행이었기에 각 마을을 돌며 성도와는 다른 사람들의 반응을 보여주고 싶었기 때문이다.

난 각 마을에 들리면서 오치사대한테 치유의 이미지를 지도하며 앞으로 돈의 망자라는 소리를 듣지 않도록 활동에 주의해달라는 사항을 조금씩 전달했다.

11 멜라토니로 개선

드디어 보이기 시작한 멜라토니 마을을 바라보던 중 뭔가가 내 눈에 포착됐다.

"……입막음하는 걸 깜빡했다."

"뭐어 루시엘 군이 미움을 받지 않는다는 사실을 한눈에 알 수 있는 좋은 환영식이라 생각하는데."

"그렇긴 한데요……."

조르드 씨가 토라진 날 보며 웃었고 좀 더 가까이 다가가니 전방에 우뚝 솟은 커다란 마을 외벽이 눈에 들어왔다.

"멜라토니 마을이여, 내가 돌아왔다."

아직 거리가 좀 있었지만 그래도 난 작게 중얼거렸다.

문에 다가갈 수록 뭔가가 이상한 기분이 들었다. 아니 이상할 수밖에 없었다.

왜냐하면 오늘이 무슨 축제날인가? 하는 착각이 들 만큼 거리에 사람들이 넘쳐났기 때문이다.

"모험가들의 폭동 건으로 루시엘 군이 인기가 많다는 건 알고 있었지만 설마 멜라토니 마을 전체가 환영할 줄이야."

"저도 이 정도일 줄은 몰랐어요. 멜라토니의 모험가 길드에서 생활했을 뿐이니까요. 아, 어쩌면 '성변의 변덕스런 날'의 환자들일지도 모르겠네요."

"그럼 우리도 엄청 바빠지겠는걸."

조르드 씨의 농담에 부대의 대원들도 긴장이 조금 풀린 모양이다.

평범한 치유사인 내가 개선 퍼레이드 같은 걸 경험할 줄은 꿈에도 몰랐다.

이건 자랑스러운 일이지?

그래도 너무 까불지 않도록 주의하자…….

너무 까불면 스승님의 지옥 특훈이 기다리고 있을 테니까.

"그건 그렇고 루시엘 님이 가지고 계신 소형 마통옥의 성능이 끝내주네요."

"교황님께서 좋은 마도구를 준비해주셔서 살았어요."

정말로 슈퍼스타가 된 기분이다.

이런 식으로 남의 일처럼 느껴지는 건 분명 마음 한편에 있는 쑥스러운 기분 탓이리라.

그리고 잠시 후 우리는 멜라토니 마을에 도착했다.

"잘 돌아오셨습니다. 루시엘 님, 카드를 건네주시겠습니까?"

그렇게 말을 건 사람은 4년 전에 처음으로 이 마을에 방문했을 때도 이곳의 경비를 맡고 있었던 분이었다.

난 포레 누와르의 등에서 내려 카드를 건넸다.

"수고하십니다. 카드는 여기 있습니다. 그건 그렇고 용케 절 알아보셨네요?"

"당연하지요. 루시엘 님이 오신다는 소식이 치유사 길드에서 모험가 길드로 전해진 다음 바로 마을 전체로 퍼졌을 정도니까요."

위병인 그는 양손으로 정중히 치유사 길드의 카드를 받아 확인한 뒤에 바로 돌려줬다.

"틀림없군요. 잘 돌아오셨습니다, 성변님."

그리고 이 말과 함께 우리를 통과시켰는데 어떻게 이 사람이 성변이라는 별명을 알고 있는 걸까? 그런 의문을 품고서 앞으로 걸어가니 오랜만에 뵙는 스승님의 모습이 보였다.

"오우. 제자여. 훈련을 게을리하진 않았겠지?"

"물론이죠. 앞으로 스승님한테 두들겨 맞을 미래가 훤히 보였던지라 그에 대비해 제대로 임했습니다. 훈련을 게을리하면 바로 저세상행이잖아요."

"큭큭큭. 그럼 지금 당장 모험가 길드의 훈련장으로——."

"잠깐 스톱. 잘 돌아왔어, 루시엘 군. 그 전에 일단 치유사 길드에 들리고 뒤에 있는 마차를 탄 사람들의 숙소를 먼저 안내해야지?"

"칫."

하마터면 전장으로 끌려가려던 그 순간, 가르바 씨가 구원의 손길을 내밀었다.

"어이 제자여. 오늘은 너희들의 환영회가 열릴 예정이다만 그 뒤에 여기서도 '성변님의 변덕스런 날'을 실시하도록."

"하하하. 제가 그런 압력에 굴복할 줄 아셨나요? 그보다 어떻게 '성변의 변덕스런 날'을 알고 계신 거죠?"

"이쪽엔 모니카가 있으니까 그쪽과 치유사 길드 사이에서 오가는 정보들은 훤히 꿰뚫고 있지."

"뭐라고요?! 모니카 양한테 무슨 짓을 시키는 겁니까."

슈를에서 내가 겪었던 일들은 치유사 길드를 통해서 전부 새어 나갔던 건가…….

"이건 모니카와 나나엘라가 자진해서 하는 일들이다. 난 그 녀석들이 얻은 정보를 얻어듣는 것뿐이다. 그래서 어쩔 거지?"

자진해서 한다니…… 뭐, 알려져서 곤란한 일은 없지만 두 사람이 물으면 언제든지 대답해줬을 텐데.

'성변의 변덕스런 날'인가……. 이 정도 인원이면 한 번에 끝낼 순 없겠는걸.

"제안을 감사히 받아들이겠습니다. 그래도 저뿐만 아니라 오치 사대와 호위대도 함께 훈련에 참가할 수 있도록 부탁드립니다."

"알고 있다. 루시엘의 부하라면 네 지시에 따를 테지? 그럼 됐다. 약속도 나눴으니 일단 치유사 길드에 다녀오도록."

"알겠습니다."

그 뒤에 주민들은 나와 부대원들을 따뜻한 말로 반겨줬다.

부대원들은 놀란 반응을 보이면서도 입가가 풀어졌고 그 모습에 나도 어쩐지 자랑스러운 기분이 들어 자연스럽게 미소가 나왔다.

그리고 치유사 길드에 도착하니 여기에도 모여 있던 사람들이 내게 말을 건넸다.

"내가 생각한 것 이상으로 이렇게 루시엘 군이 사랑을 받는 모습을 보니 교회 본부보다 훨씬 좋은 환경이라는 생각이 드는걸."

"당연하죠. 여러분은 발키리 성기사단과 연습을 하지 못해서

복잡한 심경이시겠지만요."

"그렇다니까."

난 조르드 씨와 웃으며 치유사 길드의 문을 열고 부대원들을 모두 안으로 들였다.

"여기도 오랜만이네. 다들 들어가죠."

분명 그들에겐 이곳이 오아시스이리라. 그런 생각을 하며 길드 안으로 발을 들였다.

그리고 난 자신의 눈을 의심했다.

조용한 분위기의 동사무소 같은 인상을 주던 치유사 길드가 어째선지 휘황찬란하게 걸린 현수막으로 우리를 맞이한 것이다. 멜라토니에 돌아왔을 때보다 더 놀랐다고 하면 내 심정을 이해하리라.

'치유사 길드 멜라토니 지부가 낳은 S급 치유사 루시엘 님 어서 오십시오'

현수막엔 그런 글자가 적혀 있었다.

이걸 본 순간, 내 몸은 그대로 굳었고 그 상태에서 이번엔 박수까지 받았다. 덕분에 치유사 길드에 들어가기 싫어도 들어가야 하는…… 그런 분위기가 만들어졌다.

난 정신적인 피로를 애써 포커 페이스로 감추며 길드 안으로 들어갔다.

"루시엘 군. 아니 루시엘 님, 어서 오십시오."

날 맞이한 사람은 쿠루루 씨였다.

"……아, 안녕하세요. 어쩐지 치유사 길드의 분위기가 변했네요. 그런데 제가 S급 치유사가 됐다는 사실을 어떻게 아신 거죠?"

"후후후. 루시엘 님이 이 마을로 개선하신다는 사실을 안 지부장이 도망치듯이 치유사 길드를 그만뒀거든요. 그 당시에 가장 권한이 높았던 제가 이 지부의 톱이 된 거죠."

"정말인가요?!"

"예. 그 과정에서 개선 이유를 조사했습니다. 전부 루시엘 님 덕분입니다."

"여태까지 쿠루루 씨가 노력한 덕분이죠. 뭐어 감사는 제가 아니라 루미나 씨한테 해주세요."

"그래, 루미나 님한테도 감사 인사를 드릴게. 그래도 제가 30이라는 나이에 이 지부의 지부장인 길드 마스터가 된 건 루시엘 님 덕분이니까 그 사실은 잊지 않겠어요. 여성 길드 마스터로는 최연소 기록인걸요. 설마 정말로 급료를 올려주실 줄은 몰랐어요, 감사의 의미로 키스라도 해드릴까요?"

죄송합니다. 갑자기 그렇게 훅 들어오시니까 좀 부담스럽네요.

"……하……하하. 마음만 받겠습니다. 그보다 저와 부대원들의 수속을 부탁드릴게요."

"옛날부터 매정한걸~. 그게 S급에 오른 비결이려나?"

이런 식으로 수속을 밟기 전부터 내 정신력은 팍팍 깎여나갔다.

그건 그렇고 치유사 길드도 인원이 늘었네~.

"전보다 인원이 꽤 늘었네요. 모니카 양이 모험가 길드의 접수

원으로 이직했을 때만 해도 치유사 길드의 접수원은 쿠루루 씨한 명이었잖아요. 지금은 몇 명이나 있나요?"

"최근에 인원이 더 늘어서 모두 4명이야. 분명 앞으로 바빠질테니까 지금부터 단련을 시켜야지."

"좋은 생각이네요."

무심코 시선을 향한 곳에 있던 접수처 아가씨를 바라봤다.

흑발에 검은 눈동자를 지닌 그녀의 얼굴을 보니 어딘가 그리운기분이 들었다.

"루시엘 님, 아무리 에스티아가 귀여워도 모니카처럼 모험가길드로 데리고 가시면 안 돼요?"

"네? 아아, 물론이죠. 이래 봬도 치유사 길드나 치유원을 재건하는 일도 겸하고 있으니까요, 치유사 길드에 손해를 끼치는 짓은 하지 않아요."

"정말이죠?"

"예. 흑발이랑 검은 눈을 지니신 분이라 조금 인상이 특이하다고 느꼈을 뿐이에요. 좋은 의미로요."

"예. 알고 있답니다."

그 뒤에 곧 모든 수속을 마친 우리는 치유사 길드를 뒤로하고모험가 길드로 향했다.

＊

한편 루시엘 일행을 맞이하게 된 멜라토니 최대 치유원의 수령인 보타쿠리는 치유원 내부에 있는 개인실에서 날카로운 신경을 드러내는 중이었다.

"어째서냐~. 어째서 이 마을, 게다가 내가 있는 치유원에서 치유사의 현장과 실태를 공부하겠다고 한 것이냐. 혹시 날 원망하고 있는 건가? 분명 그럴 테지. 그 일이 있고 나서 바로 치유사 길드의 길드 마스터가 교체됐다. 돈은 어딘가로 사라졌으니 분명 그 남자가 그 애송이한테 넘길 돈을 갖고 도망친 거겠지. 어이, 이 상황에서 어떻게 움직여야 할지 해결법을 내놓으란 말이다."

눈앞에 있는 노예들과 보디가드를 맡은 용병들을 질책했다.

보타쿠리는 초조했다.

본부로 보내면 보통 5년 이상 교회 본부에서 일하게 된다.

게다가 교회 측에서도 웬만해선 문제를 일으킨 지역으로 이동시키지 않는다.

그런데 루시엘은 겨우 2년 만에 돌아온 것이다.

이건 보통 일이 아니다.

S급 치유사의 권한을 이용해 내게 복수를 하려는 게 분명하다.

그렇게 생각한 보타쿠리는 엄청난 기세로 오르는 혈압은 아무래도 좋다는 듯이 어떻게 해야 그 위선자 애송이인 루시엘을 상대로 위기를 모면할 수 있을지 필사적으로 방법을 생각했다.

당시에 있던 용병들은 떠났으며 지금 있는 용병들은 루시엘을 모르는 데다 S급 치유사를 죽인다는 생각은 감히 하지 못했다. 용병들도 사람이기에 그 정도로 사람들의 사랑을 받는 치유사를 죽이면 자신들의 목숨이 어떻게 될지 쉽게 상상할 수 있으리라.

그리고 여느 때와 다르게 여유가 없는 보타쿠리의 모습을 보던 노예들은 어느 작전을 실행하기 위해 계획을 추진하기로 했다.

그런 거무튀튀한 의도와는 대조적으로 모험가 길드의 훈련장에선 '성변의 변덕스런 날'이 한참 진행되고 있었다.

12 머나먼 경지와 환영회

모험가 길드에서 날 기다리던 건 사람들의 열렬한 환영이었다.

부대원들도 스스럼없는 분위기에 당황한 눈치였다.

"루시엘 님, 저희도 함께 환영을 받고 있습니다만…… 이 마을이 특이한 건가요?"

"이 모험가 길드에서 2년 반 정도 살았으니까 정말로 자신의 집이나 다름없는 곳이에요. 그러니 저와 마찬가지로 치유사들이 각모험가 길드에 상주하면서 회복 마법을 걸어주면 분명 모험가와 치유사는 양호한 관계를 쌓을 수 있겠지요……."

그때였다. 오랜만에 만나는 두 사람의 모습이 내 눈에 들어왔다.

""루시엘 군, 어서 오세요.""

"다녀왔습니다. 나나엘라 양, 모니카 양. 잘들 지냈어요?"

"다들 잘 지냈어요."

"요즘 편지가 안 와서 걱정했어요."

"여러모로 보고하고 싶은 일들이 많았는데요 막상 편지를 쓰려고 하니까 무슨 말을 적어야 할지 고민이 되더라고요. 어쨌든 두 사람 다 잘 지낸 것 같아서 안심했어요."

"호오. 내 걱정은 하지 않았던 모양이군."

"스승님을 걱정할 필요가 있나요? 스승님은 오지(奧地)에서도 즐겁게 살아가실 수 있는 전투광이잖아요."

"……그렇군. 말재간 하나는 늘어서 온 모양이군. 바로 지하로 가지."

"잠깐, 잠깐, 잠깐만요. 그 전에 저희를 환영해준 주민 여러분께 치유사로서 저희가 어떤 사람들인지 보여드리고 싶은데요."

"'성변의 변덕스런 날'을 열겠다는 거냐?"

"예. 오늘은 부상자들을 모두 치료하겠습니다."

"요금은 어떻게 처리할 셈이냐?"

"교황님께서 앞으로 치유사가 돈의 망자라는 소리를 듣지 않도록 치유사의 이미지 개선을 명하셨기에 이번엔 무료로 진료를 보겠습니다. 아, 그래도 식사는 나왔으면 좋겠네요."

"훗, 좋다. 오늘은 지하 훈련장을 치유사들한테 개방하마."

"부탁드릴게요."

나나엘라 양이나 모니카 양과 별로 대화를 나누지 못했지만 앞으로도 멜라토니에 머물 거니까 시간이 나는 대로 찾아가자.

난 스승님의 뒤를 쫓아 바로 코앞인 훈련장으로 향했다.

창백한 빛을 발하며 내 몸을 중심으로 마법진이 전개되자 금세 열상(裂傷), 골절, 짓눌린 부위 등 부상자들의 상처가 깔끔하게 회복됐다.

그 광경을 본 모험가들뿐만 아니라 함께 온 오치사대나 호위대도 혀를 내두를 정도의 마법 효과였다.

실은 환상 지팡이로 마법을 시전할 때 소비하는 마력을 감소시키는 요령을 터득해서 자신이 지닌 실력 이상의 힘을 발휘할 수 있게 됐다.

"왠지 전보다 회복 마법의 효과가 비약적으로 상승한 것 같다만?"

"뭐어 말재간만 느는 게 아니라 치유사로서도 조금은 성장했으니까요. 정말로 여기에서 떠난 이후로 여러 일을 겪었거든요…… 방금 치료한 사람들이 마지막인가요?"

"응? 그렇군. 그건 그렇고 네 부하들도 별나군그래."

"그런가요?"

벌써 몇 개월 동안이나 함께 있다 보니 작은 변화엔 둔감해지는 모양이다.

"그래. 아무리 명령이라고 해도 치유사가 평범하게 수인을 치료하는 건 보통은 상상할 수 없는 광경이지. 마치 몇 년 전의 루시엘의 모습을 보는 것 같구나."

"인종 차별이 있다는 건 저도 알고 있지만 우리들의 눈앞에 있는 사람들은 모두 환자니까요. 게다가 여기엔 스승님이 계시니까 모험가들이 무력행사로 나와도 안전하잖아요?"

"흥. 이제 끝난 모양이군. ……루시엘, 잠깐 저쪽을 봐다오."

"무슨 일이죠?"

스승님의 말씀에 따라 시선을 향하니 그곳엔 내 또래로 보이는 모험가들이 있었다.

"어이 신인 녀석들. 이 녀석이 2년 전까지 이 모험가 길드에서 일했던 치유사다. 이 길드에서 이 녀석을 모르는 녀석들은 2년 전에 이곳에 없었던 녀석들뿐이다. 너희들의 선배가 어떻게 강해졌는지 보여줄 테니 잠깐 보고 있도록."

"에? 혹시 지금부터 하실 건가요? 그루가 씨의 요리는요?"

"먹기 전에 끝내버리면 그만이지. 조금 늦어질 거라고 미리 전해 뒀으니 걱정하지 마라. 게다가 주역은 늦게 등장하는 법이잖냐."

"……스승님은 하나도 안 달라지셨네요. 그대로 모처럼의 기회 이니 이 마을에서 저와 치유사 부대를 지키는 호위대의 실력도 단숨에 올려주셨으면 좋겠네요."

"호오. 그렇다면 나중에 제대로 실력을 확인하도록 하마. 하지 만 지금부터 나와 모의전을 할 상대는 너다."

"역시 하는 거군요."

"당연한 거 아니냐. 일단 체술부터 시작하지. 와라."

"한 수 부탁드립니다."

난 몸 안의 마력을 고속으로 순환시켜 신체 강화를 건 다음 빠 른 속도로 접근하며 결계 마법인 어택 배리어를 걸고 몸통 박치 기를 시도했다.

그 순간 시야가 뒤집히더니 쿵 하고 지면에 몸이 떨어지는 소 리가 훈련장에 울렸다.

"나쁘지 않은 태클이었다만. 쓰러뜨리지 못하면 동작이 전부 빈틈으로 돌아온다고?"

등에 강렬한 통증이 느껴졌다. 오른손 주먹으로 내려치신 모양 이다.

"윽, 흴."

통증에 견디며 몸을 회복시킨 다음 이번엔 스승님의 다리를 잡 아 밀치니 천하의 블로드 스승님도 몸이 뜨는 걸 막지 못하셨다.

아무리 강한 사람이라고 해도 자신의 몸무게를 바꿀 순 없으니까.

그리고 바로 허리에 손을 둘러 고정한 다음 가랑이 아래로 오른손을 찔러 넣고 왼손으로 오른쪽 어깨를 잡아 보디 슬램(프로 레슬링에서 상대의 몸을 들어 올려 링에 메치는 기술)을 걸었다.

그리고 스승님을 지면에 던지려던 그 순간, 무언가가 목을 휘감는 게 느껴졌고 그 감각에 잠시 정신을 팔았더니 어느샌가 내 얼굴을 향해 지면이 다가오는 게 보였다.

순간적으로 무영창 힐을 시전함과 동시에 지면에 비친 스승님의 그림자에 불길한 예감이 들어 배에 힘을 줬다. 발차기가 들어오리라 생각해서 미리 대비했다만 다음 순간에 묵직한 무언가에 치여 날아간 내 몸은 지면에 몇 번 정도 튕기고 나서야 멈췄다.

"아파라. 왜 머리부터 땅에 꽂으시는 거죠? 평범한 사람이면 즉사였다고요. 아무리 저라고 해도 그 자리에서 즉사하면 회복할 수 없다고요."

완전히 변칙 DDT(상대의 머리를 잡아 지면에 내리꽂는 프로 레슬링 기술)였다. 이런 기술을 단단한 지면에서 당하면 무사하지 못할 게 뻔했다.

"거짓말 하기는. 아직 여유가 있다고 얼굴에 쓰여 있구만. 뭐어 그럭저럭 몸이 튼튼해진 것 같으니 앞으론 좀 더 즐길 수 있겠어."

"우와, 전투광이 또."

"이번엔 이쪽에서 가마."

"옙."

블로드 스승님이 시야에서 사라진 순간, 내 몸은 이미 허공을 날고 있었다.

스승님이 사라진 건 초 스피드로 이동해서 일어난 현상인데 실제로 사라진 건 아니다.

그걸 믿고 아래를 내려다봤다. 순간적으로 스승님의 모습이 보인 것도 잠시, 허무하게 다리를 잡혀 지면에 메치기를 당한 뒤에 이어서 가속도가 붙은 발차기가 내려왔다.

공중에서 가속하다니, 모험가 길드의 길드 마스터는 다들 이런 수준의 괴물인가.

지면에 떨어진 통증을 힐로 지우며 옆으로 굴러 필사적으로 피했다.

"호오. 여전히 피하지 않아도 되는 공격과 그렇지 않은 공격에 대한 반응 속도가 다르군. 단련시키는 보람이 있겠어."

……스승님의 의욕 스위치는 어디에 있죠? 누르지 않도록 주의해야 하니까 알려주세요.

난 그런 생각과 함께 아직도 블로드 스승님이 봐주고 있다는 걸 느끼며 여쭤봤다.

"레벨도 오르고 스테이터스도 올랐는데 아직도 스승님을 따라잡을 기미가 전혀 안 보이네요. 앞으로 얼마나 더 노력해야 스승님을 따라잡을 수 있을까요? 그리고 참고삼아 여쭤보는 건데요, 블로드 스승님의 레벨은 몇이죠? 언젠가 블로드 스승님을 추월하기 위해서 알아두려고요."

"핫, 바보 제자 녀석이. 레벨과 스테이터스에 집착하지 말라고 가르쳤을 텐데?"

"그건 알고 있다고요. 그래도 스승님의 공격을 볼 수 있게 되려면 비슷한 레벨을 목표로 삼는 게 좋을 것 같아서 여쭤봤을 뿐입니다."

"목표라…… 좋다. 내 레벨은 451이다."

진정한 괴물이 여기에 있었다. 카트린느 씨나 루미나 씨에 비할 바가 아니었다.

"……굉장하네요. 높은 산이니까 넘을 때의 기분도 끝내주겠죠?"

"크크크. 자아 잡담은 여기까지다. 자신의 한계를 넘어 덤비도록."

"알겠습니다."

블로드 스승님의 공격에 지면을 구른 난 힐을 시전하고 어택 배리어를 상시 발동으로 돌린 다음 스승님이라는 이름의 산에 끊임없이 도전했다. 1시간에 걸친 체술 훈련이 끝나니 이번엔 스승님이 던진 검을 받아들고 검술 훈련에 돌입했다.

베이고도 계속 덤비는 내 모습에 외야에서 구경하는 이들이 조금 시끄럽게 굴었지만 조금이라도 긴장을 풀면 죽을 거라는 생각에 난 집중력을 높였다.

결국 한 번 크게 베였지만 무영창으로 하이 힐을 시전하니 상처는 순식간에 아물었고 그렇게 별 탈 없이 훈련을 마쳤다.

"뭐어 마무리를 짓기에 좋은 타이밍이군. 지금부터 환영회다."

"예."

이 뒤에 부대원들과 대화를 나눌 기회가 있었는데 다들 얼굴이 창백해져서 조금 걱정이 됐다. 분명 이번 훈련이 교회 본부에서 했던 훈련보다 몇 배는 힘들 거란 사실을 깨달은 것이리라.

이날, 나와 블로드 스승님의 훈련을 본 신입 모험가들은 자신들의 머릿속에 있던 치유사라는 개념이 산산이 부서졌다고 한다.

오치사대는 치유사도 피나는 훈련을 통해 저 정도로 강해질 수 있는 건가라는 생각을 한 모양이다.

또 날 알고 있던 모험가 중에 내 또래인 사람들이 진지한 표정으로 모의전을 보고 있었다는 걸 알아차렸다.

물론 그 중엔 호의와는 거리가 먼 시선을 내게 향하는 사람도 있었다.

"치유사 주제에 나보다 눈에 띄다니. 난 선택받은 인간이야. 회복 마법을 걸어주는 좋은 녀석이라고 해도 전투로 붙으면 내가 이긴다고."

그렇게 중얼거리는 소리가 들려 뒤를 돌아봤지만 조금 전까지 투지를 불태우던 남자는 이미 사라진 뒤였다.

환영회는 모험가 길드의 식당에서 열렸다.

의자를 없애고 조금이라도 많은 사람이 들어올 수 있도록 뷔페 스타일의 입식 파티로 진행됐다.

치유사 길드에서 온 우리 부대원들은 그게 좀 불만인 모양이었지만 내 앞이라 그런지 침묵을 지켰다.

"오우 자식들아. 루시엘이 멜라토니로 돌아왔다. 이걸로 이 녀석이 있는 동안에는 다치더라도 금방 현장에 복귀할 수 있을 거다. 단, 루시엘은 연수를 받으러 치유원에 왔다고 하니 낮엔 보타쿠리의 치유원에서 일하게 될 거다."

환성이 우~ 하고 야유로 바뀌는 광경을 보며 이 세계에도 야유가 있다는 사실에 조금 놀랐다.

"모험가 길드에 상주(常駐)하는 건 아니지만 루시엘은 이 모험가 길드에서 머물 예정이니 정말로 위험한 상황이라면 사양하지 말고 와라."

또 환성으로 되돌아갔다.

"그럼 루시엘, 술은 없어도 건배는 할 거니까 한 마디 부탁하마."

"루시엘이라고 합니다. 이번에 치유사 길드 교회 본부에서 온 저희를 위해 이런 환영회를 열어주셔서 감사합니다.

돌이켜 보면 이곳에서 수행한 2년이라는 세월이 평범한 사람이었던 절 S급 치유사로 이끌어준 밑거름이 됐다고 생각합니다.

처음엔 죽지 않기 위해서 모험가 길드의 문을 두드렸는데 멜라토니에 온 지 얼마 되지 않았던 시절엔 모험가 여러분이 정말로 무서워서 항상 시비가 붙으면 죽을 거라는 상상을 하며 지냈습니다. 회복 마법을 걸 때마다 실패하면 어쩌나 하는 생각에 무서워서 실패하지 않도록 공부를 계속했습니다.

그러던 중에 제가 죽고 싶지 않은 것처럼 모험가분들도 죽고 싶지 않을 거라는 데에 생각이 미쳤습니다. 또 옷이나 액세서리들을 선물로 받아 상냥한 사람들이 많다는 사실을 알게 된 이후엔 서서히 두려움이 사라졌습니다. 모험가 길드에 연금(軟禁)된 거아닌가? 하는 생각도 몇 번이나 들었지만 틀림없이 이곳은 저라는 인간이 시작된 원점입니다.

이런 절 받아들여 준 모험가 길드의 직원분들과 모험가 여러분께 정말로 감사드립니다. 앞으로도 조금씩 은혜를 갚을 수 있도록 매진할 테니 이번에 함께 온 치유사 길드 교회 본부의 멤버들에게도 저와 같은 애정과 성원을 보내주시길 부탁드립니다.

　조촐하지만 이걸로 인사를 마치겠습니다. 오늘 이렇게 모여주신 분들께 다시 한번 감사드립니다."

　"딱딱하구만! ……뭐, 상관없나 모두 잔을 들도록, 그럼 건배!!"

　"""건~배!"""

　난 건배를 마친 뒤에 사람들한테 시달렸고 내 싸움을 본 부대원들과 신인 모험가들에게 말을 건 그루가 씨는 '저 녀석은 이걸 마시고 강해졌다'며 색이 조금 연한(?) 물체 X를 마시게 했다.

　모험가들이 차례로 쓰러지는 가운데 원액을 마시지 않는 이상 끄떡없는 우리 부대를 보며 그루가 씨가 미소를 지었다.

　"모험가가 치유사들한테 지다니 한심하군. 그건 그렇고 역시 루시엘의 부대구만. 설마 부대원 전원이 물체 X를 마신 경험이 있을 줄은…… ."

　"거의 매일 마시게 하거든요."

　내 도발에 넘어간 그루가 씨가 모험가들에게 닥치는 대로 물체 X를 마시게 하는 바람에 식당에 물체 X의 악취가 차오르기 시작했고 피해를 막기 위해 바로 정화 마법을 시전했다.

　그루가 씨가 새로운 사냥감을 발견했다며 기뻐하는 마음이 훤히 보였다. 왜냐하면 그루가 씨의 눈이 빛나고 있었기 때문이다.

처음엔 입식이라는 데에 불만을 가졌던 부대원들이 그루가 씨의 요리를 먹고 만족하는 모습을 보니 기뻤다.

반면에 모험가 길드의 직원들이 성변이라는 별명의 의미를 생각하며 다양한 망상을 펼치는 광경을 보니 내 정신력이 또 깎여 나가기 시작했다.

"분명 성속성 마법을 쓰는 괴짜라는 의미일 거야."

"아니, 난 성속성 마법을 쓰는 변태라고 생각해."

"에? 난 성인처럼 행실은 훌륭하지만 성벽이 특이한 사람이라는 의미라고 들었는데."

"그런가? 난……."

이 뒤에 성변이 아닌 다른 별명들도 검증에 나선 결과, 내 별명이 불씨가 되어 블로드 스승님의 선풍(旋風)이나 귀축 교관, 그루가 씨의 요리곰이나 부동(不動), 가르바 씨의 은둔(隱遁) 등의 별명들이 나와 분위기가 달아오른 덕에 밤늦게까지 연회가 이어졌다.

모두가 별명 검증에 열을 올리는 가운데 나는 나대로 블로드 스승님 그리고 그루가 씨와 가르바 씨 형제에게 함께 술을 마시자고 권했다.

"내일 아침도 단련해야 하니 네가 떠나는 날에 마셔도 되겠지."

"그래. 내일부터 적의 본거지에 들어가야 하니까 준비를 제대로 해야지."

"뭐어 술보다 이 신작을 먹어봐라."

세 사람과 술을 마시는 일은 좀 더 뒤로 미루어질 것 같다. 그리고 입에 넣은 신작 요리는 끔찍할 정도로 맛이 없었다.

"혹시 이 요리는?"

"그래. 향신료 대신 쓸 수 있을까 해서 시험 삼아 넣어봤다만 그걸 마시는 루시엘 외에 다른 사람들은 먹을 수 없는 요리가 나와서 말이지."

"본인도 못 마시는 걸 넣은 요리를 자연스럽게 저한테 넘기시네요?"

"요리엔 다소 희생이 따르는 법이지."

"……그건 승리 아닌가요?"

"바보 제자, 그건 아무래도 좋으니 빨리 먹어라. 악취가 점점 올라온다."

"루시엘 군, 힘내."

"하아~. 어쩔 수 없네요. 이렇게 된 이상 다 먹겠습니다."

이리하여 난 오코노미야키에 소스 대신 물체 X를 뿌린 듯한 요리를 퍼먹었다.

"다른 사람들도 먹을 수 있겠냐?"

"……무리죠. 데워진 물체 X가 입 안에서 악취와 아린 맛을 배가시키면서 날뛰는 게 상상 이상으로 위험해요."

"그럼 이번엔 이걸 먹어봐라."

"……앞으로 몇 종류나 남아있나요?"

"9종류다."

"……그루가 씨의 요리 중에 제가 마음에 드는 요리의 레시피를 알려주시면 먹을게요."

"호오. 그럼 1종류 시식할 때마다 레시피를 하나씩 알려주마. 아직 만들지 않은 요리가 잔뜩 있으니까 기대하라고."

그루가 씨?

"눈빛이 스승님처럼 변하셨네요."

"그루가는 옛날부터 탐구심이 강했거든. 그래서 루시엘 군이 요리를 먹어주면 새로운 요리를 계속 만들 수 있고 만든 요리도 버리지 않아도 되니까 그게 기쁜 거겠지."

가르바 씨가 동생의 성격을 슬쩍 알려주긴 했지만 그루가 씨의 폭주를 멈추기는커녕 오히려 즐거워하는 눈치였다.

"블로드 씨, 그루가 씨, 가르바 씨, 루시엘 군, 저희는 이만 들어가 볼게요."

"목소리가 들린 방향으로 시선을 향하니 나나엘라 양과 모니카 양이 서 있었다.

"나나엘라 양, 모니카 양, 오늘은 고마웠어요. 게다가 방 청소까지 해주셔서, 정말 기뻤어요."

"저희는 옆에서 일을 거드는 것 정도밖에 할 수 없지만 루시엘 군이 오면 모험가 길드의 분위기가 밝아지니 앞으로도 시간이 되는 한 모험가 길드에서 머물러 주세요."

"뭔가 곤란한 일이 있다면 말해주세요. 제가 할 수 있는 일이라면 도울 테니까요."

"고마워요. 그럼, 다음에 시간이 되면 머리를 잘라 주시겠어요?"

""예.""

두 사람은 미소를 지으며 고개를 끄덕였다.

"하아~ 루시엘. 스승의 앞에서 달달한 분위기를 내지 마라. 보는 내가 다 부끄럽구나."

"물체 X가 들어간 창작 요리로 해독을 해야겠군."

"너무 그러지들 마, 저게 젊음이지."

스승님과 두 사람의 말을 들은 그녀들은 부끄러운지 고개를 숙여 인사를 한 뒤에 도망치듯이 식당을 빠져나갔다.

"루시엘은 아무렇지도 않은 모양이군."

내 반응이 평범해서 그런지 스승님은 썩 달갑지 않은 표정을 짓고 계셨다.

"예. 낯선 사람들 앞이었다면 저도 긴장했겠지만 지금은 저를 잘 아는 사람들의 앞에 있으니까요."

뭘 해도 부끄럽다는 생각은 들지 않는다. 사춘기를 겪은 경험이 있으니까.

"……루시엘, 2년 동안 여러모로 변했구나."

"그런가요? 시간은 누구에게나 평등하게 흐르는 법이니까 그럴지도 모르겠네요……. 제가 조금 성장해서 놀라셨을지도 모르지만 저도 다른 분들을 보고 꽤 놀랐다고요."

"오랜만에 만나면 변화가 눈에 잘 들어오는 법이니까. 몇 년이 지나도 변하지 않는 사람도 있지만. 예를 들어 보타쿠리라던가……."

"가르바 씨, 그 남자와 관련된 정보가 필요해요. 뭔가 알고 계시는 정보가 있다면 알려주세요."

그러자 가르바 씨는 미소를 지으며 스승님의 얼굴을 봤다.

아무래도 스승님이 설명을 해주실 모양이다.

"이제 와서 네 목숨을 노리지는 않겠지만, 보타쿠리보다 그 녀석의 노예들을 조심해라."

"노예요? 성 슈를 공화국에선 노예 매매가 법으로 금지되어 있잖아요?"

이 마을에서도 노예를 본 적은 없고 내 지식으론 이 세계에 실제로 노예가 존재하는지 알 수 없다.

"그래. 하지만 가르바가 입수한 정보에 따르면 1년에 몇 번 정도 노예를 사들이는 모양이더군. 그래도 노예들을 험하게 다루는 데다 최근엔 여태까지 부당한 처우를 받았던 노예들의 리더가 반기를 들기 위해 이리저리 움직이는 모양이다."

노예는 반역을 일으킬 때 목숨을 건다고 책에서 본 적이 있다. 그렇다면…….

불길한 예감이 뇌리를 스친다.

"노예는 주인을 거스르지 못하도록 마법으로 속박하잖아요?"

실제로 본 적은 없지만 계약의 목걸이 같은 도구가 있으리라.

"그렇지. 그렇게 처리를 할 텐데 노예가 주인에게 해를 입히는 사건이 발생했다. 게다가 그 노예를 판 노예 상인은 악덕 노예 상인이 아니라 제대로 수속을 밟으며 거래를 하는 노예 상인이었지."

"그렇다면 계약이 파기된 게 아닐까요?"

"아니. 어떻게 된 영문인지 노예의 표식은 그대로 남아있었다는 모양이야."

"그런 일이 가능한가요?"

"모르겠다. 그래서 조사를 하는 중이다만……. 그 소문을 보타쿠리도 들었는지 노예가 아니라 용병을 모으고 있는 모양이더군. 그 문제로 골치를 썩이는지 요즘엔 혈압을 낮추는 약을 산다고 들었다."

"보타쿠리가요? 치유사의 힘으로 고칠 수 없는 증상이라 약사한테서 약을 구하는 거군요. 무슨 병이라도 앓고 있나요?"

아마 엑스트라 힐이라면 암이든 손상된 뇌든 원래 상태로 되돌릴 수 있겠지…….

"아~ 최근에도 노예를 구입하고 있는데 아마 신용하던 노예한테 배신을 당할 거라고 생각하는 모양이야. 뭐어 하이라이트는 루시엘 군이 성도에서 돌아온다는 사실을 접하고 쓰러진 거지만."

"하하, 전 아무 생각 없이 왔을 뿐인데요. 게다가 연수 장소를 정한 건 제가 아니라 교황님이고요. 딱히 반대하진 않았지만요."

"그랬구나. 뭐어 그런 상황이니까 경계를 하는 편이 좋아. 가능하면 식사 준비도 알아서 하고."

정말로 여러 종류의 정보를 알고 계시는걸. 정보전을 치를 때 가르바 씨가 아군이라면 든든하겠지.

"독 같은 걸 먹인다고 해도 저한테는 전혀 통하지 않으니까 문제 될 건 없지만, 부대원들의 안전을 생각하면 경계를 하는 편이 좋겠네요."

섣부른 짓을 하면 해주(解呪)가 가능한 우리 부대가 의심을 사리라.

"그렇지. 그래도 내가 경계하는 건 무슨 조화인지 주인에게 상처를 입힌 노예들이 어떻게 주인에게 상처를 입힐 수 있었는지 그 부분에 대해 전혀 기억하지 못한다는 점이야. 덕분에 의문이 넘쳐나도 파헤칠 길이 없어."

"기억이 사라진 건가요?"

"그래. 그 부분에 대한 기억만 싹 사라졌지."

그게 사실이라면 그건 사람의 힘이 아니리라.

전에도 비슷한 사건이 있었는지 교회 본부에 확인하는 편이 좋겠지…….

"그런데 루시엘, 그 부하들은 어떻게 모은 거냐?"

스승님이 꽤 즐겁다는 어조로 가르바 씨와 하던 대화에 끼셨다.

기분이 좋은 스승님의 모습을 보아하니 호위대를 단련시키기로 마음을 먹으신 모양이다. 하지만 스승님이 힘 조절을 안 하시면 정신이 꺾일 게 분명하다. 그렇게 내버려 두기엔 아까운 동료들이다.

"제 뜻에 공감해 모인 사람들이에요. 그뿐입니다."

"그렇게 모인 것치곤 모두 실력이 출중한 녀석들로 보인다만."

"최근 몇 개월 동안 물체 X를 마시게 하고 다쳐도 바로 회복시키면서 훈련에 임하게 했으니까요. 몇 개월 전과 비교했을 때 완전히 다른 사람이 됐죠."

그 계기가 발키리 성기사단과의 바비큐(연습)라는 사실을 솔직히 털어놓으면 귀신 교관이 강림할지도 모른다……. 표현을 좀 바꿔볼까.

"……그런 짓을 당하고도 용케 부대에서 나가지 않았구만."

"스승님이 제게 쓰셨던 방법을 참고했습니다. 스승님의 스파르타 훈련 뒤에 그루가 씨가 식사를 차려준 것처럼 그들에게 기사단의 홍일점 부대와의 합동 훈련을 당근으로 내밀었죠."

거짓말을 하지 않았다.

"하아~ 정말로 2년 만에 정신적으로 성장했군…… 보타쿠리도 옛날엔 우수한 치유사였다만 언제부턴가 돈에 굉장한 집착을 보이기 시작했지. 그게 옳은지 그른지는 별개로 치더라도 저 정도로 치유원의 규모를 넓힌 건 굉장한 일이라고 생각한다. 지금은 치유사의 축에도 끼지 못하는 놈이지만."

아~ 다행이다. 믿어주신 건가.

"호오~ 역시 원래는 우수한 사람이었군요."

"그래. 우리도 치료를 받은 적이 있었지. 뭐어 모험가 시절의 일이다만."

"개인적으론 그 이야기도 흥미로운데요."

SS급 직전까지 갔던 모험가의 현역 시절 이야기라니, 음유 시인의 입으로도 좀처럼 듣기 힘든 진짜 체험담이니까.

"그저 옛날 일이지."

"뭐어 보타쿠리에 대한 건은 지금부터 제대로 바로 잡을 생각입니다."

"그럼 루시엘, 슬슬 자지 않으면 내일의 훈련에 버틸 수 없을 거다."

"……아침부터 그렇게 굴리실 건가요?"

"음? 날 뛰어넘는다고 하지 않았나? 그러면 스승으로서 제자에게 모든 걸 전수해야지."

난 이때 입은 재앙의 근원이라는 말을 떠올리며 후회했다.

그리고 아직도 자신이 자만심을 버리지 못했다는 걸 깨달았다.

후회막급이라는 기가 막힌 말은 누가 만들었는지. 이리하여 환영회 자리에서 마지막까지 얘기를 나눈 모험가 길드의 중진 삼인방과 난 여기서 자리를 파하기로 했다.

그리고 보니 지하실로 향할 때 접수처에 들려서 말을 걸려고 했더니 날 본 접수처 아가씨가 벌벌 떨어서 인사만 간단히 하고 자리를 떴는데 날 무서워하는 이유가 뭔지 알 수 없었다.

그대로 방에 돌아가니 익숙한 수면실과 침대는 여전히 깨끗한 상태였다.

내가 머물던 시절과 똑같은 배치에다 청소까지 해줬다는 생각을 하니 여러 감정이 복받쳤다.

"빨리 자야지. 내일은 보타쿠리의 치유원에서 하는 첫 근무니까."

난 천사의 베개를 꺼낸 다음 침대에 몸을 눕혔다.

"그건 그렇고 2년 만에 접수처 아가씨가 세 명이나 결혼할 줄이야. 게다가 새로 온 접수처 직원은 날 무서워하는 모양이고……
빨리 자자."

난 눈을 감고 잠이 들기 전까지 짧은 시간 동안 오늘 있었던 일들을 떠올리며 조금씩 잠에 빠져들었다.

13 멜라토니 최대 치유원 원장 보타쿠리와의 재회?

"하~암. 그리운 천장인걸."

다음 날 아침, 여느 때처럼 잠에서 깬 뒤에 스트레칭과 마력 조작을 하며 완전히 개인실이 된 방의 문을 천천히 열었다.

훈련장으로 나오니 인왕(仁王) 서기(불교의 호법신 인왕처럼 무서운 모습으로 버티고 서있는 것. 팔짱을 끼고 다리를 어깨너비만큼 벌리는 모습으로 많이 묘사된다) 자세로 기합이 잔뜩 들어간 스승님이 근처에 계셨다.

"……뭘 하고 계시는 거죠?"

"칫, 일어났나. 게으른 생활을 보낸 것 같진 않군. 뭐어 됐다. 우선은 온 힘을 다해 훈련장 둘레를 달릴 거다. 신체 강화를 써도 좋으니 한계까지 몸에 걸고 따라오도록."

"알겠습니다."

빨리 달린다, 그런 단순한 일에 진지하게 임한다.

전세에서 운동선수가 달리는 모습을 TV에서 보고 그들을 저렇게 달리게 하는 원동력이 대체 뭔지, 그 모습을 보고 마음이 이렇게 뛰는 건 어째선지 그 이유를 진지하게 생각한 적이 있었는데 그 당시엔 몰랐다.

지금의 나도 명확한 답이 있는 건 아니지만 분명 노력을 하거나 자신의 한계를 초월하기 위해 발버둥을 치는 그 너머엔 뭔가가 있으리라…… 그렇게 생각한다.

그 기억은 오롯이 자신의 것이지만, 누군가가 어떤 일에 오랜 시간을 들이고 진지하게 임하는 모습을 본 이들을 감동하게 하는 무언가는 분명 자신에게도 있을 터다.

지금 생각하면 그때 그 무언가가 내게 호소한 게 아닐까, 그런 생각이 든다.

"온 힘을 내라. 팔을 휘두르고 다리를 올려라, 자신의 한계를 스스로 정하지 마라. 평범한 인간이 천재한테 이기는 경우는 얼마든지 있다. 네 각오를 내게 보여봐라."

그렇게 블로드 스승님의 훈련에 견딘 난 성장하고 싶다는 생각을 하며 자신의 한계를 뛰어넘을 수 있도록 그루가 씨가 차려준 아침 식사를 열심히 먹었다.

그 맛은 말이 필요 없을 정도로 끝내줬다.

모험가 길드의 마구간에 있는 포레 누와르에게 인사를 한 뒤에 드디어 보타쿠리의 치유원에 도착했다만 3층으로 지어진 그 건물은 모험가 길드와 맞먹을 정도로 컸다.

"원래 치유원 건물이 이렇게 큰 편인가요? 입원 환자가 많아서 그런가?"

"이 정도 규모의 치유원은 거의 들어본 적이 없네요. 정보에 따르면 3층이 전부 원장의 개인실과 주거 공간, 2층이 노예와 치유사의 주거 공간, 1층이 진료 공간과 호위로 고용한 용병들이 대기하는 방으로 쓰인다는 모양입니다."

조르드 씨의 설명을 듣고 의문이 떠올랐다.

"용병이라니…… 일반적으로 치유원에서 용병을 고용하나요?"

"모든 치유원이 다 그렇다고 말씀드리긴 어렵지만, 용병까진 아니더라도 경호원 같은 이들이 있는 건 그리 드문 일이 아닙니다."

"……드문 일이 아니구나."

"치료를 받고 돈을 내지 않는 사람은 없습니다만, 옛날엔 치료비를 조금만 지불하면 카드에 범죄 기록이 찍히지 않는다는 점을 악용한 사건들이 자주 발생했거든요. 지금은 개선된 상태지만 그때의 흔적이 아직도 남아있는 거죠."

무법자들이 그렇게나 많았다고요? 어라? 치유원이 보복에 나선 이유가 이건가?

가이드라인과 법안을 이대로 내면 사람들의 반발이 엄청 심할 거 같은데.

"어쨌든 들어가죠."

난 치유원의 문을 열었다.

안에 들어가니 초조한 남자의 목소리가 귀에 들어왔다.

"정신 차려, 보타쿠리 나리. 조금 있으면 치유사가 상처를 치료할 테니까."

지금 들린 목소리는 뭐지? 그렇게 생각한 순간, 모험가나 용병 같은 차림을 한 남자가 무언가를 짊어지고 계단을 내려왔다.

하지만 남자는 우리들에겐 눈길도 주지 않은 채 진찰실이라는 팻말이 걸린 방으로 들어갔다.

그리고 이윽고 고성이 터져 나왔다.

"어이 치유사, 어떻게든 보타쿠리 나리를 살려내. 이쪽은 아직 이번 달 월급을 받지 못했다고."

하지만 그 용병 외에 다른 사람들의 목소리는 들리지 않았다. 그의 말투에서 갈수록 초조함이 배어 나왔다.

"고작 단검에 베인 상처인데 치료를 할 수 없다고? 그러고도 치유사냐!! 치료를 할 수 없다면 상처약이든 뭐든 좋으니까 가져 와."

저 반응으로 보아하니 보타쿠리의 상처가 꽤 심각한 것 같은데.

"어쩔 수 없지. 구할 수 있는 생명은 구하는 게 도리니까. 조르드 씨는 저와 함께 가죠."

"알겠습니다. 그건 그렇고 이런 타이밍에 오다니 운이 좋다고 해야 할까요?"

"나쁜 징조는 아니라고 믿고 싶네요. 파라라기스 씨랑 피아자 씨는 호위를 부탁드릴게요. 다른 대원분들은 치유원 앞에서 대기해주세요."

그 말을 전하고 보타쿠리가 있는 진찰실에 들어가니 살벌하고 무거운 분위기가 느껴졌다.

멋대로 진찰실에 들어온 내게 시선이 집중됐다. 하지만 난 그 시선들을 무시하고 보타쿠리가 누워 있는 침대로 다가가 상처를 확인했다.

로브가 붉게 물들 만큼 피를 흘리긴 했지만 그렇게 심각한 상처는 아니었기에 간단한 힐로 죽지 않을 정도로만 상처를 치료했다.

보타쿠리는 피를 많이 흘린 탓인지 안색이 제법 창백했으며 의식을 잃은 모양이었다. 지금이라면 이 건을 이용할 수 있을 것 같은데. 그런 생각을 하면서 주위를 확인하려 했다.

하지만 그 전에 용병 두 사람과 치유사로 보이는 남자가 날 보고 있다는 걸 알아차렸다.

"그렇게 보시면 좀 곤란한데요. 그러보니 제 소개가 아직이었군요. 전 교회 본부로부터 치유사 길드와 치유원의 경영법을 배우기 위해 파견된 루시엘이라고 합니다."

"그, 보타쿠리 나리는 괜찮은 거냐?"

"목숨에 지장은 없습니다. 그래도 지금은 절대 안정이 필요합니다. 그리고 아까부터 궁금했습니다만 이 상처는 어쩌다?"

내 물음에 바로 답한 사람은 보타쿠리를 1층까지 옮긴 용병이었다.

"나리가 신뢰하고 일을 맡기던 노예 집사가 갑자기 덤벼들었어."

"노예가? 주인에게 해를 입혔다는 건가요?"

"그보다 나리의 상처가 아직 낫지 않은 것 같다만."

하려고 하면 완전히 회복시킬 순 있지만 그보다 먼저 얘기를 들어보기로 했다.

"목숨에 지장은 없습니다. 그보다 무슨 일이 있었는지 자세히 듣고 싶습니다."

용병은 날 지긋이 보더니 한숨을 쉬며 고개를 끄덕이고는 얘기를 시작했다.

"이 건물엔 노예들이 많이 사는데 그중에서 나리가 신뢰하는 노예 집사가 한 명 있거든. 그런데 어떻게 된 영문인지 그 녀석이 갑자기 손에 든 나이프로 나리의 배를 찔렀다니까."

노예라고 인권을 무시하고 막 대해서 그런 거 아닌가? 아니면…… 뭐어 어쨌든 노예 제도에 대해선 잘 모르고 나오는 인연이 없는 얘기니까.

"그래서 그 보타쿠리 공의 노예는 어떻게 됐죠?"

"본인한테 직접 물어보던가?"

난 아직 그가 살아있다는 사실에 놀랐다. 우리들의 얘기를 듣고 있던 다른 용병이 대화에 끼어들었다.

"아직은 살아있지만 언제까지 버틸지는 모르겠어."

그 말이 끝나기가 무섭게 치유원 1층이 소란에 휩싸이며 위층에서 새로운 환자가 한 명 실려 왔다.

아마 이 연미복을 입은 남자가 보타쿠리를 찌른 노예 집사이리라. 하지만 겉으론 보기엔 선량한 인상을 지닌 남자가 어째서 보타쿠리를 찌른 것인지 이해할 수 없었다.

그건 그렇고 보타쿠리를 찌른 탓인지 아니면 용병들의 공격을 받아서 그런지 현재 그의 상태는 숨만 겨우 쉬고 있는 살덩어리라고 해도 과언이 아니었다.

일반적으로 봤을 때 이 정도 중상이면 하이 힐로도 어떻게 할 수 없는 상황이지만 지금의 나라면 미들 힐로도 충분히 회복시킬 수 있으리라.

"도망치진 않을 테니 손은 대지 마시길."

난 용병들한테 그렇게 전한 다음 사경을 헤매는 노예 집사를 치료하기 위해 미들 힐을 시전했다.

용병들이 저마다 불만을 터뜨렸지만 파라라기스 씨랑 피아자 씨를 믿고 치료에 전념하기로 했다.

보타쿠리 쪽을 보니 본인이 고용한 치유사들이 그를 살리기 위해 회복 마법을 걸어주고 있었다.

하지만 보타쿠리는 신음을 흘리기만 할 뿐 아직 의식이 돌아오지 않은 모양이다.

회복 마법으론 병을 고칠 수 없고 해독 마법인 큐어도 효과가 없으리라. 그렇게 생각한 내가 다시 진찰하기 위해 보타쿠리의 곁으로 다가가던 그때였다.

진찰실에서 얼마 떨어지지 않은 곳에 여러 사람이 바리케이드를 치고 있는 모습이 눈에 들어왔다. 다들 겁을 먹은 눈치였는데 왠지 모르게 그들이 노예일 것 같다는 예감이 들었다.

"치료를 해주신 겁니까?"

아래에서 그런 목소리가 들렸다.

노예 집사는 무사한 모양이었다. 용병들이 보타쿠리를 다치게 한 노예 집사의 신병을 요구했지만 바로 거절하고 그의 얘기를 들어보기로 했다.

"전 S급 치유사인 루시엘이라고 합니다. 오늘부터 이곳에서 신세를 질 예정이었기에 일단 보타쿠리 공을 치료했습니다만……."

"그건 곤란합니다. 주인님께선 치유사 님을 멀리하려 하셨으니까요. 게다가 치유사 님의 목적과는 상관없이 가까이에 다가가시기만 해도 불쾌해하실 겁니다."

"의식이 제대로 돌아온 모양이네요. 몇 가지 질문을 드리고 싶은데 괜찮을까요?"

"예. 뭐든 물어보십시오."

"왜 주인을 찌른 거죠? 손을 쓰지 않았다면 보타쿠리 공은 죽었을지도 모릅니다."

실제론 그렇게 심각한 부상은 아니었지만 이 질문에 대한 답은 꼭 들어야 했다.

"그랬을 테죠. 저희는 죽음으로 안식을 얻고 싶었습니다. 그래서 여태까지 쌓인 원한을 조금이라도 풀고 저승길의 길동무로 삼기 위해 주인님을 찔렀습니다."

노예 집사는 담담하고 냉정한 어조로 내게 설명했다.

하지만 난 노예 집사의 말이 수상하게 느껴졌다.

"어이, 당신. 실력이 뛰어난 치유사로 보인다만 나리의 의식은 언제쯤 돌아오는 거지? 당신이라면 고칠 수 있잖아?"

"그래. 우리는 아직 돈을 받지 못했어. 지금 죽으면 곤란해진다고."

용병들의 말도 이해는 가지만 지금은 상황을 분석하는 게 먼저다. 가르바 씨가 들었다는 소문이 아무래도 마음에 걸린다.

생각에 잠기니 여러 정보가 머릿속을 스쳐 지나간다. 어째서 바리케이드를 세우는 거지? 애초에 내가 보타쿠리의 치유원에 온다는 걸 알고서 이런 계획을 세운 건가?

옆에선 보타쿠리가 고용한 치유사가 지금도 보타쿠리를 치료하고 있었는데 솔직히 실력이 썩 좋은 편이 아닌 모양이다.

용병들이 초조한 마음도 이해는 가지만 일단 용병들의 행동을 지적했다.

"네~ 거기 계신 분들, 검을 도로 넣으시죠. 당신들은 지금까지 보타쿠리 공의 용병으로 곁에 있었던 걸로 보입니다만 어째서 보타쿠리 공이 다치기 전에 범행을 막지 못했는지 의문이 드는군요."

일부러 봐준 건가? 아니면 노예 집사를 믿고 있었던 건지, 어쨌든 얘기를 들어볼 필요가 있겠어.

그때 조르드 씨의 목소리가 들렸다.

"루시엘 님, 어쩌면 바리케이드 너머에 있는 사람들은 다들 노예일지도 모르겠네요."

그 말에 흠칫한 난 바리케이드 너머에 있는 사람들을 관찰했다.

하지만 내가 보기엔 그들이 노예인지 아닌지 알 수 없었다.

"노예는 아닌 것 같은데요? 예속의 목걸이를 찬 사람도 없고요."

"하하하. 예속의 목걸이는 예전에나 쓰던 방식이에요. 여러 가지 방법이 있는데 요새는 몸에서 심장의 위치와 가까운 가슴이나 등, 혹은 머리의 한 부분에 마문(魔紋)을 새기는 방식을 주로 쓰죠."

"헤에~, 마문이란 게 있군요. 그럼 조르드 씨는 마문이 어떤 효과를 발휘하는지 알고 계시나요?"

"단계에 따라서 다르죠. 절대 지배, 육체 지배, 간이 지배 이렇게 3종류가 있습니다."

조금 물어본 바로는 노예 제도에 대해 잘 아는 모양이었다.

어째서 그렇게 빠삭한 거지? 설마 조르드 씨도 노예를 소지한 경험이 있는 걸까? 그런 내색을 보인 적이 없으니까 잘은 모르겠다만······.

혹시 마문의 지배명을 물어보면 해결책을 알려주려나?

"그렇군요. 그럼 예속자가 자신의 의지대로 움직이는 건 불가능한가요?"

"가능합니다. 단 절대 지배는 주인을 배신하지 못하도록 명령엔 반드시 복종하게끔 되어 있고 서서히 감정을 잃어가죠. 육체 지배는 명령으로 신체의 자유를 빼앗을 수 있고 움직이려 하면 격통이 옵니다. 이 두 가지 지배는 명령을 통해 자신이 죽은 뒤에 노예의 처우를 설정할 수 있습니다."

최악 그 자체다. 역시 노예는 사양이다.

"……그럼 길동무로 삼거나 다른 누군가가 노예를 인수하면 해방될 수 있다는 거죠?"

"예. 간이 지배는 고통이 좀 따르고 주인을 공격하거나 자살을 할 순 없지만 비교적 자유롭게 움직일 수 있습니다. 단 주인의 명령 없이 1킬로미터 이상 떨어지면 격통이 오죠. 추가로 주인이 죽으면 간이 지배로 묶인 노예는 해방됩니다."

진짜 최악이다…… 아무래도 노예 집사는 이 사실을 알고 있었던 모양이다. 그런데 노예가 주인을 공격하는 일이 가능한 건가? 조르드 씨한테 자세히 물어보자.

"위법 노예, 채무 노예, 범죄 노예, 전쟁 노예 이런 종류의 노예들한테도 마문을 새기죠?"

"예. 지배의 종류는 전부 노예상이 정합니다. 위법 노예는 간이 지배로만 계약을 맺을 수 있고 채무 노예를 포함한 다른 노예들은 노예가 될 당시에 당사자가 정합니다. 노예상이 지배의 종류를 멋대로 정하면 신의 심판을 받아 더 이상 장사를 할 수 없게 된다고 들었습니다."

조르드 씨는 노예에 대해 여러모로 잘 아는 모양이었다. 어째서 그렇게 노예에 대해 잘 아는지 본인한테 물어봤다.

"노예에 대해서 잘 아시네요?"

"예. 뭐어 조금 아는 편이죠."

"그럼 여쭤볼 게 있는데요, 마문을 새긴 노예가 주인을 공격할수 있나요?"

"불가능하죠. 마문도 저주의 일종이니까요."

마문이 저주라고? 내가 생각에 잠기려던 찰나에 노예 집사와눈이 마주쳤기에 물어보기로 했다.

"정말로 불가능한 일인가요? 아니면 역시 당신은 죽을 생각이었나요?"

"……대답해드릴 수 없습니다. 그래도 해방되지 못하고 조금의자유도 허락되지 않는 인생 따윈, 살아갈 가치가 없습니다. 그뿐입니다."

찌른 이유와 찌를 수 있었던 이유는 엄연히 다르다, 그리고 그는 찌른 이유만을 답했다.

하지만 연미복을 입은 노예 집사는 이미 모든 걸 포기한 표정을 짓고 있었다.

완전히 입을 닫으면 이야기가 되지 않을 테니 제대로 된 조건을 제시하기로 했다.

"그렇군요……. 그럼 만약 노예 계약에서 해방된다면 앞으론보타쿠리 공을 노리지 않을 겁니까?"

"……끔찍한 처우를 받은 일은 평생 잊을 수 없겠지요. 그래도더 이상 얼굴을 마주하고 싶지 않다는 게 솔직한 심정입니다. 그리고 이곳을 떠나 다른 곳에서 살아가고 싶습니다."

"다른 노예분들도 같은 생각이신가요?"

"그럴 거라 생각합니다. 이곳에선 사람으로 취급을 받지 못할 테니까요."

노예 집사의 눈에서 비통함이 느껴졌다. 그의 정신적인 고통은 어떤 마법으로도 지울 수 없으리라…….

그렇게 생각하니 마법이 만능의 힘이 아니라는 사실이 뼈아프게 다가왔다.

"그럼 저와 서약을 맺으시겠습니까? 어기는 날엔 하늘에서 천벌을 내릴 테지만요."

"그게 무슨 말씀인지?"

"해방을 원하십니까? 라고 여쭤보는 겁니다. 그러니 지금부터 모든 노예를 이곳에 모아주세요."

"그런 일이……."

"일단 데리고 와주세요."

처음에는 내 말을 이해하지 못한 모양이었지만 서서히 이해를 했는지 노예 집사는 보타쿠리의 저택 겸 치유원에서 일하는 노예들을 모으기 위해 큰소리를 그들을 부르며 빠르게 방을 나섰다.

"루시엘 님, 괜찮겠습니까?"

조르드 씨가 걱정스러운 어조로 내게 말을 걸었다.

"문제가 없진 않겠죠. 그래도 이 상황을 그대로 둘 순 없으니까요. 최악의 경우엔 사비로 그들을 해방해야 할지도 모르겠네요…… 그런 표정은 짓지 않으셔도 돼요."

"저만 그런 게 아니라 다른 부대원들도 똑같은 생각을 하는 거 같은데요?”

모두에게 시선을 향하니 일제히 고개를 끄덕였다.

“굳이 말하지 않으셔도 알아요.”

그래도 성 슈를 공화국에 노예 제도가 없어서 다행이라는 생각이 드는 건 분명 지금까지 노예 제도와 연이 없는 생활을 한 까닭에 그와 관련된 것들을 피하는 마음이 자리를 잡아서 그런 것이리라.

마침 그때 노예 집사가 보타쿠리의 노예들을 데리고 돌아왔다.

어림잡아도 10명을 훌쩍 넘은 인원이었다.

“흠. 죄송하지만, 조르드 씨랑 피아자 씨는 치유사 길드로 가셔서 길드 마스터 쿠루루 씨를 포함해 사무 처리가 가능한 사람들을 데리고 와주세요.”

““예(옙).””

두 사람이 나가는 모습을 배웅한 뒤에 난 노예들에게 말을 걸었다.

“모여주셔서 감사합니다. 나쁘게 대하지는 않을 테니 이쪽에 모여주세요.”

이쪽을 경계하면서도 선두에 선 노예 집사를 따라 내 곁으로 다가왔다.

“여러분은 노예에서 해방되면 보타쿠리 공에게 복수심을 불태우지 않고 살아갈 수 있나요?”

노예들이 일제히 고개를 끄덕였다.

“그럼 해방에 앞서 서약을 받도록 하겠습니다. 동의하시나요?”

조금 전과 마찬가지로 다들 고개를 끄덕였다.

그건 그렇고 해방이라는 말을 이렇게 간단히 믿는 건 내가 S급 치유사로서 관록이 붙어서 그런 건가? 아니면…… 그런 생각과 함께 아직도 창백한 얼굴로 신음을 흘리는 보타쿠리를 보며 말을 걸었다.

"들립니까? 치유사 보타쿠리 공. 당신을 돕기 위해선 그에 상응하는 대가가 필요합니다. 앞으로의 삶을 바란다면 노예들의 권리를 치유사 길드에 양도하고 그 결정에 따름을 대가로 낼 것을 서약하세요."

"……으으으, 맹세한다."

실질적으로 보타쿠리는 자신이 가진 노예들의 해방을 대가로 내겠다고 서약했다.

보타쿠리의 몸이 순간적으로 창백한 색으로 빛나는 광경을 보고 제대로 서약이 맺어졌다고 확신한 난 하이 힐, 퓨리피케이션, 리커버, 디스펠을 차례로 시전했다. 그러자 순식간에 보타쿠리의 안색이 정상으로 돌아왔다.

"용병 두 분과 치유사 여러분이 조금 전의 서약과 치료에 대한 증인입니다."

그들을 보니 몇 번이고 고개를 끄덕였다.

그들은 서약을 모르는 눈치였지만 지금까지 들었던 얘기들을 토대로 대충 감을 잡은 모양이다.

이제 쿠루루 씨와 다른 사람들이 오기만 하면 노예를 해방할 수 있으려나.

그동안에 어떻게 해서 마문의 영향을 받지 않았는지 노예 집사한테 물어볼까.

　"그런데 어떻게 노예 계약을 무시하고 주인한테 위해를 가한 건가요? 마문이 있었으니까 그때도 노예로 계셨던 거잖아요."

　"제 입으로 자세한 얘기는 할 수 없습니다만, 누군가가 노예의 저주에 다른 저주를 덧씌웠습니다."

　그렇다는 건 그 누군가가 가르바 씨가 뒤를 쫓고 보타쿠리가 경계하던 자라는 건가? 자세히 물어보자.

　"몇 가지 질문을 할 테니 간결하게 답해주세요."

　"예."

　"저주를 받은 건 언제쯤이죠?"

　"최근입니다."

　"저주를 건 상대와는 전부터 알던 사이였나요?"

　"아뇨, 지시받은 용무를 처리하기 위해 외출을 한 적이 있는데 그때 알게 됐습니다."

　"어디서 알게 됐죠?"

　"용무를 마치고 돌아오던 중에 그쪽에서 먼저 말을 걸었습니다."

　"그래서 저주를 덧씌우는 얘기를 하게 된 건가요?"

　"예. 만난 직후에 바로 본론으로 들어갔습니다. 그때 저주와 관련해서 자세한 설명을 들었습니다."

　"당신에게 접근한 목적을 알고 있었나요?"

　"자세히 듣지는 못했습니다만, 노예로서 지독한 처우를 받는 모습을 보니 차마 두고 볼 수 없었다…… 그런 말을 했던 걸로 기억합니다. 그리고 어쩐지 보타쿠리 님에게 개인적인 원한이 있는 것처럼 보였습니다."

"그렇군요. 그럼 저주를 건 방법과 대가는 뭐였죠?"

"저주를 건 방법에 대해선 저도 아는 바가 없습니다. 그저 상대는 저주를 건 뒤에 어둠에 녹아들 듯이 사라졌습니다."

그 상대는 정말로 인간인가? 그렇다고 해도 어두운 밤에 녹아든다는 말은 암살자한테는 쓸 법한 표현이잖아…….

만약 암살자라면 스승님이나 가르바 씨가 못 찾아낼 리가 없을 텐데.

"그럼 당신이 노예라는 사실을 알고서 접근했다고 봐도?"

"예. 그때는 밤이었습니다만, 상대가 바로 노예 얘기를 꺼내서 놀랐던 기억이 있습니다."

밤……이라. 스승님이나 가르바 씨랑 정보를 공유하는 편이 좋을 것 같다.

"그 외에 기억하시는 점은 없나요?"

"기억이 확실한 것은 아닙니다. 그래도 상대의 목소리가 마치 여성처럼…… 조금 높았던 것 같습니다."

"…………."

이번 사건이 그자가 꾸민 짓이라면 무슨 목적으로 그런 짓을 벌인 거지? 게다가 단순히 노예 계약에 저주를 덧씌워서 그 노예가 어떻게 행동할지를 즐기는 유쾌범은 아닌 것 같고…… 모든 게 수수께끼다.

노예 집사와 대화를 나누는 사이에 쿠루루 씨와 길드 직원들이 치유원에 도착했다.

"루시엘 님, 이게 대체 무슨 일이죠?"

"갑자기 와달라고 부탁을 드려서 죄송합니다. 실은 오늘 아침부터 치유원의 경영을 배우기 위해 보타쿠리 공의 치유원을 방문했는데 소동이 벌어진 모양이라 보타쿠리 공이 상처를 입고 1층으로 이송되는 게 보이더군요."

"그 얘기는 기사님한테 들었습니다만, 어째서 노예를 해방하려하시는 거죠? 그보다 보타쿠리 님의 상태는?"

"조금 전에 회복 마법을 걸었으니 생명에 지장은 없습니다. 지금은 정신적인 충격으로 넋이 나간 모양인데 냉정함을 되찾으면 괜찮아지겠죠. 그리고 치료의 대가로 노예들의 권리를 치유사 길드에 양도하도록 서약을 맺었습니다."

"……처음부터 이 상황을 노리신 거군요."

"당연하죠."

성 슈를 공화국 내에 있는 치유사 길드에선 노예를 소유할 수없다. 만약 그 사실이 적발되면 그 노예를 해방한다.

정말로 이 상황에 딱 들어맞는 법안을 이용한 묘안이다.

"그래도 범죄 노예를 그냥 풀어주는 건 너무 위험하니 치유사 길드가 내리는 결정에 따르도록 하겠습니다. 물론 보타쿠리 공한테 반환해도 됩니다."

그걸로 얌전……하게 물러나면 좋을 텐데~.

"그럼 마문은 어떻게 제거할 건데?"

"그 일은 제가 맡겠습니다."

환상 지팡이가 있으면 모든 노예를 해방해도 마력이 고갈되는 일은 없으리라.

"루시엘 님. 노예를 양도하는 일 하나 때문에 절 부르신 건가요?"

"당연히 아니죠. 지금부터 그쪽에 계신 집사 분과 함께 보타쿠리의 개인실로 가셔서 그가 저지른 부정과 관련된 기록이 있을지도 모르니 찾아봐 주세요. 아직 건드릴 생각은 없었지만 모처럼 기회가 왔으니 치유원의 어두운 부분을 샅샅이 파헤쳐서 새하얀 모습으로 바로잡을 겁니다. 그러니 지금부터 분담해서 개인실을 조사해주세요."

"……제법 악마 같은 짓을 하는데?"

쿠루루 씨를 향해 썩은 미소를 날리면서 자신이 좀 지나쳤나? 하는 생각이 들었다.

그렇다고 해도——.

"그런 심한 말을. 치유사들의 생각도 포함해서 새로운 가이드라인과 법안이 시행되면 앞으로 바로잡아야 할 것들이 꽤 나올 테니 미래를 위해서라도 이번 안건을 선례(先例)로 남기겠습니다."

"문제가 줄어들면 저희도 좋지만, 압정(壓政)을 펼치는 건 피하고 싶네요."

"그럴 의도는 조금도 없어요. 저도 몇 개월 동안은 일하면서 평범하게 지내려고 했는데 방문하자마자 이런 상황이 벌어지니까 저도 곤란하다고요."

"하아~ 알겠습니다. 방을 조사하면 되는 거죠? 저도 치유원을 조사하는 일은 처음이라 좀 도와주셔야 할 것 같아요."

쿠루루 씨가 내 말을 들어줘서 다행이다.

"물론이죠. 그리고 제가 예전에 치유사 길드에 가입했을 때 사문(査問)위원회가 있다는 말을 들었는데요, 이번엔 그 위원회가 제대로 기능을 하지 못했지만 앞으론 건전한 조직을 만들고 유지하는 과정에서 이런 기회가 늘어날 테니 그쪽도 잘 부탁드립니다."

"……알겠습니다. S급 치유사이신 루시엘 님의 부탁이니까요."

"……호칭은 옛날처럼 군으로 부르셔도 돼요. 쿠루루 씨는 길드 마스터니까 제게 존댓말을 쓰실 필요도 없고요."

"알겠어. 그럼 작업을 시작하자."

서약을 들었던 용병이나 치유사들은 그 모습을 지켜볼 수밖에 없었다.

이리하여 가택 수색을 한 결과, 보타쿠리가 소유한 노예들은 두 사람을 제외하고 모두 억지로 노예가 됐다는 사실이 판명됐다.

"기다리셨죠? 그럼 지금부터 노예의 마문을 해주(解呪)할 테니 모여주세요."

일단 처음으로 정화 마법인 퓨리피케이션을 시전해봤지만 마문은 사라지지 않았다. 그 뒤에 이번엔 밑져야 본전이라는 생각으로 디스펠을 쓰니 마문이 깨끗하게 사라졌다.

물론 서약은 미리 받아둔 상태다. 한자리에 모인 노예들의 인원수를 세어보니 20명에 조금 못 미쳤는데 이들 중에 2명을 제외한 나머지 사람들의 저주를 풀었다.

"서약대로 당신들은 보타쿠리 공한테 위해를 가하지 않은 채로 이곳에서 나가시면 됩니다. 그리고 당신들에게 준비금으로 한 사람당 은화 10닢을 드리겠습니다. 이 돈으로 새 인생을 시작하시길 바랍니다. 모험가 길드에도 의지할 수 있는 사람이 있으니까요."

"루시엘 군, 좀 위험한 물건이 나왔는데."

쿠루루 씨는 노예들에게 은화를 모두 나눠준 내게 말을 걸며 양피지 다발을 건넸다.

"일마시아 제국의 노예 상인의 리스트와 판매처…… 이건."

"그래. 멜라토니에서 살던 모험가와 주민들을 이 마을의 치유사가 노예로 만들어서 양피지의 수만큼 타국인 일마시아 제국으로 보냈다는 거야."

"…………."

난 100매가 넘는 양피지를 계속 넘기며 보타쿠리가 있는 곳으로 향했다.

진찰실에 도착하니 보타쿠리는 자리에서 일어나 있었다.

"S급 치유사가 되어 내 재산으로 사람의 목숨을 구할 줄이야. 어떤 기분이지? 필시 기분이 좋겠지? 그렇게 느낀다면 천하의 S급 치유사도 나와 같은 족속이라는 거다."

드센 발언을 늘어놓고는 있지만 어쩐지 단숨에 폭삭 늙은 것처럼 보인다.

"구할 수 있었던 목숨이었기에 구한 겁니다. 그리고 당신은 재산을 빼앗겼다고 느낄지도 모르겠습니다만 그건 지금까지 당신이 저지른 짓에 대한 인과응보입니다. 물론 그 돈들을 제가 챙기는 일도 없을 테고요."

그 뒤에 보타쿠리는 잠시 내 얼굴을 노려봤다.

호위대가 움직이려 했지만 난 손으로 그들을 제지했다.

"……그때 처리했어야 했거늘. S급 치유사님의 말이라면 들을 수밖에 없을 테지?"

"어째서 도움을 구하러 온 환자들을 일마시아 제국의 노예 상인과 손을 잡고 억지로 노예로 만들어 팔아넘기기 시작한 겁니까?"

"…………."

보타쿠리는 말없이 팔짱을 끼고 눈을 감았다.

하지만 난 계속 말을 걸었다.

"이 자료에 의하면 노예들을 헐값에 판 모양이더군요. 예전엔 우수한 치유사였던 당신이 대체 무슨 이유로 도리를 잊고 그런 길을 걷게 된 겁니까?"

"……그런 건 이미 잊은 지 오래다."

"서약이라도 하시겠습니까? 아니면 치유사 길드 교회 본부 교황님 직속의 S급 치유사로서 명령을 내릴까요?"

"……딸을 위해서다. 치유사는 모든 걸 고칠 수 있는 존재라고 믿고 있었다. 하지만 병만은 어떻게 할 수 없었지. 아내가 먼저 떠난 뒤로 내겐 남은 딸이 전부였다. 그때 일마시아 제국이 딸의 목숨을 구해주겠다며 거래를 제의했지."

"환자를 노예로 만들어 팔아넘기라고 했던 겁니까?"

솔직히 아이를 위해서라면 뭐든지 할 수 있다는 부모의 마음 자체는 옳다고 보지만 노예들도 누군가의 아이이자 부모라는 생각은 하지 못했던 건가?

"따님은 어디에 있죠?"

치유원 내에 있는 방은 전부 둘러봤지만 아이들의 모습은 보질 못했다.

"벌써 10년 이상 만나지 못했지. 딸은 제국에서 노예들을 돌봐 주며 살고 있다고 들었다. 그래서 난 딸을 되찾기 위해서 노예가 필요했다."

"10년 이상…… 그것도 이렇게 많은 사람을 제국에 팔아넘기면서도 정신을 차리지 못했던 겁니까?"

"…………."

"따님의 일은 저도 동정하고 부모로서 자식을 위하는 당신의 마음도 조금은 이해가 갑니다. 그런데 어째서 따님을 제국에 맡긴 거죠……? 약이라면 교회 본부와 교섭해 약사 길드에 제조를 부탁하면 되지 않습니까."

"……엘릭서를 만들 수 있었다면 나도 그랬을 거다. 하지만 이 나라에 있는 약사 길드들을 전부 두 손을 들었지. 그런 걸 만들 수 있을 리가 없다며……. 하지만 그러던 중에 일마시아 제국에서 엘릭서가 개발됐다는 소식을 접한 난 그 희망에 달려들었다. 그게 악행이란 건 알고 있었지만 차마 멈출 수 없었다."

동정의 여지는 있지만 사람으로서 넘지 말아야 할 선을 넘었다고 해도 어떻게 해서든 이쪽으로 돌아왔어야 했다.

"보타쿠리 공…… 당신에게 가족이 있듯이 노예들에게도 가족이 있었습니다. 정론을 늘어놓을 생각은 없습니다만 이 사실을 안 따님의 마음이 어떨지 생각해 보신 적은 없습니까? 그 노예 상인의 말이 거짓일지도 모른다고 의심해본 적은 없습니까?"

"…………."

보타쿠리는 고개를 푹 떨군 뒤에 신음을 흘리더니 더 이상 움직이지 않았다.

추격타를 먹이는 것 같아서 조금 미안하지만 악덕 치유사가 된 보타쿠리를 이대로 풀어줄 수도 없는 노릇이다.

"치유사 길드 교회 본부의 이름으로 명령을 내리겠습니다. 지금부터 당신이 스스로 목숨을 끊는 행위를 엄중히 금할 것이며, 당신이 소유한 재산에서 자산 가치가 있는 모든 것들을 매각한 다음 교관 본부에서 심판을 받게 될 겁니다. 그리고 이 치유원은 치유사 길드에서 맡아 고아원으로 운영할 예정입니다."

"뭣이?! 이곳을 고아원으로 만든다고……?"

"그렇습니다. 물론 치유원이 사라지면 곤란한 환자들도 있을 테니 치유원으로도 계속 운영하겠습니다. 그러니 보타쿠리 공은 교회 본부로 출두하십시오."

"큭, 두고 봐라."

"죄송하지만 보타쿠리 공과 동행할 사람이 필요하니 호위대에서 두 분, 오치사대에서 한 분씩 나와 주세요."

그 뒤에 보타쿠리는 내 쪽엔 시선도 주지 않은 채 그대로 밖으로 걸어 나갔다.

바로 교황님께 보낼 편지를 쓰려던 도중에 마통옥이 있다는 사실을 떠올렸다. 상황을 전하기 위해 연락을 드리니 모든 판단을 일임(一任)하겠다는 말씀이 돌아왔다.

그렇게 중요 사항을 모두 전해드리고 통신을 끊은 다음 다시 한 번 노예였던 집사의 얘기를 들어보기로 했다.

그런데 어찌 된 일인지 집사의 입에서 뜻밖의 대답이 나왔다.

"혹시 저주를 건 자의 체격도 기억이 안 나시나요?"

"S급 치유사님, 대체 무슨 말씀이신지요? 치유사님 덕분에 노예에서 해방됐으니 뭔가 도움이 될 수 있다면 숨기는 일 없이 전부 말씀을 드리겠습니다만, 저도 모르는 사실을 질문하시면 답변을 드리기가 어렵습니다."

"조금 전에 마문의 덧씌우기와 관련해서 얘기를 나눴잖아요?"

"예? 그런 일이 가능합니까?"

"······잊으신 건가요? 조르드 씨, 조금 전에 마문의 덧씌우기와 관련된 얘기를 했었죠?"

"언제 그런 얘기를 나누셨죠? 그런 얘기는 듣지 못했습니다만."

"응?"

그 뒤에 그 자리에 있었던 호위대의 대원들한테도 물어봤지만 저주에 대해 기억하는 사람은 아무도 없었다.

혹시 이 자리에 마족이 있는 건가?

난 모든 사람에게 퓨리피케이션을 시전했다.

하지만 딱히 괴로워 보이는 사람은 없었다.

"···········."

이 건은 스승님과 가르바 씨와 상담을 하는 편이 좋을 것 같다.

그렇게 판단을 내리고 기억이 사라지는 수수께끼도 포함해 조사에 착수하기로 했다——.

하지만 내겐 조사를 할 만한 시간적 여유가 거의 없었다.

보타쿠리 치유원의 산하에 있던 모든 치유원을 감사(監査)할 필요가 생겼기 때문이다.

그 결과, 결국 멜라토니 마을에 있는 대부분의 치유원에 치료에 관한 가이드라인과 법안을 한발 빠르게 적용해 시험 사례로 삼게 됐다.

그런 연유로 모험가 길드에서 머무는 시간이 확 줄었기에 적어도 식사는 모험가 길드에서 하기로 정했고 그런 일상이 쭉 이어졌다.

멜라토니에 있는 치유원들이 설정한 가격은 가이드라인에 실린 가격의 약 2배, 심한 데는 4배에 달하는 금액을 받는 곳도 있었다.

그래서 치료비와 관련된 사항을 알기 쉽게 정리한 배포물을 모험가 길드와 치유사 길드에 붙여두었다.

그런 식으로 우선 멜라토니 마을에 있는 치유원이나 치유사들이 사람들로부터 존경을 받을 수 있는 존재가 될 수 있도록 목표를 제시하고 그 목표를 이룰 수 있도록 유도했다.

참고로 보타쿠리의 노예들은 보타쿠리가 직접 고른 사람들인지 다들 하나같이 능력이 뛰어났는데 모험가가 된 사람이 있는가 하면 고아원에서 일하게 된 사람도 있었다.

하지만 범죄 노예는 그냥 풀어줄 수도 없는 노릇이라 고민하던 참에 가르바 씨가 모험가 길드에서 잡일 담당으로 부려먹겠다고 나선 덕분에 말끔히 해결됐다.

이리하여 난 여러 감사를 통해 접객을 제외한 치유원의 경영법을 배우게 됐다.

그러던 어느 날, 시간이 생겨서 모험가 길드에 들렀더니 나나엘라 양과 모니카 양이 날 불러 세웠다.

"루시엘 군, 전에 머리를 자르고 싶다고 했었지? 지금도 그래?"

"예. 전에 나나엘라 양한테 머리가 길면 귀찮다고 했었죠? 지금은 머리를 묶는 데에 익숙해지긴 했지만 머리를 기르는 건 제 취향이 아닌지라."

"그럼 뒤뜰에서 저희가 잘라 줄까요?"

난 두 사람의 재촉을 받으며 우물이 있는 뒤뜰로 이동했다.

"여기에 오는 게 얼마 만인지. 그런데 아까부터 신경이 쓰였는데 모니카 양, 기분이 좋아 보이네요……. 그리고 보니 전에도 둘이서 제 머리를 잘라 준 적이 있었죠?"

제 머리를 자르고 싶었나요? 라는 질문은 부끄러워서 할 수 없었기에 그리운 일로 화제를 돌렸다.

이건 예전에 있었던 일인데, 처음엔 머리를 자르는 게 익숙하지 않았던 만큼 신중하게 잘라 줄 거라 믿고 두 사람에게 가위질을 맡겼는데 그녀들이 흥이 나서 신나게 자르던 도중에 그만 두피까지 잘리는 일이 있었다.

바로 힐을 써서 별 문제는 없었지만 그 이후로 멜라토니를 나설 때까지 두 사람은 꽤 신중하게 이발에 임했다. 그 일이 지금 떠오른 것이다.

"그건 예전에 있었던 일이잖아? 머리 스타일은 어떻게 할래?"

"예전처럼 단정하게만 잘라주셔도 돼요."

"조금 창의력을 발휘해도 되려나?"

"아이디어가 있다면 상관은 없는데요, 사람들 앞에 못 나설 정도로 건드리진 마세요. 믿어도 되죠?"

그 순간 두 사람의 미소가 짙어진 게 보였는데 분명 내 착각은 아니리라.

"나나엘라 양, 루시엘 군이 허락했어요."

"그럼 왼쪽이랑 오른쪽으로 반반씩 나눠서 잘라요."

"예. 길이는 맞추도록 해요."

갑자기 불안함이 엄습해 왔지만 이제 와서 몸을 뺄 수도 없었기에 얌전히 기다렸다.

그렇게 단발식이 거행됐고 오랜만에 짧은 머리로 돌아온 날 보고 조르드 씨를 포함한 부대원들은 웃음을 참으며 머리를 잘라준 그녀들을 소개해달라고 했다.

그들의 반응에 조금 짜증이 난 나는 진심을 보인 스승님한테 한 방이라도 먹일 수 있다면 소개를 해주겠다고 했다.

이날을 경계로 누가 붙였는지 모험가들 사이에서 우리 부대는 대외적으론 성치사(聖治士)단, 뒤편에선 성 좀비단이라는 불명예스러운 부대명으로 불리게 됐다.

참고로 스승님과 치른 모의전에선 제대로 된 일격을 넣은 사람이 아무도 없었다.

그리고 치유사 길드는 둘째 치더라도 멜라토니 마을에 있는 치유원의 수준이 너무 낮았던지라 강사로서 오치사대의 사람들을 번갈아 가며 파견했다.

나도 마찬가지로 가이드라인의 적정 가격에 따라 치료에 임했다. 물론 상대를 가려서 아이와 어르신들은 무료로 진찰했다. 그런 날들이 쭉 이어졌다.

그리고 눈 깜짝할 사이에 시간이 흘러 어느덧 성도로 돌아가야 할 시기가 다가왔다.

어느 날 드물게 멜라토니 모험가 길드의 식당이 닫혀있었다.

닫힌 식당에선 나와 스승님, 가르바 씨, 그루가 씨 이렇게 네 명이 술을 마시는 중이었다.

"시간 한 번 빠르구나. 귀환하고 눈 깜짝할 사이에 멜라토니 마을의 치유사 길드와 치유원을 장악할 줄이야. 이번엔 이에니스로 간다고 했었나? 치유사 길드를 재건하는 일도 만만치 않은 모양이군."

"그렇죠. 그래도 그루가 씨가 주신 레시피와 가르바 씨가 알려준 정보를 토대로 열심히 임할 생각입니다."

"여차하면 도망쳐서 이쪽으로 와도 되니까. 나쁜 일에 손을 물들이지 않았다면 우리가 도와줄 수 있으니 무슨 일이 있어도 잘못된 길로 들어서지 않도록 하렴. 그런 일은 없을 테지만……."

가르바 씨의 신뢰가 담긴 시선엔 거스를 수가 없다.

"물론이죠. 죽고 싶지 않아서 그런 것도 있지만 스승님과 두 분한테 부끄러운 짓은 하지 않을 겁니다."

"쯧, 또 도중에 수행을 내팽개치고 가다니."

이곳에 있는 동안 매일 한 번도 거르지 않고 아침저녁으로 모의전을 1회 이상 치렀는데 그런 말씀을 하시니 무심코 놀라고 말았다.

"블로드 스승님, 그런 말씀 마시고 기분 좋게 보내주세요."

"블로드의 기분도 이해는 가. 실력이 확 느는 건 아니지만 굴리면 굴릴수록 성장하는 타입이니까. 10년 정도 단련하면 우리들의 코앞까지 따라올 수 있지 않으려나?"

"……아무리 노력해도 10년은 무리입니다. 눈앞에 있는데 기척이 사라지거나 순식간에 등 뒤에 나타나고, 다가오는 검을 날이 빠진 검으로 벤다니, 명백하게 인간의 영역을 초월했다고요."

가르바 씨와 그루가 씨도 평범한 사람이 아니니까. 어딘가에 평온한 시간을 보낼 수 있는 세계는 없으려나……

"루시엘의 회복 마법도 충분히 인간의 영역을 초월했다고 본다만."

"얼마 전에 드디어 성속성 마법의 레벨이 X (10)에 도달했지만 아직 멀었어요. 보타쿠리 사건으로 허울 좋은 말만 늘어놓는 자신의 태도에도 신물이 났고 좀 더 나은 방법으로 해결할 수 있었을 텐데 하는 후회도 들었어요. 마법을 쓰면 겉으로 보이는 상처는 아물지만 마음의 상처나 병까진 치료할 수 없으니까요."

"루시엘 군, 보타쿠리의 치유원을 고아원으로 바꾼 일은 그 자체로 의미가 있다고 생각해. 그러니까 루시엘 군이 창설한 고아원은 우리가 지킬게. 게다가 교회 본부에 간 뒤로는 오만한 성격이 거짓말처럼 사라졌다고 하니까 그렇게까지 경계할 필요는 없을 것 같아."

"예. 그래도 그건 제 힘이 아니라 교회 본부의 파벌 싸움 과정에서 그렇게 이용을 당한 모양이에요. 결국엔 교회 본부의 대사교님이 보타쿠리의 닫힌 마음을 열고 끝까지 진지하게 설득을 하신 덕분이겠죠. 이번 일로 권력을 잘못 사용했다고 반성하는 중입니다."

가능하다면 위엄과 포용력, 그리고 설득력 등을 어디서 얻어오고 싶다.

그런 것들이 없다면 아무리 진심을 담아도 상대에겐 얄팍한 말로 들릴 테니까.

"당연하지. 20년도 살지 않은 네 말은 너보다 2배 이상의 세월을 산 우리 세대에겐 허울 좋은 말로만 들리니까. 정말로 설득할 생각이라면 우리와 상담하면서 나온 생각과 경험을 자신의 것으로 만들어야 비로소 설득력이 붙는 거다. 그렇지 않으면 그야말로 말뿐인 말로 남겠지."

"그렇지. 젊은 사람들이 곧잘 하는 착각인데 세상일이란 건 정론만 가지고 해결할 수 있을 만큼 단순하지 않거든. 루시엘 군은 이번에 얻은 경험을 토대로 조금씩 성장할 거야."

"말은 그 말을 담은 인간이 어떤 삶을 살았느냐에 따라 무게가 달라지지. 그러니 어깨에 힘을 줄 필요는 없지만 너 자신이 하늘에 부끄럽다고 생각한 짓은 절대로 하지 마라. 그리고 온 힘을 다해 살고 발버둥 치며 성장해라. 힘이 든다면 잠깐 걸음을 멈추는 것도 괜찮겠지. 그때는 우리한테 의지하도록. 모든 점이 완벽한 인간은 존재하지 않는다. 사람에 따라 사고방식도 천차만별이지. 나아갈 길을 모르겠다면 혼자서 나아가지 마라. 마지막엔 네가 결정해야 할 일이라고 해도 상담 정도는 들어줄 수 있다. 자신의 근성이 조금이라도 썩었다고 느껴진다면 단련을 시켜주마. 그러니 스스로 고독한 삶을 택하진 마라."

이 사람들은 정말로 그릇이 크단 말이지.

"그런 거지. 자아 이번에 새로 개발한 물체 X 도리아를 먹고 힘내라고."

"웃, 무슨 냄새가. 그런데 다들 왜 그렇게 떨어진 곳에 계시죠?"

왜 이 흐름에서 신작 요리가 나오는 걸까? 게다가 도움을 받을 수 있는 상황이 아닌 것 같고.

"루시엘 군, 빨리 먹은 다음에 정화 마법을 써주지 않으면, 후각이……."

가르바 씨, 괴로우신 건 알겠는데요, 원인을 제공한 건 동생분인 그루가 씨거든요…….

"바보 제자. 빨리 안 먹으면 다음 훈련 때 일부러 벨 거다."

그건 너무하다. 레벨 차이가 400이나 나니 정말로 베일 게 분명하다.

"분명 맛은 더럽게 없겠지만 힘내라. 대신에 전설의 요리사가 남긴 비전 양념장의 레시피를 주마."

난 역시 이 세 사람한테는 평생 이길 수 없겠지 하는 생각을 하며 물체 X 도리아를 먹었다.

그 맛은 지금까지 먹은 것 중에 최악이었다…….

"그런데 전에 제가 얘기한 마문을 덧씌우는 저주에 대해 알아보셨나요? 마문을 덮을 정도의 저주를 다루면서 어둠 속으로 사라진 자 말이에요."

"대체 무슨 말을 하는 거니?"

가르바 씨의 표정을 보니 정말로 처음 들었다는 느낌을 받았다.

"전에 보타쿠리가 집사를 맡고 있던 노예한테 찔린 사건이 있었잖아요."

"그런 일은 없었는데. 피로 때문에 루시엘 군이 착각한 모양이구나."

"스승님도 그렇게 생각하시나요?"

"그래. 그런 재밌는 사건이 있었다면 가르바가 벌써 움직였을 테니까. 그런데 어째서 그런 걸 조사하는 거냐?"

스승님이나 가르바 씨의 기억이 조작됐을지도 모르니까요…… 라고 솔직히 대답할 수 있을 리가 없다.

"그, 집사가 주인을 찔렀다는 사실에 놀랐거든요."

"그건 계단에서 집사가 넘어진 바람에 그가 들고 있던 나이프가 보타쿠리를 다치게 한 거잖니."

역시 기억이 조작된 것 같다…….

"어둠이라고 하니 치유사 길드에 있던 흑발의 접수처 아가씨가 일을 그만뒀다면서?"

"예. 들은 바로는 지인이 성도에 살고 있어서 그 근방에서 모험가로 살겠다고 했다나 봐요."

그녀의 이름은 에스티아인데 쿠루루 씨가 조카딸처럼 예뻐했던 터라 치유사 길드를 그만둘 때 진심으로 말렸었다.

"마치 보타쿠리를 쫓아간 것 같네."

"우리 부대원들한테 비밀로 해주세요."

착실한 성격에 인사성도 밝은 그녀는 발키리 성기사단에는 미치지 못하지만 우리 부대원들의 의욕을 높여주는 귀중한 전력이었다.

"뭐어 지금까지 꾸준히 단련했으니 연계를 조금 더 다지면 좋은 부대가 될 거다."

"잘 부탁드립니다. 그럼 조금 이른 시간이지만 고아원에 들려야 하니 먼저 일어나겠습니다."

"그래. 조만간 또 보자꾸나."

"예."

이렇게 넷이서 술을 마시니 즐겁고 기분도 좋았지만 이번엔 기억을 개변한 자 때문에 생각할 일이 늘었다.

난 고아원이 된 보타쿠리의 저택을 향해 밤길을 걸었다. 결국 보타쿠리의 재산은 자산 가치가 있는 모든 물건을 매각해 노예로 팔린 사람들을 도로 사서 데려오는 비용에 보탰다.

하지만 대부분이 다른 곳으로 팔려나가 노예에서 해방될 수 있도록 도와줄 수 없었다. 고아원이 개설된 덕분에 도움을 받은 아이들이 있다는 게 유일한 위안이었다.

그리고 교회 본부의 교황파가 단독으로 나서서 치유사로서 실력이 있는 자들을 위한 가이드라인을 치유사 길드에 배포했다.

날 소개하는 내용이 기사로 실린 건 조금 부끄럽지만 이걸로 앞으로는 모험가 길드에서도 치유사의 모습을 자연스럽게 볼 수 있는 날이 올지도 모른다.

가이드라인에 대한 얘기를 추가로 하자면 멜라토니에선 이미 치료를 위한 가이드라인에 따른 금액으로 환자를 치료하는 중이다.

생활비와 고아원의 운영비, 그리고 치유사 길드에 내는 기부금을 제외한 돈으로 노예 기금을 설립하려 했는데 이건 이것대로 문제가 많은지라 마통옥으로 각 파벌의 톱 분들한테 야단을 맞았다.

다만 이런 변화에 따라 멜라토니 마을에선 치유사 길드나 치유원에 혐오를 드러내는 자들이 꽤 줄었다.

나 혼자였다면 떠올리지 못했던 아이디어들이 잔뜩 나왔고 덕분에 인심(人心)을 파악하는 게 얼마나 어려운 일인지 새삼 배울수 있었던 연수였다.

그 일을 떠올리니 어째선지 눈물이 복받쳤다. 자신의 한심함과 경솔한 행동으로 상처를 준 사람들이 내게 웃으며 말을 걸어줬으니 언젠가는 자신이 납득할 수 있는 방식으로 일을 처리하겠다고 다짐했다.

그건 그렇고 요즘은 지도를 펼치기만 해도 가슴이 시큰거린다.

이 감각이 미궁들의 위치를 알려주는 것 같아서 전생룡이 날 부르고 있다는 느낌에 사로잡힌다.

하지만 난 미궁에 곧장 가지 않고 자신이 할 수 있는 일에 온 힘을 쏟고 있다.

조금 강해진 정도로는 전생룡을 쓰러뜨리기는커녕 미궁 답파도 꿈같은 소리다.

그래도 신경이 쓰인단 말이지.

하아~ 좀 더 사려가 깊은 데다 용맹하고 과감한 성격이었다면 용들을 위해 움직일 수 있었을 텐데, 어째서 성룡은 날 선택한 걸까…….

뭐어 지금은 자신이 택한 길이 정답이기를 바랄 뿐이다. 이 생각을 실현하기 위해서 난 결심했다.

평온하게 살면서 조용히 늙어가는 삶을 추구하는 데에서 그치지 않고 자신의 능력을 풀로 활용해 고통받는 사람들을 한 사람이라도 더 많이 구할 수 있도록 이 세계를 돌 것을…….

그렇게 시간이 흘러 치유에 대한 가이드라인과 법안이 성 슈를 교회 본부에서 가결되어 각국에 있는 각 지부의 치유사 길드에 배포되었고 곧 각 치유원에 전달됐다.

14 말의 무게와 새로운 목표

멜라토니 마을에서 연수를 마치고 돌아온 난 오랜만에 교황님을 뵙게 됐다.

"루시엘이여, 오늘날까지 교회 본부와 치유사 길드를 위해 애를 쓰느라 참으로 수고가 많았다."

교황님께서 신비한 목소리로 그렇게 말씀을 하셨지만 실제로는 멜라토니 마을의 치유사 길드와 치유원, 그리고 치유사들의 평가를 바꿨을 뿐이고 남은 일들은 전부 각 파벌의 톱 분들이 해 주었을 뿐이다.

"옙. 과분한 말씀을 주시니 감사할 따름입니다. 하나 저보다 더 큰 공을 세운 자들도 있습니다."

난 여느 때처럼 한쪽 무릎을 세우며 고개를 숙였다.

"후훗. 그대가 교회 본부에 온 지 이제 겨우 3년이란 세월이 지났거늘, 모두가 포기했던 미궁을 답파하고, 가이드라인과 법안의 초안을 작성했으며 성 슈를 공화국 내에 있는 치유사 길드를 감사했다. 그 충의(忠義)엔 본녀가 아무리 감사를 표해도 이 마음을 다 전할 수 없구나."

예. 저도 그렇게까지 열심히 할 생각은 없었습니다. 조르드 씨 일행이 폭주한 게 원인이니까요. 몇 번이나 감정으로 행동하고 그 일을 혼냈는지 제대로 기억이 나질 않을 정도다.

"감사합니다. 미궁은 지금도 운이 좋았다고 생각합니다. 그리고 그 외의 일들은 저만의 힘으로 이룬 것이 아닙니다. 수많은 교회 관계자와 치유사 길드의 관계자 모두가 같은 뜻을 품고 있는 가운데 우연히 제가 주도한 것에 불과합니다."

"음. 그렇다고 해도 말이다. 그 당시에 본녀는 아버님의 딸이라는 이유로 교회를 이었느니라."

교황님은 그렇게 말씀을 하시더니 이쪽에서 얼굴을 보지 못하도록 친 막을 올리고 이쪽으로 다가오셨다.

교황님은 금발 벽안에 이런 사람이 존재하는 건가, 라는 생각이 절로 들 정도로 마치 신들이 만든 정교한 인형 같은 존안을 지니신 분이었다.

신성한 오라가 감도는 그 미소는 보는 이들을 모두 매료시키리라…… 반하는 개념을 떠나서 정말로 아름다운 사람이었다.

"아버님께선 굳이 대륙의 중심부에 해당하는 이곳에 성 슈를 공화국을 건국하시고 성도 슈를을 만드셨지. 사람들이 구원을 바라도록……. 그리고 대륙의 중심에 건국하신 건 본녀를 위한 일이기도 했느니라. 본녀가 전화(戰火)에 휘말려도 함께 싸워줄 동맹을 맺은 게지."

그런데 아까 전부터 아버님이 건국하셨다는 말씀을 하시는데, 역시 레인스타 경을 말하는 거겠지?

그럼 교황님의 연세는…… 여쭤보면 안 될 거 같은 예감이 든다.

그래도 외모로만 보면 굉장히 젊으셔서 다른 사람들이 내 또래로 봐도 이상하지 않을 정도다.

"그렇게 본녀의 얼굴을 들여다보는 모습을 보아하니 본녀의 나

이가 궁금한 게로구나. 본녀는 올해로 322세가 됐느니라. 후훗,
놀랐느냐?"

"……제 상식으론 평범한 인간이라면 이미 죽고도 남을 세월이
라 생각합니다만."

아무리 봐도 아름다운 사람이긴 하지만 평범한 인족으로 보
인다.

"본녀의 어머님이 하이 엘프라 그 영향을 받은 게지."

하이 엘프? 그 말을 난 고개를 갸웃했다.

왜냐하면 전기에 따르면 레인스타 경은 일부일처로 결혼 생활
을 했으며 아내는 인족이었을 터다.

적어도 하이 엘프였다는 기록은 없었다.

"레인스타 경의 사모님은 한 분이 아니신지요?"

"아니, 한 분이 맞느니라. 확실히 처는 리잘리아 님이셨지. 상
냥하고 지기 싫어하는 성격을 지닌 분이셨는데 본녀와도 자주 놀
아주셨다. 어느 때, 어머님께서 아버님을 포기하기 위해 한 번만
안아달라고 아버님께 애원하셨고 그때 생긴 아이가 본녀이니라."

……아침 드라마 같은 전개구만. 역시 레인스타 경은 인기가
있었구나.

그건 그렇고…….

"이종족 사이에선 아이는 잘 생기지 않는다고 책에서 본 적이
있습니다만, 정말로 기적 같은 존재군요."

"그 말을 들으니 부끄럽구나……. 아버님도 어머님도 여러 의
미로 사람이란 틀에 가둬둘 수 없는 분들이셨지……."

교황님은 어딘가 그리운 듯이 바깥으로 시선을 향했다.

"그게 교황님께서 얼굴을 가리시는 이유인지요?"

"음. 옛날엔 하프를 배척하는 시대가 이어졌으니. 본녀의 귀는 그다지 뾰족하지도 둥글지도 않은 덕분에 하프 엘프라는 사실을 들키지는 않았다만 나이를 먹어도 외모가 변하지 않으니 신의 은혜를 받은 존재로 추앙하자는 의도도 있었다는 모양이구나."

여러모로 태클을 걸고 싶지만 그렇게 되도록 일을 꾸민 건 레인스타 경이었나.

"저기, 어째서 그 사실을 제게 밝히신 겁니까?"

"본녀는 할 수 없었다. 루시엘, 그대가 아버님이 세우신 교회 본부와 치유사 길드의 뜻과 권위를 다시 부흥시키기 위해 노력하는데 얼굴을 계속 숨기는 것은 큰 실례라 생각했느니라. 그래서 예절에 어긋나는 짓을 관두기로 한 게다."

"황송합니다."

그 외의 말은 좀처럼 떠오르지 않았다.

"음. 앞으로도 루시엘이 교회 본부에 있어 준다면 얼마나 든든할지…… 그대라면 앞으로 시련이 닥쳐도 극복할 수 있으리라 믿는다. 본녀는 그대를 응원하마."

이렇게 솔직한 응원을 받으니 긴장되는걸. 그래도 앞으로 해야 할 일은 변하지 않겠지.

"……예. 언젠가는 각지를 돌며 자신의 힘이 닿는 범위 내에서 일들을 완수하고자 합니다."

"편지나 전에 건넨 마통옥으로 연락을 해다오. 그걸 명심하고 그대에게 첫 행선지 이에니스로 떠날 것을 명한다."

"옙. 분골쇄신(粉骨碎身)의 정신으로 노력할 것을 이 자리에서 맹세하며, 내일 이에니스를 향해 출발하겠습니다."

"진심으로 건투를 빌겠노라."

"예."

다음 날 아침, 나와 오치사대와 호위대…… 한데 묶어서 성치사단이라는 이름을 받은 우리는 이에니스를 향해 출발했다.

그리고 이날, 우리들의 출발과 동시에 성 슈를 교회 본부가 각국의 치유사 길드에 고지한 치료를 위한 가이드라인과 새로운 법안이 발족했다.

그 가운데 가이드라인의 기초를 다지고 성 슈를 공화국에 새로운 바람을 불러온 나, S급 치유사 루시엘의 이름이 전 세계에 알려졌다.

그건 내가 이 세계에 온 뒤로 마침 5년의 세월이 지났음을 의미하는 일이기도 했다.

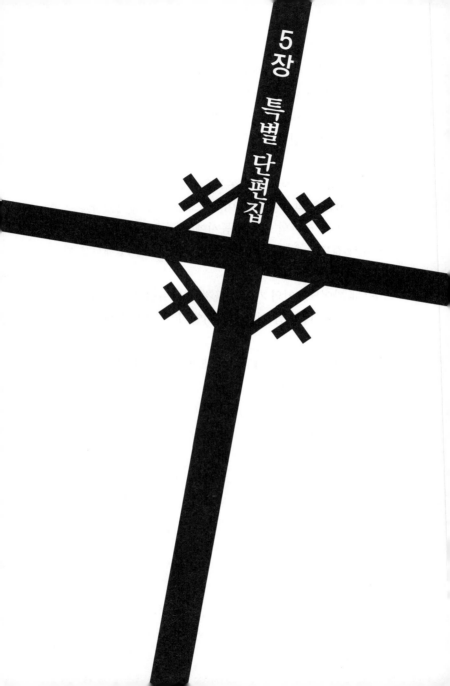

5장 특별 단편집

01 모험가 길드의 귀신

이건 멜라토니의 모험가 길드에 아직 루시엘이 없었던 시절의 이야기다.

멜라토니 모험가 길드의 지하엔 귀신이 살고 있다. 모험가들 사이에서 그런 소문이 돌았다.

그 소문을 접한 멜라토니 모험가 길드 출신의 이들은 쓴웃음을 지으며 새로운 희생자를 안주로 삼아 술을 들이켰다.

신인 모험가는 다치는 경우가 많았으며 그 부상이 원인이 되어 모험가를 은퇴하는 이들도 적지 않았다.

하지만 신인 모험가가 받는 저랭크 의뢰는 모두 보수가 짜기에 매일 의뢰를 받지 않으면 입에 풀칠하기도 힘들 정도였다.

솔로로 활동하면 좀 났지만 파티를 맺은 모험가들은 의뢰로 얻은 보수를 인원수대로 나눠야 하기에 생활이 더 궁핍해진다.

그렇기에 실력에 자신이 있는 자들은 한 단계 높은 랭크의 토벌 의뢰를 받는데, 신인끼리 파티를 맺다 보니 연계도 제대로 취하지 못하고 몸에 점점 부상이 늘어간다.

그리고 그 사실을 알아차렸을 즈음엔 이미 모험가를 그만둔 경우가 많다.

많은 신인 모험가들이 머릿속으로 하는 이런 생각은 전제부터 틀린 것이다.

본래 신인 모험가는 전투가 아닌 의뢰를 받고 남은 시간을 이용해 마물의 정보 등 모험가 활동에 필요한 지식을 익힌다.

그리고 지하에 위치한 훈련장에서 전투 스타일을 확립하고 파티를 맺고 있다면 연계를 배운다.

이런 과정을 거쳐 겨우 토벌 의뢰를 받을 수 있는 것이다.

이와 같은 신인 교육에 필요한 기간은 대략 1달 정도.

이 정도 교육을 받기만 해도 다쳐서 은퇴하는 일이 확 줄어든다.

하지만 모험가는 자유로운 직업이다.

그렇기에 상당히 마음에 드는 모험가가 아닌 이상 선배 모험가가 그런 정보를 알려주는 일은 거의 없다.

그렇게 선배 모험가의 눈에 든 신인 모험가들이 진지한 조언에 따라 지하 훈련장에 모인다.

그리고 신인 모험가들은 귀신같이 엄격한 멜라토니 모험가 길드의 마스터 블로드를 만나 구르고, 성장한다.

하지만 유감스럽게도 지하에서 블로드의 훈련을 받은 자들은 높은 훈련 강도로 인해 길어도 3일 정도밖에 버티지 못했다.

그 3일간의 지옥을 견딘(?) 이들이 수인 파티 '백랑의 핏줄'이다.

애초에 수인인 그들은 인족보다 신체 능력이 높았다.

그리고 훈련장에서 자신들을 지도한 블로드가 '선풍'이라는 별명을 지닌 굉장한 모험가라는 사실을 알고 있었다.

그래서 힘이 닿는 한 가르침을 구했지만 자금난 탓에 3일 뒤에 훈련장을 뒤로했다.

하지만 그 3일 동안은 강해지기 위해 탐욕스럽게 블로드의 가르침에 따랐다.

그 결과, 비약적인 성장을 이루어 당시 신인 모험가들 가운데
에서도 이목을 끌었다.

그 뒤에도 훈련장에 신인 모험가들이 오곤 했지만 얼마 지나지
않아 욕을 뱉으며 떠나갔다.

언제부턴가 블로드는 스스로 1층 카운터에 나와 중급이나 상급
모험가들을 지하로 데려오고는 자신의 실력이 녹슬지 않도록 대
련 상대로 굴리는 일이 잦아졌다.

이리하여 신인들 사이에서만 돌던 귀신이 나온다는 소문이 모
험가 전체로 퍼지게 됐다.

그래도 훈련을 받은 모험가들이 딴사람이 된 것처럼 활약했기
에 대외적인 비판은 받지 않았다.

"재밌는 일이라도 일어나면 좋으련만……."

블로드는 모험가 길드의 훈련장에서 인왕 서기 자세로 서 있었다.

모험가가 된 건 25년도 넘은 옛날 일이다.

모험가가 됐을 당시엔 약한 탓에 파티조차 맺지 못했다. 그래
서 솔로로 훈련에 훈련을 거듭하며 자신이 할 수 있는 의뢰만 수
행했고 남는 시간에 계속 훈련에 임했다.

자신이 조금씩 강해지고 있다고 느낀 건 그가 A랭크의 모험가
가 됐을 즈음의 일이었다.

그전까진 더 강한 힘을 추구하는 데에만 시간을 들였지만 자신에게 '늦게 핀 블로드'라는 별명이 붙었다는 걸 알게 된 그는 좀 더 주위에 관심을 두기로 했다.

그러자 지금까지 보이지 않았던 사실들이 눈에 들어오기 시작했다.

알고 보니 자신과 같은 시기에 모험가가 된 이들뿐만 아니라 후배 모험가도 대부분 은퇴한 상태였다.

그 사실에 의문을 갖게 된 블로드는 그날부터 다른 모험가들을 자세히 관찰했다.

그리고 무술의 재능을 지닌 신인과 그 신인이 이끄는 파티가 무모한 의뢰를 받는다는 사실.

중급 모험가가 된 이들이 안심했는지 더 이상 훈련을 받지 않는다는 사실.

파티가 해산된 뒤에 새롭게 파티를 짠 이들이 여전히 같은 난이도의 의뢰를 받는다는 사실 등을 알게 됐다.

마침 그즈음에 늑대 수인이 리더를 맡은 파티에 들어간 이후로 그들과 의기투합해 처음으로 파티를 맺었다.

그 늑대 수인의 파티를 이끌고 있었던 이가 바로 가르바였으며 파티 멤버 중엔 그루가도 있었다.

그들과 여러 얘기를 나누면서 힘이 약하면 발언력이 없고 신인 모험가들을 지킬 수 없다는 사실을 자각한 블로드는 강해지기 위한 목표를 얻은 뒤로 더욱 단련에 매진했다.

어느 마을에 머물고 있었을 때, 마물이 집단으로 발생하는 사건이 터졌다.

그때 가르바한테 마을을 방위할 대책과 지시를 맡긴 블로드는 소수의 모험가와 함께 마물 집단을 향해 돌격했다.

사방에서 오는 공격을 피하고 연격으로 마물을 쓰러뜨린다. 블로드는 종횡무진 전장을 달리며 동료 모험가들을 구하며 확실하게 적의 수를 줄였다.

극에 다다른 공격 속도와 종횡무진 전장을 달려나가는 그 모습은 '질풍'이라는 별명이 붙기에 부족함이 없었지만 이미 다른 모험가가 '질풍'이라는 별명을 대고 있었기에 그에겐 마물들의 중심에서 회전하듯이 적들을 처리하는 모습에서 따온 '선풍'이라는 별명이 붙게 됐다.

나중에 그 사실을 알게 된 블로드가 창피한 기분을 견딜 수 없었다는 사실은 말할 필요도 없으리라.

그런 위업들을 연이어 달성한 블로드는 S급 모험가가 됐음에도 불구하고 솔직하게 기뻐할 수 없었다.

그동안 주위를 지켜봤기 때문이다.

여전히 모험가의 수명은 짧았다. 죽음을 맞이한다는 의미에서만 그런 게 아니라 더 이상 싸우지 못한다는 의미에서도 말이다.

모험가 길드 본부를 찾아간 블로드는 SS급 모험가로 진급할 의향을 떠보는 그들의 말을 거절하고 어느 직책을 요구했다.

바로 모험가 길드의 마스터였다.

"슬슬 제자를 들이고 싶다만…… 도망치지 않고 향상심이 강한 녀석이면 좋겠군."

　그가 중얼거린 말이 루시엘을 멜라토니로 불러들인 것인지는
다른 이야기이다.

02 필살! 첩보원

멜라토니 마을엔 화나게 하면 안 되는 자가 있다.

화를 돋우는 짓만 피하면 웬만한 일들은 관대하게 넘어간다.

만약 마주쳤다면 눈을 감아주는 대가로 정보를 넘겨라.

그렇게 하면 목숨을 잃을 일은 없다.

이건 뒷세계에서 살아가는 자들의 공통된 인식이라 할 수 있다.

그자의 별명은 '은둔'.

지지금은 뒷 세계의 정보상으로 활동하고 있지만, 예전엔 자신과 적대하는 자를 조사한 뒤에 도가 지나치다고 판단을 내린 경우에만 자신의 손으로 대상을 처리하는 암살자였다. 물론 증거는 남기지 않고 말이다.

그런 그의 대외적인 신분은 모험가 길드에서 일하는 직원이며 모험가가 사냥한 마물을 해체하는 일이 그의 생업이다.

참고로 수인 모험가들 사이에선 그를 모르는 이가 없다는 소문이 돌 정도로 얼굴이 넓다.

단정한 용모에 부드러운 어조가 어우러져 여성들한테서 압도적인 지지를 받는 그는 자신의 인기도 정보 수집의 수단으로 이용한다.

그런 그의 앞으로 어느 사건이 굴러왔다. 최근에 자신이 아끼는 소년이 데리고 온 여성. 치유사 길드의 직원인 모양인데 그녀

를 습격한 용병이 어느 치유사의 지시를 받았을 가능성이 있다고
한다. 그런 연유로 그녀는 모험가 길드에서 일하게 됐다만……

"정말로 재밌는 건수를 물고 왔네. 조금 흥미가 생기는걸. 치유
사 길드나 치유사와 관련된 정보를 알아볼까."

은둔이라는 별명을 지닌 가르바는 슬럼가로 발걸음을 옮겼다.

"너희들이 해줬으면 하는 일이 생겼어. 치유사 길드의 직원이
용병한테 습격을 당했는데 독이 발린 흉기에 베였다는 모양이야.
그 용병의 특징을 멜라토니 전체에 퍼뜨려 줘. 그러면 다쳤을 때
모험가 길드에서 치료해 줄 것을 약속하지."

가르바의 주위엔 10명 정도 되는 수인들이 모여 있었다.

"그 용병을 잡으면 뭔가 떨어지는 게 있습니까?"

"정보로 취급해 내가 사겠어. 그리고 소동을 일으킨 치유사 쪽
은 흉흉한 소문이 끊이질 않으니 치료를 원하는 사람이 있으면
모험가 길드로 유도해줘."

"알겠습니다. 은둔 님, 이번엔 두둑하게 받아가겠습니다."

대표로 나선 이는 어느 정도 사정을 파악하고 있는 모양이었다.
가르바는 이번 건을 그에게 맡기기로 했다.

하지만 정보상으로서 정보 조작에 대한 경고는 잊지 않았다.

"상관은 없는데 내게 불필요한 정보 처리를 떠넘기지 않는 선
에서 해줘."

"""무리한 일은 피하고 정보 수집에 전념하겠습니다."""

"부탁할게."

이리하여 가르바는 정보를 모으는 한편, 진실을 퍼뜨리기 시작했다.

며칠 후, 치유사 길드 멜라토니 지부는 심각한 인재난에 골머리를 앓고 있었다.

상황이 이렇게 된 원인은 멜라토니 최대 규모의 치유원을 경영하는 치유사가 접수처 아가씨와 다툰 뒤에 누군가에게 의뢰해 접수처 아가씨를 암살하려 했다는 소문이 돌고 있기 때문이다.

이런 사건이 발생하면 치유사 길드는 길드와 치유원을 지키기 위해 정보가 나돌지 않도록 조치한다…… 그럴 터인데.

어찌된 일인지 이 얘기는 당일에 소문이 됐으며 그다음 날엔 멜라토니 마을 전체에 퍼졌다.

며칠 뒤에 범인으로 추정되는 자를 잡긴 했지만 결국 그 치유사와의 접점은 찾지 못했으며 결국 치유사 길드는 인재를 잃고 손해만 떠안게 됐다.

모든 일의 원흉인 치유원에 항의했어야 했지만 치유사 길드는 이를 단념했다.

그 결과, 치유사 길드는 직원의 목숨보다 치유원을 우선시한다는 소문이 흘렀고 치유사 길드에서 일하는 건 위험하다는 인식이 퍼지기 시작한 것이다.

이리하여 치유사 길드는 인재난에 빠졌다.

치유사 길드 접수처의 책임자인 쿠루루는 그런 상황에 골머리를 앓고 있었다.

"아~ 정말! 모니카는 업무도 완벽하게 이해하고 우수한 아이였는데——."

그녀도 업무를 완벽하게 익힌 후배가 사라지는 경험을 몇 번 정도 겪었지만 이렇게 갑작스럽게 사라진 경우는 이번이 처음이었다.

게다가 인재를 모집하고 있음에도 불구하고 면접을 보러 오는 사람이 아무도 없었다.

세간에서 말이 나올 만큼 치유사 길드의 직원은 일이 편한 데다 급료도 그럭저럭 나오기로 유명한 자리다.

그런데 사람이 오지 않으면 그 피해가 접수처 아가씨들에게 오고 그녀들의 휴일은 사라진다.

한자리에 모인 접수처 아가씨들은 길드 마스터를 찾아가 본부에 증원 요청을 해달라고 부탁했지만 무사주의 성향의 길드 마스터는 그녀들의 부탁을 전부 거절했다.

그리고 현재 책임자인 쿠루루는 어쩔 수 없이 근무 일정을 조정하고 있었다.

"……이대론 휴일이 사라질 거야. 조만간 다들 그만두겠다고 하겠지."

치유사 길드의 업무 자체는 업무량도 적고 편한 일이다.

왜냐하면 치유사 길드를 방문하는 사람이 거의 없기 때문이다.

치유사 길드를 방문하는 목적은 대부분 신규 등록, 갱신, 기부, 마법서 구매, 파견 완료 보고 중 하나다.

그렇기에 쿠루루를 포함해 치유사 길드에서 일하는 접수처 아가씨들은 정신적으로 지쳐있었다…… 할 일이 없어서.

할 일이 없어도 접수처의 자리는 지켜야 하는데 모니카가 빠진 탓에 휴일이 사라지고 말았다.

애초에 치유사 길드가 창설된 시절엔 인재를 파견하는 업무도 빈번하게 처리해야 했다.

하지만 지금은 치유원의 힘이 너무 커진 바람에 길드 측이 뭐라고 말을 꺼낼 수 없는 상황이 되어 결과적으로 할 일도, 보람도 없는 직장이 되었다.

"치유사 길드를 좀 더 일하기 쉽고, 보람을 느낄 수 있는 직장으로 만들기 위해선 무엇이 필요한지 다른 직원들과 상담을 해봐야겠어. 그런데 모험가 길드 접수처의 근무 환경은 어떨까? 이성과의 만남도 있을 것 같고."

이리하여 가르바의 공작에 의해 쿠루루는 조금 고생을 겪었다…….

하지만 가르바는 쿠루루의 말을 듣고 있었다.

"그렇군. 직원 중에는 제대로 일을 하는 인물도 있구나……. 어쩔 수 없지. 좀 늦은 감이 있지만 치유사 길드가 위험하다는 소문은 여기서 끊고 길드 마스터의 약점을 잡아볼까. 어디, 뭐가 나올지 기대되는걸."

이 일이 계기가 되어 가르바는 치유사 길드 마스터와 이 마을 최대 치유원의 원장 보타쿠리를 조사하게 된다.

그리고 쿠루루도 접수처 아가씨들을 필사적으로 이끌어 자신의 능력을 향상시켰다——.

03 자극적인 요리

멜라토니 마을에 있는 모험가 길드의 주방에서 홀로 골머리를 앓고 있는 남자가 있었다.

"아~ 쉽지 않은걸. 어떻게 해야 요리에 활용할 수 있지?"

남자는 그렇게 말하며 막 완성한 요리를 꺼림칙한 시선을 바라보더니 주뼛주뼛 입 안에 넣었다.

"우읍?!"

말로 표현할 수 없는 소리를 낸 남자는 그대로 기절했다.

곰 같은 거구를 떨며 눈물을 쏟아낸 그는 요리를 씹지 않고 삼킨 다음 물로 뒷맛을 지웠다.

"하아, 하아, 하아."

남자는 아직도 떨리는 손으로 코마개를 뗐다.

그리고 지독한 악취에 순간적으로 의식이 날아갔다.

남자의 이름은 그루가. 늑대 수인이며 모험가 길드 멜라토니 지부 내에 있는 식당의 주인이다.

그리고 그는 지금 새로운 메뉴를 한참 개발하는 중이었다.

하지만 개발 목적은 맛있는 요리를 만들기 위함이 아니었다.

어느 재료를 쓴 요리를 개발하기 위해서였다.

"으~ 냄새, 맛이 없구만~."

기절한 그루가 무심코 입에 담을 정도의 식재료(?)…… 액체는 검보라색을 띤 물체 X였다.

　물체 X가 세상에 나온 건 약 100년 전.

　당시의 현자가 강해지기 위해 개발한 액체라고 한다.

　하지만 물체 X는 누구나 편하게 마실 수 있는 물건이 아니었다.

　일단 물체 X는 무진장 맛이 없다. 그 사실 하나만으로도 인간보다 후각이 뛰어난 수인들에겐 고민이나 다름없다.

　용기를 가지고 그 냄새를 어떻게든 견뎌낸 자조차 입에 머금은 순간, 조금 전의 냄새와는 차원이 다른 격렬한 악취가 코로 전해져 몸의 움직임이 그대로 멈춘다.

　그리고 다음 순간엔 혀에서 뇌로 미각 정보가 전달되는데 뇌가 과도한 쇼크에서 몸을 보호하기 위해 의식을 끊어버린다.

　그 현상은 마치 물체 X가 자신을 마실 수 있는 자를 선별하는 듯했다.

　그루가가 물체 X와 만난 건 성인이 된 직후였다.

　형인 가르바가 먼저 모험가로 활동하고 있었기에 그 뒤를 쫓아 그루가도 모험가가 됐다.

　당시에도 물체 X는 모험가 길드에 식당에 비치되어 있었고 선배 모험가들이 신인 모험가들에게 환영 세례를 내리는 의미에서 마시게 하는 전통이 있었다.

　그렇게 예외 없이 그루가한테도 물체 X의 공포가 다가왔지만 너무도 지독한 냄새에 도망쳤다.

하지만 그 이후로 그때 맡은 악취가 신경이 쓰였다.

그리고 마음을 다잡은 그루가는 과감하게 물체 X를 마시기로 했다.

검보라색의 끈적한 액체를 눈앞에 둔 그루가는 자신의 몸이 떨리는 것을 느꼈다.

그렇지만 여기서 물러나면 또 물체 X가 신경이 쓰이리라.

"간다."

구령과 함께 물체 X를 입에 머금은 순간, 그루가의 눈에 보이던 세계가 어둠으로 물들었다.

정신을 차린 그루가가 주위를 둘러보니 자신이 있는 곳은 빛 한 점 없는 어둠 속이었다.

하지만 어째선지 자신의 모습만은 확실히 보였다.

"이곳은 대체?"

자신의 몸에 무슨 일이 일어난 건지 파악하기 위해 주위를 유심히 살피던 그루가는 어느 샌가 어둠 속에서 출현한 바 카운터를 발견했다.

수상하다는 생각을 하면서도 이곳에서 탈출하기 위한 정보를 얻기 위해 그루가는 움직였다.

카운터 테이블에 다가간 그는 안쪽을 들여다봤다.

카운터 안쪽에선 검보라색의 액체가 서서히 사람의 형태로 변하고 있었다.

그루가가 공포에 질린 나머지 침을 꿀꺽 삼켰을 때, '봤~겠~

다~?' 하고 사람의 형태를 한 무언가의 목소리가 머리에 울리더니 그루가를 향해 덤벼들었다.

움직임은 그리 빠르지 않다. 하지만 몸에서 나는 냄새가 무진장 고약했다.

"이 녀석의 정체는 그건가——."

그루가는 사람 형태로 변한 물체 X를 쓰러뜨리면 이곳에서 탈출할 수 있을 거라 믿으며 녀석을 때렸다.

그러자 공격을 맞은 물체 X는 의외로 허무하게 형태를 잃고 날아갔다.

"좋아. 이걸로………… 뭣?!"

승리를 확신하던 그루가를 제쳐두고 날아간 물체 X가 몸을 떨더니 본체에서 액체들이 떨어져 나왔고 떨어진 액체들은 서서히 부피가 커지더니 하나둘 사람의 형태를 갖추기 시작했다.

그루가는 공포에 질린 나머지 떨면서도 필사적으로 도망쳤다.

『기~다~려.』

"살려줘~."

사람의 형태를 한 물체 X는 그루가를 끝까지 쫓아왔다.

그리고 결국 그루가는 따라잡히고 말았다. 그 순간, 이번엔 하늘에서 빛이 떨어졌다.

그리고 그루가는 눈을 떴다.

"하아, 하아, 하아, 꿈이었나? 다행이군."

"아, 이제 일어났어?"

"아, 형."

아무래도 가르바가 간호해준 모양이다.

"가위에 심하게 눌리던 것 같던데."

"물체 X가 날 덮치는 꿈을 꿨어."

"하하하. 그걸 함부로 다루면 현자님이 걸어둔 벌이 발동한다고 해."

"그 꿈이 벌…… 형은 벌을 받지 않았어?"

"내가 그걸 먹을 리도 없고 나한테 마시게 할 사람도 없다는 걸 알잖아? 나 자신이 물체 X니까."

그렇게 말하며 가르바는 액체로 변했다.

"허억…… 하아, 하아, 꿈인가. 음, 슬슬 밑준비를 할 시간이군. 오늘은 이걸 먹은 사람한테 밥값을 반 깎아줄까."

그 악몽을 꾼 이후로 그루가는 물체 X를 입에 대지 않았다.

설마 정말로 물체 X가 인간을 강하게 만들기 위해 현자가 개발한 약인 줄 몰랐기 때문이다.

나중에 형인 가르바한테 알아봐 달라고 부탁한 결과, 의외의 사실이 밝혀졌다.

모험가 길드 본부에서 얻었다는 정보에 따르면 마신 뒤로 몇 시간은 몸 안이 활성화되어 쉽게 성장하도록 도와준다는 모양이다.

그 정보를 전해 들은 그루가는 전부터 요리가 취미였기에 어떻게든 물체 X를 이용한 요리를 개발하기로 했다.

이리하여 그루가는 오늘도 손님으로 올 모험가들을 기다린다.

04 접수처 아가씨들의 소문

멜라토니의 모험가 길드에서 일하는 직원의 수는 20명 정도인데 실은 대부분이 여성이다.

이건 길드 마스터의 취미가 아니라 모험가라는 직업과 연관이 있다.

모험가가 되는 사람 중에 대부분은 보통 영웅을 동경하거나 끝없이 강해질 수 있다고 믿으며 모험가가 된다.

특히 남성 모험가는 그런 타입이 많다. 하지만 현실은 만만치 않다.

정체를 알 수 없는 마물과 싸우다 상처를 입고, 익숙하지 않은 호위 의뢰를 받았다가 컨디션이 나빠지는 등 항상 위험에 노출된 직업이다.

모험가는 자유로운 직업이기에 정기적인 수입이 없다.

그래서 보통 모험가를 그만두거나 빚을 지게 되는데 그렇게 되면 길드에서도 생각이 단순한 사람으로 평가해 고용하지 않는다.

그럼 어느 정도 돈을 버는 모험가들이라면 길드에서 고용할까? 답은 NO다. 중급 모험가가 버는 수입과 직원이 버는 수입은 크게 차이가 나기 때문이다.

뭔가 지향하는 바가 있지 않은 한 보통은 모험가로 살아가는 걸 택하리라.

상급 모험가 정도 되면 더더욱 직원으로 일할 필요가 없다.

게다가 길드 직원은 어느 정도의 지능과 지식을 갖추어야 맡을 수 있기에 여러 분야의 일들을 배워야 했다. 그 시점에서 대부분 귀찮다고 관두는 것이다.

그럼 여성 모험가의 경우는 어떨까? 실은 모험가가 되는 여성의 수는 매우 적다. 적은 만큼 어느 정도 실력과 지식이 갖춘 자가 대부분이었다.

그런데도 역시 상급 모험가가 되어 크게 성공하는 자는 손에 꼽을 정도다.

하지만 길드 직원으로서 보자면 자질을 갖춘 자들은 많았다.

어느 정도 지식을 갖추려려고 하다 보니 기본 지식 측면에서 우수한 여성들은 길드 교육 기간을 짧게 잡을 수 있었다.

급료 또한 일확천금을 노리는 남성에 비해 비교적 안정된 수입에 매력을 느끼는 여성들에게 적합했다.

또 능력과 아무런 상관없지만, 모험가 길드의 직원이 되면 모험가와 마주칠 기회도 많기에 결혼 활동에 이용할 수도 있었다.

이건 모험가 길드 특유의 환경이었다. 치유사 길드는 유능한 치유사가 길드에 올 일이 그다지 없어서 만남을 추구하기에는 적합하지 않다나 뭐라나…….

이런 이유로 모험가 길드에서 여성이 부족한 경우는 없었다.

그런 여직원들 사이에서 곧잘 화제에 오르는 주제는 1년 전부터 모험가 길드에 살기 시작한 치유사 소년이었다.

어느 날 오후를 넘긴 시각, 드물게 모험가 길드에 모험가가 아무도 없었던 때에 있었던 일이다.

"요즘 루시엘 군이랑 자주 대화를 하던데 진전은 좀 있었니?"

"맞아 맞아. 두 사람 모두 루시엘 군이랑 사이좋게 식사도 하고 그러지?"

선배 접수처 아가씨인 밀리나와 메르넬은 자주 화제에 오르는 소년과 자주 대화를 나누는 후배 접수처 아가씨 나나엘라와 모니카에게 웃음을 띤 얼굴로 화제를 던졌다.

"저, 평범한 얘기만 하는데요?"

"그래요. 진전이라니, 아직 그런 관계도 아니고요……."

"**아직**이라. 그럼 루시엘 군이랑 어떤 얘기를 하는 거야?"

"특별한 얘기는 아니에요. 일상을 보내면서 신경 쓰이던 점이나 재밌었던 점을 얘기하거나 듣는 정도예요."

"모니카는?"

"저도 그런 느낌이에요. 평범한 얘기를 나누거든요. 그래도 루시엘 님은 얘기를 잘 들어주시니까 말을 편하게 할 수 있어서 좋아요."

"그렇네요. 저희만 알고 있는 화제라도 제대로 얘기를 들어주니까요."

"예. 마치 연상의 분이랑 얘기를 나누는 듯한 느낌이 들어요. 그야말로 상담의 달인이라고 할까요?"

"호오~", "흐~응."

기쁜 듯이 얘기하는 후배들을 보며 선배인 두 사람은 부럽다는 듯이 얘기를 들었다.

밀리나나 메르넬에게 있어 루시엘은 남동생 같은 존재였기에 이성으로 의식하진 않았지만 얘기를 잘 들어주는 상대가 있다는 사실이 부러웠다.

모든 남성이 그렇지는 않지만 자신과 연관이 없는 얘기를 제대로 들어준다는 건 의외로 어려운 일이다.

"다음에 루시엘 군을 빌려볼까……."

"그 아이라면 푸념도 들어줄 것 같고, 괜찮지?"

""그럼요, 그럼요.""

선배들이 가하는 수수께끼의 압력에 나나엘라와 모니카는 바로 굴복했다.

후배들의 기특한 자세를 보며 만족스럽게 고개를 끄덕이던 메르넬은 문득 요즘 자신들을 대하는 모험가들의 반응을 입에 담았다.

"그건 그렇고 요즘에 말을 거는 모험가들이 거의 없는 것 같아. 슬슬 진지하게 인생의 파트너를 고를 시기인 걸까."

"메르넬 씨도 그런가요? 역시 젊은 애들이 좋은 걸까요?"

밀리나는 메르넬의 말에 동의하며 후배들에게 시선을 향했다.

""………….""

나나엘라와 모니카는 숨을 죽이며 이 상황이 한시라도 빨리 지나가길 빌었다.

"풋, 농담이야. 초조하게 굴어도 어쩔 수 없는 일이니까. 게다가 너희 둘이랑 겨우 서너 살 차이잖아?"

""휴~.""

두 사람은 안심한 표정을 지으며 속으론 분명 진심이었을 거라고 생각했다.

"그런데 루시엘 군은 그렇게 말재주가 좋아? 매번 블로드 씨랑 싸우는 얘기만 하잖아."

"그렇지. 매번 그런 얘기일 텐데 잘도 들어주네."

루시엘의 일상이라면 모든 직원이 듣고 있고 행동도 파악하고 있다.

식사 외의 시간은 거의 지하 훈련장에서 지내고 모험가 길드 밖으로 나오지도 않으니 화제도 없으리라.

하지만 두 사람의 예상은 빗나갔다.

"아뇨, 그렇지 않은걸요. 요즘엔 좋아하는 음식 얘기부터 패션에 관련된 얘기까지 화제의 폭이 넓어졌어요."

"게다가 본인이 창작한 이야기를 자주 들려주니까 즐거워요."

나나엘라도 모니카도 즐겁다는 듯이 대답했다.

"이야기라…… 좀 의외인걸. 루시엘 군이 패션 얘기를 한다고? 매번 받는 옷만 입잖아? 그것도 거의 너덜너덜한 옷을……."

"그렇지. 평소에 입은 옷은 몸에 딱 맞거나 좀 헐렁한 종류고 나나엘라는 전에 같이 옷을 사러 간 적이 있었지?"

"그때 산 옷은 온전한 상태로 입고 싶은지 휴일에만 입는 모양이에요."

"요새 블로드 씨가 검이나 창을 쓰시는 바람에 옷이 자주 망가지니까 모험가분들한테서 못 입게 된 옷을 받고 계세요."

"그렇구나. 옷을 입는 센스는 어때?"

"음, 어울리는 옷을 감으로 고르는 것 같았는데 센스가 이상하거나 그렇지 않았어요. 그래도 산 옷이 워낙 없으니까 그 이상은 저도 잘 모르겠어요."

"사이즈는 맞게 고르니?"

"예. 먼저 착용한 다음에 사고 있으니까 괜찮아요."

"헤에~ 그런 부분은 괜찮구나. 그 아이는 상식이 있을 때와 없을 때의 격차가 너무 심하단 말이지. 아, 모험가가 왔어."

메르넬의 말에 다른 세 사람이 동의하려던 순간에 모험가 파티가 길드 안으로 들어오는 모습이 보였다.

"아마 너희들이 있는 카운터 중 한 곳을 고를 거야."

"이 언니는 슬프구나."

"".............""

메르넬과 밀리나는 미소를 지으며 나나엘라와 모니카의 반응을 즐겼다.

이게 모험가들이 모르는 접수처 아가씨들의 일상……의 한 부분이다.

05 발키리 성기사단

성 슈를 교회 본부에 소속된 기사단 중엔 여성 성기사들만으로 구성된 홍일점 기사단이 있다.

강한, 긍지 높은, 아름다운 등의 수식어를 그대로 사람으로 바꾼 듯한 그녀들의 부대를 사람들은 발키리 성기사단이라 불렀다.

그런 부대를 이끄는 건 기사단 최강으로 명성이 자자하며 대장이라는 자리에 최연소로 오른 루미나였다.

그런 그녀들에게 요즘 고민이 생겼다.

"또 발키리 성기사단만 나가는 원정인가…… 전에 했던 합동 훈련에서 조금 지나치게 움직였나."

루미나의 입에서 흘러나온 건 얼마 전에 열렸던 기사단의 합동 훈련 때 겪었던 일이었다.

성 슈를 교회의 기사단은 크게 신관기사단과 성기사단으로 나뉘는데 두 기사단 모두 4개 부대로 구성되어 있다.

신관기사단은 원래 직업에 상관없이 성 슈를 교회에 충성을 맹세한 자들로서 각 부대의 인원이 200명 정도 된다.

그에 반해 성기사단은 직업이 성기사이거나 성기사가 될 소질을 지닌 자들로서 신관기사단에 비해 인원이 훨씬 적은데 각 부대의 인원은 50명 정도 된다.

그리고 그보다 인원이 더 적은 발키리 성기사단은 대장인 루미나를 포함해 11명에 불과하다.

기사단의 합동 훈련 내용은 매번 바뀌지만 문제가 발생했던 그 날의 합동 훈련은 배틀 로얄 방식으로 진행됐다.

훈련이 시작되자 인원이 가장 적은 발키리 성기사단은 양쪽 기사단의 공격을 받았다.

누구나가 인원이 적은 그녀들의 패배를 예감했지만 발키리 성기사단은 다리를 멈추지 않고 계속 달리며 다른 부대들을 각개 격파했다.

그 결과, 발키리 성기사단은 한 사람의 탈락자도 없이 훈련을 승리로 마쳤다.

그 일로 자존심이 강했던 기사단원들은 자존심에 상처를 입었고 그 이후로 이렇게 원정을 자주 나서야 하는 상황이 되고 말았다.

"뜻대로 풀리지 않는구나. 그들이 루시엘 군만큼 솔직하고 겸손한 성격이었다면…….."

"루미나 님, 그건 과한 기대라 생각합니다."

"그렇사와요. 루시엘 씨는 아무리 때려눕혀도 저희를 여성으로 대해주는 분인걸요."

루미나의 혼잣말이 들렸는지 루시와 엘리자베스가 반응을 보였다.

"들린 모양이군."

"루미나 님, 식당에서 식사하시면서 그렇게 중얼거리시면 다 들린답니다. 조금 지치신 것 같으니 몸의 피로를 푸시는 게 어떨까요?"

"루시엘 성분이 필요하시다면 지금부터 데려오겠습니다."

마르르카의 경우엔 순수하게 걱정을 했다는 걸 알 수 있었지만 히죽거리는 가네트의 말에 루미나는 고개를 갸웃했다.

"어째서 루시엘 군을? 게다가 그는 지금 미궁에 있는 모양이니 이번엔 만나지 못할 테지."

".........그, 아무것도 아닙니다."

가네트는 마음속으로 루시엘에게 사과를 했다.

그런 광경을 지켜보며 쿠이나와 마일라는 루미나한테 들리지 않도록 조용히 대화를 시작했다.

"루미나 님은 알아차리지 못하신 모양이지만 역시 루시엘 성분이 부족한 것 같아."

"음. 루미나 님은 자기 일에 둔하신 분이니. 어떻게든 힘이 되어드리고 싶다만."

"알아볼게."

"루미나 님을 위한 일이다."

그 자리에 캐시와 리프네아가 합류했다.

"우연을 가장하는 게 더 재밌을 거라고 봐."

"루시엘이 상대라는 건 조금 그렇습니다만, 루미나 님을 위한 일이니까요."

"지금 루미나 님한테 필요한 일."

"확실히."

그렇게 얘기가 거의 정리됐을 즈음에 갑자기 사란이 폭탄을 투하했다.

"어라? 루미나 님은 루시엘을 특별하게 대한다고 생각했는데 말이지. 서로 시선이 마주치고 그랬잖아요."

"아, 무슨 말인지 알겠어. 루시엘 군이 '성변'이라고 불리기 시작했을 즈음부터 그랬지. 아, 사란. 그거 안 먹을 거면 나한테 줘."

"가져가."

털털한 성격의 베아리체가 사란의 말에 긍정하자 조금 전까지 속닥속닥 얘기를 나누던 이들은 뭐라 형용할 수 없는 표정을 지으면서도 자연스레 루미나에게 시선을 향했다.

모두의 시선이 자신에게 집중되자 어리둥절한 반응을 보인 루미나는 작게 웃은 뒤에 입을 열었다.

"……그런가 그렇게 보였던 건가. 확실히 루시엘 군이 성장하는 모습을 보는 건 기쁘다만 그건 이 자리에 있는 너희들도 마찬가지다. 그리고 보니 루시엘 군의 수행이 어중간하게 끝났지. 원정을 나서기 전에 조금이라도 지도할 시간이 있었다면 좋았을 것을. 하아~."

이성과 동성은 좀 다르지 않나? 그런 생각을 하면서도 실은 대원들 모두 사랑을 경험한 적이 없기에 입 밖으로 말을 꺼낸 이는 아무도 없었다.

그래도 이대로 루미나의 사기가 떨어지는 건 피하고 싶은지 다들 이리저리 머리를 굴리던 중 묘안을 떠올렸다는 듯이 엘리자베스가 입을 열었다.

"루미나 님, 그럼 편지를 쓰시는 건 어떤지요?"

"편지?"

"예. 루미나 님께서 지도하신 일이나 전하고 싶은 말씀을 편지에 담는 거죠. 분명 루시엘 씨라면 답변을 주실 것이와요."

"그렇군. 좋은 생각이야. 그런데 어떻게 건네지?"

"신용할 수 있는 상대가 아니라면 훔쳐볼 수도 있다고."

"그렇지……. 루미나 님, 지인분 중에 루시엘을 아시는 분은 안계십니까?"

"맡길 상대라면 있지. 그렇군, 좋은 생각이구나."

"예."

"무슨 내용을 쓰면 좋으려나."

편지의 내용을 생각하기 시작한 루미나가 미소를 짓자 발키리 성기사단의 대원들도 대장을 따라 따뜻한 미소를 지었다.

06 별명

모험가들 사이에선 유명한 모험가를 구별할 수 있도록 고유의 명칭을 붙여 부르는 경우가 있다.

그런 호칭을 이명 혹은 별명이라고 한다.

멜라토니의 모험가 길드에도 그런 별명을 지닌 자들이 있다.

우선 길드 마스터인 블로드.

그가 아직 현역으로 활동하던 시절에 마물 집단을 향해 돌격하는 모습이 목격됐다.

그리고 사방에서 오는 공격을 피하며 눈으로 포착할 수 없는 엄청난 속도로 연격을 펼쳐 마물을 처리했다.

본래대로라면 '질풍'이란 별명이 붙었을 테지만 이미 다른 모험가가 '질풍'이라는 이름을 대고 있었기에 마물들의 중심에서 회전하듯이 적들을 처리하는 모습에서 따온 '선풍'이라는 별명이 붙었다.

다음은 식당의 그루가.

그는 어린 시절부터 몸이 컸다.

그리고 모험가가 됐을 즈음엔 더더욱 체격이 좋…… 너무 좋아진 탓에 늑대 수인의 특징인 민첩한 움직임을 잃었다.

하지만 그루가는 모험가로서 죽지 않았다. 민첩한 움직임을 잃

은 뒤에 자신이 할 수 있는 일이 뭔지 생각한 그는 민첩한 움직임
과 맞바꿔 얻은 힘을 이용해 동료의 방패가 되는 걸 선택했다.

풀 플레이트 아머(전신 갑옷)를 몸에 두르고 왼손엔 큰 방패를, 오
른손엔 대형 도끼를 들었다.

동료들의 앞에 서서 적의 공격에 받아도 한 걸음도 물러서지 않
고 그대로 대형 도끼를 휘둘러 일격에서 적을 분쇄했다.

처음엔 '일격 분쇄'라는 별명이 붙을 뻔했지만 그루가 본인의
능력은 지키는 데에 특화된 데다 상대가 무엇이 됐든 산처럼 물
러나지도, 움직이지도 않았기에 '부동'이라는 별명이 붙었다.

그리고 요리 애호가로도 알려진 그는 '요리사'라는 별명도 얻었
는데 그 외모를 조금 비꼬는 느낌이 들어가 최종적으론 '요리곰'
이라는 별명으로 굳어졌다.

마지막은 가르바다.

수인 모험가 중에서 그를 모르는 사람은 없다고 할 정도로 그
의 인지도는 높다. 그를 적으로 돌리는 행위는 수인족에게 있어
끝을 의미한다.

단정한 용모와 부드러운 어조가 어우러져 여성들의 지지가 두
터운 반면 남성 모험가는 그를 싫어하긴 해도 트집을 잡거나 시
비를 걸진 않는다.

그건 그의 모험가 시절과 연관이 있다.

주로 척후(斥候) 역할을 담당하던 가르바는 은밀 행동이 특기였

다. 그것은 본래 마물로부터 몸을 지키기 위한 기술이었는데 의뢰 중엔 악의가 흐르는 의뢰도 있다.

그런 정보들의 진위를 파악하기 위해 지금까지 갈고 닦은 기술을 사용하기 시작한 것이다.

그 악의가 넘치는 정보엔 헤아릴 수 없을 정도의 가치가 있었기에 가르바는 정보상 일의 즐거움에 눈을 떴다.

당연히 그런 짓을 하면 적을 스스로 만드는 것과 마찬가지만 정보를 다루는 센스와 공작 기술이 빼어났기에 바로 그와 적대한 자는 사라졌다.

그의 별명이 '은둔'인 것은 가르바 본인이 정보상으로서의 얼굴을 감추기 위해 그렇게 지었다는 모양이다만 그 이유는 가르바 본인만이 안다.

그리고 지금, 그야말로 이 순간에 새로운 별명이 붙이기 위한 회의가 모험가 길드의 식당에서 열리기 직전이었다.

"그건 그렇고 그 꼬마, 치유사인데도 좋은 녀석이구만."

전신 갑옷을 착용한 남성 모험가가 입을 열었다. 그의 어조에선 감탄이 배어 나왔다.

"정말로 그래. 나 같은 다른 종족한테도 똑같이 온 힘을 다해 치료를 해주는걸."

고양이 수인인 여성 모험가가 동의했다. 실은 그녀는 모험가 길드에서 살게 된 치유사의 치료를 처음으로 받은 수인이었다.

"게다가 근성도 있고 말이지. 분명 전세에선 싸우는 걸 생업으로 삼았던 게 분명해."

가벼운 갑옷을 두른 쌍검사가 확신에 찬 어조로 치유사에 대한 의견을 입에 담았다. 기업 전사라는 의미로 보면 매일 회사와 싸웠으니 꼭 틀린 얘기라고만은 할 순 없으리라.

"그런 것치곤 센스가 전혀 없다고 '선풍'이 한탄하는 소리를 들었다만."

남자 같은 말투를 쓰는 여전사가 쌍검사의 말에 반론을 제기했다.

"……분명 센스는 이어받지 못한 거겠지."

"그건 안타까운 얘기군……."

두 사람의 대화를 듣던 모험가들은 무술 센스가 없는 치유사를 조금 동정했다.

"그건 그렇고 벌써 몇 달은 지났는데 잘도 그렇게 몸이 너덜너덜해지는 훈련에 견디는군. 내가 그 녀석이었다면 벌써 도망쳤다고."

분위기를 바꾸려는 듯이 전신 갑옷이 또 치유사를 칭찬했다.

"그래. 그 '선풍'이 그렇게 위압을 가하는데도 항상 끝까지 버티지. 그런 훈련이면 차라리 마물이랑 싸우는 편이 낫다고."

쌍검사가 그 말에 동의하자 지금까지 침묵을 지키고 있던 궁수가 폭탄을 투하했다.

"분명 그 녀석은 '선풍'을 좋아하는 거라고. 그렇지 않고서야 어떻게 훈련에 견디겠어?"

그 발언을 계기로 여러 정보가 섞이기 시작했다.

"그게 사실이냐? 난 그런 성벽이라고 들었다만?"

"어디서 들은 소문이야? 재밌어 보이잖아."

"엄청난 기세로 달려드는군…… 뭐 상관없다만. 듣기론 '선풍'과 모의전을 할 때만 웃는다는 모양이야."

"아, 나도 그 소문 들었어. 그래도 나나엘라랑 사이가 좋다고 들었는데."

"그래. 그래도 그 모습은 남매 같은 느낌이잖아? 난 성벽이라고 봐. 그도 그럴 게 식후마다 그걸 마시잖아."

"""""아~아."""""

전신 갑옷이 **그거**라고 말했을 뿐인데 다들 동의했다.

"그리고 보니 그 치유사 모험가라고 하던데."

"에? 직원이 아니고?"

"그래. 알고 지내는 직원이 알려준 정보인데 '선풍'의 훈련을 받기 위해서 모험가들의 치료를 공짜로 받아들였다고 해."

"완전 '진성 M'이구만. 만약 그 말이 사실이면 별명을 '진성 M'으로 정해도 될 것 같은데."

"……성벽을 별명으로 붙이는 건 위험하지 않나? 게다가 만약 그 꼬마의 성벽이 다르면 틀림없이 '선풍'이 죽이러 올 거라고. 요즘은 제물로 끌려가는 모험가도 없으니까."

"……신중히 생각해야겠어, 안 그러면 본인한테도 미안하고."

"수인한테 친절한 치유사로 쭉 있어 줬으면 하니까 '성인 치유사'는 어때?"

"그 별명을 붙이면 꼬마가 교회나 인족 지상주의자 녀석들의 표적이 될 거라고.”

“그렇다면 차라리 생각 난 별명을 다 붙이는 건 어떠냐? 그렇게 가만히 두면 나중에 굳어지는 별명이 생길 테니.”

“너, 천재인데?”

이리하여 멜라토니 모험가 길드에서 또 새로운 별명을 지닌 모험가가 탄생했다.

그 남자의 이름은 루시엘.

모험가로서 많은 별명을 지니……게 될지도 모를 유일한 치유사다.

“그런데 최근에 흑발의 모험가가 혼 래빗한테 질 뻔한 얘기를 알고 있——.”

그리고 모험가들은 또 새로운 화제를 안주 삼아 늦게까지 신나게 얘기를 나누었다.

07 백랑의 핏줄

루시엘을 무사히 성도까지 바래다준 '백랑의 핏줄'은 멜라토니 마을로 돌아왔다.

세 사람이 모험가 길드에 돌아오자 길드 마스터인 블로드가 안에서 마중을 나왔다.

"오우 무사히 돌아왔군. 루시엘의 상태는 어떠냐?"

의뢰 달성 운운보다 제자의 얘기를 먼저 듣고 싶어 하는 블로드의 모습에 세 사람은 웃으며 대답했다.

"모처럼의 기회니까 성도로 가는 길목에 있는 각 마을에 들렸는데 싫은 기색 하나 없이 치료하고 그 보답으로 식사와 잠자리를 받으니까 기뻐하더라고."

"너희들, 무슨 짓을 시키는 거냐."

바잔의 말을 들은 블로드는 어이가 없다는 눈치였지만 그것도 루시엘답다며 웃었다.

"인맥 쌓기라고, 그렇지 세키로스?"

"예. 마차를 타는 게 처음이라 그런지 가끔 엉덩이를 부여잡았지만, 루시엘 군한테는 좋은 경험이 됐을 거라고 생각합니다."

"아~ 젠장. 이래서 아직 바깥으로 내보내고 싶지 않았던 거라고, 보타쿠리 녀석 때문에."

블로드가 짜증을 낸다는 건 지하 훈련장으로 끌려갈 가능성이 커진다는 의미다.

그 사실을 알아차린 바잔은 남은 얘기를 마저 했다.

"진정하라고, 물체 X를 마셨으니 그쪽에 있는 모험가 길드의 마스터도 루시엘의 정체를 알아차렸을 테고."

"편의를 봐주지 않는다고 해도 루시엘 군이라면 괜찮을 거라 생각합니다."

"성도는 여전히 인족 지상주의가 만연한 데다 약자를 위한 구제는 없는 모양이더군. 뭐 루시엘은 교회 밖으로 나오는 일이 거의 없을 테니 별문제 없겠지."

바잔, 세키로스, 바슬라는 순서대로 루시엘은 걱정하지 않아도 된다는 말을 전했다.

"그런가. 루시엘이 남긴 말은 없나?"

아무래도 세 사람의 연계가 제대로 먹힌 덕분에 지하행은 피할 수 있을 것 같다.

"아는 사람이 없어서 외롭다고 했었죠. 루시엘 군이라면 괜찮을 겁니다."

"……성도의 길드 마스터한테 담당 지부를 바꿔 달라고 부탁을 해볼까."

세키로스의 말에 블로드가 불온한 발언을 내뱉었다.

그 순간, 길드 내에 긴장감이 퍼졌다.

"어이 어이, 말도 안 되는 소리는 그쯤 해두라고. 길드 마스터인 당신이 사라지면 여기서 일하는 수인 직원이나 모험가들이 곤란해진다고."

멜라토니의 모험가 길드에서 일하는 인원의 절반이 인족이 아닌 다른 종족이라는 건 확실히 드문 일이다.

"그렇다고요. 뒤를 이을 우수한 모험가들을 양성하시려고 길드 마스터가 되신 거잖아요. 후진 양성보다 제자를 키우시는 걸 우선시하면 안 되죠."

멜라토니의 모험가 길드에서 마스터를 맡는다는 건 뒤를 이를 모험가들을 많이 키우겠다는 의미다.

"아무리 제자를 위해서라지만 좀 더 자중하라고. 루시엘이라면 몇 년 안에 큰일을 벌일 것 같고."

그렇다. 그 제자는 평범하지 않았다.

분명 교회 본부에서 큰일을 벌이고 돌아올 거다.

세 사람의 말을 들은 블로드 그렇게 마음을 다잡았다.

"알겠다. 어쩔 수 없지."

"그렇다고. 걱정이나 시키고."

"그렇다고요. 저희 책임으로 번질 뻔했다고요."

"위험했어."

주위 있는 이들은 블로드를 설득한 '백랑의 핏줄'에게 찬사를 보내려 했다.

블로드가 다음 말을 꺼내기 전까지는…….

"그럼 바로 후진 양성에 들어갈 테니 여기에 있는 모험가들은 모두 지하 훈련장으로 집합이다. 단 구원 토벌 의뢰를 받은 자는 제외다. 그리고 신인 모험가는 훈련에 견디면 숙박비랑 식비 정도는 내주마."

그 직후, 절망이라는 감정이 모험가 길드를 지배했다.

"아, 참. 당연한 얘기지만 너희들 '백랑의 핏줄'은 날 길드 마스터라고 불렀으니 강제 참가다."

이리하여 멜라토니의 모험가 길드에선 제자가 아니라 후진을 양성하기 위해 블로드가 정기적으로 강제 훈련을 실기하게 됐다.

*

루시엘을 성도에 데려다준 이후로 어느덧 1년에 가까운 시간이 흘렀다.

그리고 '백랑의 핏줄'은 명실상부한 멜라토니 마을의 최상위 파티가 됐다.

하지만 그런 세 사람이 한 번에 덤벼도 이기지 못하는 남자가 있었다.

블로드다.

그렇다, A랭크 모험가인 그들의 힘으로도 블로드를 이길 순 없었다.

물론 세 사람도 놀기만 한 건 아니다.

강한 마물과 싸워 레벨을 올리고 모의전으로 전투 능력을 단련하며 오직 블로드를 쓰러뜨리는 것만을 생각했다.

그런데도 이길 수 없었다.

그렇다면 멜라토니 마을을 떠나 좀 더 거친 환경에서 단련할 수밖에 없다.

'백랑의 핏줄'의 리더인 바잔은 그렇게 생각했다.

그래서 바잔은 파티 멤버인 세키로스와 바슬라한테 자기 생각을 전했다.

"좀 더 강해지기 위해서 이웃 나라인 미궁 도시국가 그란돌로 갈까 하는데 어떻게 생각하지?"

그러자 두 사람은 드물게 난색을 보였다.

"바잔, 이대로 멜라토니 마을에서 활동을 유지하면 안 됩니까?"

"가능하면 멜라토니에서 살고 싶다만."

"무슨 일이라도 있는 거냐?"

두 사람은 바잔의 눈치를 살피며 대답했다.

"실은 모험가 길드의 밀리나와 연인이 되었습니다."

"나도 메르넬과 사귀고 있다."

"몇 번이나 말하려 했지만…… 얼마 전에 실연을 경험한 바잔한테 어떻게 말을 걸어야 할지 고민하다 보니."

"우리는 모험가 길드의 접수처 아가씨랑 사귀고 있으니까 자연스레 알게 됐다."

두 사람은 난처하다는 듯이 그렇게 답했다.

"……그런가. 알고 있었던 건가……."

바잔은 성도에서 돌아오고 한 달 뒤에 모험가 길드에서 일하는 나나엘라한테 고백했다.

서로의 동료들과 몇 번 정도 함께 식사했고 둘이서 얘기를 나눌 기회도 있었기에 바잔은 자신의 마음을 전했다.

하지만 그 사랑이 결실을 보는 일은 없었다.

"죄송해요. 신경이 쓰이는 사람이 있어요. 이게 진짜 연심인지는 모르겠지만 이 감정을 소중히 여기고 싶어요."

"그런가…… 그럼 앞으로도 모험가와 접수처 아가씨의 관계로 친분을 유지해다오."

"예."

미안함이 가득 밴 나나엘라의 표정을 보며 앞으론 그런 표정을 짓게 하지 않겠다고 결심한 바잔은 나나엘라를 향한 자신의 연심을 지우려 노력했다.

난색을 보이는 두 사람을 보며 바잔은 '백랑의 핏줄'을 어떻게 할 것인지 물었다.

이대로 두 사람이 더 위로 향할 마음이 없다면 혹은 은퇴를 할 생각이라면 파티의 해산도 고려해야 할 테니.

"너희들은 이대로 모험가 생활을 은퇴할 거냐? 아니면 이 상태를 유지할 거냐?"

"둘 다 아니잖아. 우리는 앞으로도 더 위를 목표로 삼아 나아갈 거야."

"그래. 우리는 진짜 가족보다 더 진한 피로 이어진 '백랑의 핏줄'이니까."

"홋. 바슬라, 말솜씨가 묘하게 늘었는데."

두 사람이 그 마음을 아직도 간직하고 있다는 사실을 안 바잔은 매우 기뻤다.

"뭐어…… 알았다. 일단 메르넬과 상담을 해보마."

"좋은 판단이야. 나도 밀리나와 상담을 해볼게."

"너희들······ 고맙다."

이리하여 두 사람이 각자의 파트너와 상담한 결과, 두 사람은 결혼식을 올리게 됐다.

그리고 '백랑의 핏줄'은 모험가 길드를 은퇴한 접수처 아가씨 두 명과 함께 이웃 나라인 미궁 도시국가 그란돌을 향해 무사 수행의 여행길에 올랐다.

후기

몇 년 전까지 정말로 브로콜리를 재배하고 수확했던 브로콜리 라이온입니다.

'성자무쌍' 3권을 구매해주셔서 정말로 감사합니다. 독자 여러분께서 응원을 해주신 덕분에 이렇게 무사히 3권을 내놓을 수 있었습니다.

이번 3권에선 루시엘 군의 업무 파트너이자 의지할 수 있는 참모 역할로 선배 치유사 조르드 씨를 넣고 싶은 마음에 그의 출연을 확 늘렸습니다.

그 이유는 2권의 권두 일러스트를 보고 참모 역할이 어울릴 것 같다는 단순한 이유입니다만 막상 쓰고 보니 어쩐지 친밀감이 솟고 부리더 역할이 어울렸기에 앞으로도 출연이 늘어날지도 모릅니다.

전권을 포함해 후기를 쓴 경험은 있지만 아직도 익숙해지지 않아서 매번 무슨 내용을 써야할지 망설이게 됩니다.

그런 연유로 이번엔 지난 1년을 돌아봅시다.

작년 이맘때 쯤에 제가 뭘 하고 있었냐고 물으시면 인터넷 소설 대상에서 최종 선고에 남는 게 확정되어 '성자무쌍'의 서적화가 결정된 덕분에 1권의 마감에 쫓기고 있었습니다.

그때는 에어컨의 상태가 영 좋지 않았던지라 오랜 세월 동안 사용했던 PC가 더위에 당해 복구조차 하지 못하고 새로 장만하는 소동으로 번졌습니다.

지금 생각하면 그때부터 담당 편집자인 I 씨를 마감 전부터 조마조마하게 만드는 버릇이 든 모양입니다…….

그런 식으로 지금까지 민폐만 끼쳤습니다만 I 씨가 성자무쌍이 코믹화가 될 수 있도록 분투해주신 덕분에 수요일의 시리우스에서 연재가 시작된 게 마침 2권의 발매 일이었습니다.

그리고 이번에 이 '성자무쌍' 3권과 코믹스판 '성자무쌍' 1권이 동시에 발매되었습니다.

……조금 선전이 노골적이었던 것 같네요, 코믹스는 제 서툰 문장을 아키카제 히이로 선생님께서 멋지게 커버하시면서 그려주시기에 성자무쌍의 세계관을 그대로 더 즐기실 수 있습니다.

아직 구입하지 않으셨다면 부디 손에 집어주시길 바랍니다.

스케줄을 관리하면서 끈기 있게 원고 수정에 어울려주시는 담당 편집자 I 씨. 이번에 I 씨가 계시지 않았다면 3권을 예정에 맞춰서 출판할 수 없었겠지요.

그리고 내용이 변하는 가운데에서도 이번에도 여전히 높은 퀄리티로 성자무쌍의 세계와 캐릭터들을 그려주신 sime 선생님. 그리고 만화를 담당하고 계시는 아키카제 히이로 선생님. 앞으로도 무리한 주문을 드릴 것 같습니다만, 어울려주셨으면 합니다.

그리고 마지막으로 이 작품을 읽어주신 독자 여러분께도 더 사랑받을 수 있는 되도록 앞으로도 최선을 다하겠으니 앞으로도 잘 부탁드립니다.

SEIJAMUSOU 3
©2017 by broccoli lion
First published in Japan in 2017 by broccoli lion
Korean translation rights reserved by Somy Media, Inc.
Under the license from Micro Magazine Co., Ltd., Tokyo JAPAN

성자무쌍 3

2018년 9월 1일 1판 1쇄 발행
2020년 3월 1일 1판 2쇄 발행

저　　　자 브로콜리 라이온
일 러 스 트 sime
옮 긴 이 이용국
발 행 인 유재옥
본 부 장 조병권
담당편집자 조찬희
편 집 1 팀 김민지 정영길 조찬희
편 집 2 팀 김다솜 이본느
편 집 3 팀 김효연 박상섭 임미나 오준영
라이츠담당 김슬비 장정현
디 지 털 박지혜 이성호 전준호
인쇄제작처 코리아피앤피
발 행 처 ㈜소미미디어
등　　　록 제2015-000008호
주　　　소 서울시 마포구 토정로222, 403호 (신수동, 한국출판콘텐츠센터)
판　　　매 ㈜소미미디어
마 케 팅 한민지 한주원
전　　　화 편집부 (070)4164-3962, 3963 기획실 (02)567-3388
　　　　　 판매 및 마케팅 (070)4165-6888, Fax (02)322-7665

ISBN 979-11-6190-773-4
ISBN 979-11-6190-387-3 (세트)